SAGAS DE HERÓIS E CAVALEIROS

Volume II

© Verlag Carl Ueberreuter, Wien
Título do original: Helden- und Rittersagen
Edição de texto: Patrícia Maria Silva de Assis
Produção gráfica: Katia Halbe
Diagramação: Adra Cristina Martins Garcia
Capa: Isabel Carballo

Dados Internacionais de Catalogação na Publicação (CIP)
(Câmara Brasileira do Livro, SP, Brasil)
Sagas de heróis e cavaleiros, volume 2/
Martin Beheim-Schwarzbach
Tradução: Gisela M. Eckschmidt
Rio de Janeiro: Paz e Terra, 1997.
ISBN 85-219-0258-1
1. Contos alemães I. Título

97-1107   CDD-833

Índices para catálogo sistemático
1. Contos: Literatura alemã 833

EDITORA PAZ E TERRA S.A.
Rua do Triunfo, 177
01212–010 — São Paulo-SP
Tel.: (011) 223-6522
Rua Dias Ferreira, 417 — Loja Parte
22431-050 — Rio de Janeiro-RJ
Tel.: (021) 259-8946

1997
Impresso no Brasil / *Printed in Brazil*

MARTIN BEHEIM-SCHWARZBACH

*SAGAS DE HERÓIS
E CAVALEIROS*

Volume II

Tradução: Gisela M. Eckschmidt

PAZ E TERRA

Índice

TANNHÄUSER — 11
   O cavaleiro cabeça-de-vento — 11
   Senhora Vênus — 14
   O penitente — 18
   A sentença incorreta do juiz — 23

PARZIVAL — 25
   Como Gahmuret conquistou o coração da rainha Herzelóide e como o perdeu novamente — 25
   Como Parzival cresceu como um verdadeiro tolo, soube da existência de Deus e encontrou uns cavaleiros — 27
   Como Parzival andou pelo mundo vestido de louco — 33
   Como Parzival ficou sabendo de sua origem e como foi recebido na corte do rei Artur — 37
   Como Parzival interveio a favor de Iechute — 42
   Como Parzival foi recebido e instruído por Gurnemanz de Graharz — 46
   Como Parzival conquistou o coração da rainha Kondwiramur — 49
   Como Parzival encontrou o castelo do Graal, como deixou-o e perdeu-o de vista — 53
   As gotas de sangue, a Távola Redonda e a maldição de Kundry — 60

Como Parzival encontrou o ermitão Trevrezent   63

Como Parzival encontrou pela segunda vez o castelo do Graal e como tornou-se o senhor do castelo   65

LOHENGRIN   69

A missão de Lohengrin   73

O duelo   74

A pergunta   79

TRISTÃO E ISOLDA   85

A juventude de Tristão: ele é raptado mas consegue salvar-se e hospeda-se na corte do rei Marco em Tintagel   85

Tristão luta contra o gigante Morhout e vence-o, mas sai muito ferido   89

Tristão transforma-se em Tãotris, o menestrel   92

Tristão retorna à Irlanda com um pedido de casamento e reencontra Isolda, a princesa dos cabelos dourados   94

Tristão e Isolda são enfeitiçados pelo filtro do amor   99

Tristão e Isolda conhecem as alegrias e os perigos do amor   101

Os amantes escapam da morte e caem na miséria   105

A outra Isolda entra na vida de Tristão   111

Como a saudade atormentava os amantes   113

A vingança de Isolda das mãos alvas   116

O REI ARTUR E OS CAVALEIROS DA TÁVOLA REDONDA   119

O nascimento de Artur   119

Como Artur tornou-se rei   122

A luta pelo trono   128
A marcha contra o rei de Roma   132
A Távola Redonda e o fim de Merlin   137

OS CAVALEIROS DA TÁVOLA REDONDA — AS AVENTURAS DE IWEIN   143

O relato de Kalogreant   143
Lunete e Laudine   146
A humilhação de Iwein   153
O cavaleiro com o leão   158
Lunete em apuros   161
O último embate de Iwein e a reconciliação   165

OS CAVALEIROS DA TÁVOLA REDONDA — EREK E ENITE: A HISTÓRIA DE UM AMOR VERDADEIRO   169

Como Erek encontrou Enite   169
O concurso de beleza   172
Erek encontra o pequeno Guivrez   177
O segredo do castelo de Brandigan   181

OS CAVALEIROS DA TÁVOLA REDONDA — AS AVENTURAS DE GEWAN   189

Como Gewan conquistou o amor de Obilote e como serviu-a   189
Como Gewan e Antígona defenderam-se com peças de um jogo de xadrez   193
Como Gewan caiu nas armadilhas de Klingsor e como conseguiu sair delas são e salvo   197

OS CAVALEIROS DA TÁVOLA REDONDA — LANCELOTE DO LAGO 205

Lancelote e o Castelo Sem Nome 205
Galahad no castelo de Camelot 211
O sofrimento de Lancelote 214
O rapto de Guinevere 217
A cizânia 221
O fim da Távola Redonda 225

Tannhäuser

O cavaleiro cabeça-de-vento

Na época em que os imperadores do Sacro Império Romano-Germânico eram ainda da família Hohenstaufen, o jovem cavaleiro Tannhäuser vivia em... sim, onde é mesmo que ele vivia? Vivia em todo lugar e em lugar nenhum, viajava pelos reinos do sul da Alemanha, da Áustria e da Itália, ficava ora ali e ora aqui, mas sempre por pouco tempo, nunca em definitivo; hospedava-se em castelos ou pernoitava sobre o feno de algum celeiro, era um andarilho, um bom copo, um cabeça-de-vento, um músico ambulante, trovador e poeta.

De cavaleiro ostentava somente o título, pois descendia de uma antiga estirpe aristocrática e cavaleiresca; porém não vivia como um cavaleiro, não possuía um corcel, nem armadura e nem espada. Em vez disso, carregava sua viola e levava a vida tangendo-lhe as cordas e cantando. Como era o caçula, toda a herança paterna ficara para o irmão mais velho, por isso preferiu dedicar-se às artes em vez de ser um cavaleiro pobre.

Os poetas e trovadores, quer fossem ou não sedentários, tivessem muitos ou poucos bens, eram sempre bem-vindos nas cortes dos príncipes, onde eram recebidos com toda a hospitalidade, homenageados e protegidos, principalmente se enalteciam as virtudes antigas, a beleza das mulheres e glorificavam as grandes batalhas e os feitos heróicos. E isso Tannhäuser sabia fazer com sua alegria e sua forma descuidada de levar a vida, com sua língua afiada e sua bela voz. Em suas bolsas o dinheiro nunca ficava por muito tempo; chegava pobre aos castelos e pobre os deixava, apesar do tratamento generoso dos grandes senhores e das nobres senhoras. Quando dava as costas para uma estalagem, o dono lastimava sua partida, apesar de ter ficado um pouco mais rico.

Tannhäuser era conhecido como o cavaleiro cabeça-de-vento, e um dia um rei benevolente chamado Frederico, conhecido como o Belicoso, que gostava muito de Tannhäuser, presenteou-o com uma bela propriedade rural não longe do rio Danúbio, além de resgatar seus bens de um penhor. Mas não demorou muito e ele desfez-se das terras, pois não tinha vocação nem para cuidar da criação, nem para arar o solo, e novamente saiu pelo mundo. Viajou pela Suábia, Baviera, Tirol, e seu desejo de conhecer terras longínquas levou-o até a Itália.

Na cidade de Pávia foi hóspede de um nobre alemão, e então, pela primeira vez em sua vida, conheceu realmente o amor. Apaixonou-se por Cunegundes, a simpática filha de seu anfitrião, e enfeitiçou o coração da moça com o tanger das cordas, as cantigas de amor e meigos sussurros, até o pai achar que tinha ido longe demais aquele jogo às escondidas. Ele não queria dar a mão de sua filha a um joão-ninguém. Exigiu do jovem explicações, e este logo aproveitou a oportunidade para pedir a mão de Cunegundes. Mas então deu com os burros na água.

— Minha filha — disse o pai — não é uma flor do campo.

— O que quer dizer com isso? — perguntou Tannhäuser, fazendo-se de desentendido.

— Quem vaguear com você por este mundo — disse o pai — terá de alimentar-se como as florzinhas do campo, ou seja, apenas de orvalho do céu. Até agora, caro cavaleiro Tannhäuser, você não viveu senão das migalhas de seus anfitriões, deixando-lhes dívidas, deixando-lhes ao seguir viagem. Não, por enquanto não há condições, mesmo que minha filhinha

derrame muitas lágrimas. Volte quando tiver uma terra sob os seus pés.

— É sempre a mesmíssima coisa — resmungou Tannhäuser—, o ouro governa o mundo. Mas a mim não governará! — No entanto, gabou-se: — Mas não seja por isso. O senhor não voltará a me ver antes que se complete um ano, quando então terá uma grande surpresa, pois depositarei a seus pés um saco cheio de ducados.

Após essa conversa, Tannhäuser separou-se de Cunegundes e partiu cheio de bons propósitos. Mas eram apenas bravatas, pois nunca conseguiu encher um saco com ducados. Nunca mais Cunegundes e nem a cidade de Pávia o viram, e uma aventura amorosa bem diferente esperava por ele.

Senhora Vênus

Novamente Tannhäuser perambulava pela Alemanha, de reino em reino, de castelo em castelo, hospedando-se nos palácios ou pernoitando nos celeiros. Depressa esqueceu-se de Cunegundes e também das outras moças que perderam a cabeça com suas cantigas e seus meigos sussurros. Sem amarras e sem destino, era assim que ele seguia pelo mundo. Mal sabia que forças sombrias pretendiam prendê-lo com vínculos tão fortes que a história de sua vida acabaria por transformar-se numa saga cantada pelos trovadores.

Certo dia, ele caminhava por um vale que rebrilhava ao sol. Era primavera e ele marchava com o coração alegre. Então, veio ao seu encontro um homem de aspecto estranho, envolto num manto preto, apesar do dia ensolarado e quente. Tinha sobre os cabelos pretos e ondulados um barrete; profundos olhos negros luziam no rosto de pele curtida, envolto por uma barba preta como carvão, e mantinha as mãos escondidas sob as mangas. Era alto e magro, e seus olhos fixaram-se no andarilho como dois carvões em brasa.

Tannhäuser não era um tipo medroso mas, mesmo assim, a visão daquele estranho fez com que sentisse arrepios.

— Aonde vai, jovem amigo? — perguntou o homem cordialmente.

— Bem, sempre em frente: aonde acontece alguma coisa — respondeu Tannhäuser — e aonde há uma mesa servida para um trovador itinerante.

— Então você está no caminho certo — disse o homem. — Com toda a certeza você sabe quem governa estas terras.

— Não tenho a menor idéia — disse Tannhäuser. — Eu nunca planejo meu caminho, simplesmente vou andando.

— Estas terras são do landgrave da Turíngia, e o famoso castelo de Wartburg, onde ele mora, fica perto daqui. No momento estão reunidos ali uma porção de poetas e trovadores disputando um prêmio que o landgrave oferecerá ao melhor deles. Também eu, o mestre Klingsor, que já ganhei alguns prêmios, vou participar desse concurso. Vamos seguir juntos, conheço bem o caminho.

— Mas você não veio de lá? — perguntou Tannhäuser. — Sua direção era contrária à minha.

— Está enganado, pois irá retornar comigo — retrucou o homem. — Confie em mim, conheço tudo aqui.

Para Tannhäuser estava tudo bem, e eles seguiram viagem conversando animadamente.

— O nome Klingsor não me é estranho, acho que já o ouvi em algum lugar — comentou Tannhäuser.

— É bem possível — respondeu o homem. — É um nome dado a certos espíritos muito especiais que entendem de magia.

Tannhäuser achou que aquilo era alguma brincadeira e não fez mais perguntas. Após duas ou três horas de caminhada, apareceu à frente deles uma montanha coberta de florestas, coroada pelas torres e muralhas do castelo de Wartburg e de onde se podia ver todo o reino. Também se ouvia música vinda lá do alto, e à medida que se aproximavam notaram que havia uma grande animação.

— A competição dos trovadores parece já ter começado — comentou o homem. — Vamos chegar na hora certa.

De vez em quando avistavam, por sobre a muralha, as cabeças das pessoas que ali estavam, que logo desapareciam; então, de repente vislumbraram, um pouco mais afastada de onde estavam os demais, a cabeça loira de uma moça debruçada à amurada. Tannhäuser, ao vê-la, sentiu algo muito especial em seu coração e imaginou que aquela moça deveria ser muito bondosa e bela, mas não sabia por que tinha essa impressão e nem de onde ela vinha

— Aquela moça não é para um coração tão leviano como o seu. Você é um cabeça-de-vento — não é assim que é chamado? — e a donzela que está lá em cima é Elisabeth, a filha do landgrave. Ela é tão virtuosa, piedosa e caritativa que todos já a consideram uma santa.

Tannhäuser sentiu-se um pouco ofendido pelo fato de o outro tê-lo chamado de cabeça-de-vento e de considerá-lo indigno de uma moça virtuosa. Começou então a defender-se, dizendo que no fundo ele também era uma pessoa séria e bondosa, mas não conseguiu convencer o outro, que respondia com um encolher de ombros, sorrisos irônicos e por fim até exclamou: "Bobagens!" Entretanto chegaram a um trecho bem escarpado da trilha e após uma curva perderam de vista o imponente castelo de Wartburg. Era como se estivessem perdidos. Também a música que vinha dos instrumentos de corda e das flautas desvaneceu-se, e em seu lugar ouviram-se doces sons vindos de uma gruta da proximidade. Chegando mais perto, Tannhäuser sentiu-se atraído e seduzido pelos suaves e alegres sons que o envolviam e encantavam.

Olhou em volta buscando seu companheiro, mas não o viu. Talvez estivesse atrás de uma árvore ou talvez não se tivesse dado conta daqueles novos sons e continuara o seu caminho. Tudo bem, mas ele, Tannhäuser, iria descobrir o que era

aquilo. De repente estava diante da gruta, que se abria sobre um desfiladeiro e de onde irrompia um brilho cintilante, como se ali estivesse ocorrendo uma alvorada subterrânea. Seguiu em direção ao brilho e aos sons até que vislumbrou uma imagem de conto de fadas que parecia pertencer a um outro mundo.

O que estava vendo? Graciosas moças, delicadas como sílfides que, com véus transparentes, flutuavam de um lado para outro acenando convidativas, dançando em torno dele, sorrindo provocadoramente. Por fim, uma delas saiu da roda, tomou-lhe a mão com seus dedos macios e frios e levou-o suavemente para o interior da fenda rochosa, onde por fim se abriram os portões, e era como se fosse o paraíso.

Sobre uma almofada no meio de rosas brancas e vermelhas, repousava uma mulher, a mais bela de quantas que ele havia visto até então. Seu corpo nu resplandecia como seda branca e seus olhos azuis como o céu fixavam-no brilhantes. Ao aproximar-se, acreditando estar perante uma deusa, caiu de joelhos diante de seu leito. Ela estendeu os braços em sua direção e disse num tom doce e sussurrante:

— Enfim você veio ao encontro de sua Vênus, a única e verdadeira deusa do amor, meu querido Tannhäuser — e puxou-o para junto de si.

O penitente

Por muitos meses — ele tinha perdido a noção do tempo — Tannhäuser gozou as alegrias daquele mágico mundo subterrâneo. A música soava sem interrupção ao seu redor e sempre ele era servido por moças meigas e perfumadas que lhe sorriam e o excitavam. As apetitosas iguarias e o doce vinho nas taças sempre cheias também faziam com que ele se abandonasse à volúpia, atordoando totalmente os seus sentidos. Assim, na ociosidade e no prazer, o tempo foi passando e a única coisa que a deusa Vênus lhe permitia fazer era tocar sua viola e cantar alguma das cantigas que haviam seduzido o coração das mulheres do mundo lá de cima. Mas parecia que sua música não tinha esse efeito sobre ela, pois nessas ocasiões sorria um pouco penalizada, tomava-lhe a viola das mãos e dizia-lhe para escutar a música tocada por suas sílfides e fadas, que soavam mais amorosas.

Exceto usufruir o prazer, não lhe restava nenhuma outra atividade. Por isso com o passar do tempo aquele prazer excessivo começou a aborrecê-lo, tornando-se tedioso, e por fim o tédio transformou-se num sentimento de fastio e nojo. Então ele ficava nos cantos, totalmente desligado de tudo, não queria mais vinho, nem iguarias, nem as belas moças, ficava apenas pensando no mundo lá de cima que havia abandonado, nos aromas das florestas, nas estalagens simples, nos imponentes castelos, nas donzelas nobres, nas jovens camponesas e depois... emergia a longínqua figura da piedosa e amável Elisabeth, tal como lhe aparecera no alto da muralha do castelo de Wartburg. Na sua imaginação ela o chamava, convidando-o para participar da competição musical. O prisioneiro sentia um forte anseio por ar e sol, pelos sons da floresta e pelos murmúrios de uma fonte. À medida que o tempo passava, crescia em sua alma a dor pela culpa e pelo pecado que havia cometido por ter-se entregue à idolatria, a Vênus, uma mulher pagã.

Quando esses sentimentos se tornaram insuportáveis, tomou coragem e foi falar com a senhora Vênus, dizendo-lhe que precisava de férias e que tinha algumas coisas para resolver.

Ela assustou-se, derramou algumas lágrimas, pois amava seu cavaleiro terreno e não queria perdê-lo. Tentou dissuadi-lo de seu intento, mas logo percebeu que era inútil e então disse:

— Então vá, mas prometa-me voltar logo que esteja desgostoso do seu mundo. — E pensou consigo: "E isso vai acontecer muito em breve".

Tannhäuser acedeu e ela disse ao abraçá-lo novamente:

— Ser-lhe-ei tão fiel quanto você é infiel agora. — E deixou-o partir.

Repentinamente emudeceram os sons mágicos e apagaram-se as luzes da abóbada subterrânea; a escuridão envolveu Tannhäuser e antes que entendesse alguma coisa ele estava deitado sobre o musgo e ouvindo o farfalhar das velhas árvores da floresta.

Estava ainda meio tonto, olhando em volta, quando lhe veio ao encontro um peregrino, um velho com um bordão. Usava um chapéu de abas largas e trazia o hábito de monge. Parando diante de Tannhäuser, ele disse:

— Você dormiu um pouco, senhor andarilho? Um novo e belo dia já começa. Para onde o senhor vai?

— Estou indo para o castelo de Wartburg, onde pretendo participar de uma competição musical — respondeu Tannhäuser.

— Faz muito tempo que ocorreu ali a última competição — retrucou o velho, rindo. — Além disso, Wartburg é bem longe daqui. Parece que o senhor esteve no monte Hörselberg, a famigerada moradia de Vênus, e continua sob o encanto dela.

Perplexo, Tannhäuser ficou calado. Após alguns instantes, o velho continuou:

— É um grande pecado perder-se nos braços da deusa do amor, acredite-me, senhor andarilho e trovador, se assim posso chamá-lo, já que o senhor pretendia participar da competição musical. Chamam-me de Eckart, o fiel, porque advirto e aconselho as pessoas por este mundo para afastarem-se do caminho da perdição. E eu lhe digo: não se aproxime da maldita montanha que chamam de Hörselberg, porque ali se encontra um reino no qual perdemos a eterna bem-aventurança em troca de alguns prazeres. Quem se deixou levar por essa permuta dificilmente alcançará o perdão, a não ser com uma peregrinação até Roma e a genuflexão diante do Santo Padre, que cuida de todos os cristãos.

Enquanto isso Tannhäuser levantou-se, limpou o musgo da roupa e pegou seu bordão de andarilho. Despediu-se do peregrino e seguiu caminho, imerso em profundos pensamentos. Mas já não sabia que direção tomar, de tão desnorteado que estava com os acontecimentos em Hörselberg. Por fim ouviu o badalo de sinos e chegou a uma aldeia cuja igreja chamava os fiéis à missa. Tomou coragem e entrou na igreja. Ao final da missa foi até o confessionário e contou ao padre os seus pecados.

— O seu pecado é grande demais, meu filho, — disse o padre. — Apenas o Santo Padre pode absolvê-lo. Faça uma peregrinação a Roma e ajoelhe-se aos pés do Santo Padre: talvez ele o absolva e lhe conceda o perdão.

Tannhäuser pôs-se a caminho e em pouco tempo encontrou na estrada um grande número de peregrinos e penitentes; juntou-se a eles, pois esse era o meio mais seguro de chegar a Roma. Muitas semanas ou até meses durou a viagem, e os penitentes sofreram algumas privações, mas por fim chegaram a Roma. A Cidade das Sete Colinas surgiu diante dos olhos ansiosos de Tannhäuser, e nas proximidades da Basílica de São Pedro ele acreditou que alcançaria a absolvição de seu pecado. Estava magro e exausto, a fome, a sede, o frio e o calor haviam exaurido suas forças, e então soube que o Santo Padre passeava num maravilhoso jardim para meditar sobre os pecados do mundo.

Tannhäuser conseguiu entrar às escondidas nesse jardim, sem que os guardas com suas alabardas o percebessem. Postou-se diante do guardião da cristandade, jogou-se aos seus pés e arrependido, suplicou perdão e clemência.

O chefe da espiritualidade ficou olhando em silêncio para o pecador que, ajoelhado, confessava em sussurros tudo o que lhe acontecera e, angustiado, não tinha coragem de levantar os olhos. Por fim, Tannhäuser ouviu a voz monótona e dura do Papa, soando como a trombeta do Juízo Final:

— Todos os pecadores podem receber a graça, exceto aquele que conviveu com a senhora Vênus em Hörselberg. Esse não pode ser perdoado. Quem carrega essa culpa é condenado. E eu lhe digo que esse bastão seco na minha mão ficará coberto de folhas verdes antes que você receba o perdão. — Em seguida enfiou no solo o bastão cheio de nós com o qual costumava apoiar-se e afastou-se. Os guardas pegaram o penitente e levaram-no para fora do jardim. Com o coração tomado de desespero, Tannhäuser fugiu.

A sentença incorreta do juiz

No dia seguinte, depois de ter pronunciado essa sentença, o papa passeava novamente pelo seu jardim para meditar sobre os pecados do mundo quando passou pelo mesmo lugar onde o penitente estrangeiro estivera ajoelhado e então viu o bastão seco coberto de flores e folhas frescas.

Perplexo e profundamente emocionado, levantou as mãos para o céu e rezou:

— Ó Senhor! Fizestes um milagre para ensinar ao vosso representante na terra que vossa misericórdia é infinita. Vós, o maior juiz no céu e na terra, não condenastes o pecador. Falhei no meu julgamento. Perdoai-me também na vossa misericórdia, vós que dissestes: "Não julgueis para não serdes julgados".

Após essa oração, ordenou a seus servidores que procurassem o peregrino e o trouxessem à sua presença. Apesar das intensas buscas por todos os recantos da Cidade Eterna, o estrangeiro não foi encontrado: ninguém sabia para onde fora.

Tannhäuser, que se sentia condenado para sempre, seguiu a pé por semanas e meses através da Itália, atravessou os Alpes e chegou à Turíngia, perto do castelo de Wartburg, na floresta onde o monte Hörselberg se abrira para ele. Quando avistou o grisalho peregrino que se autodenominava o fiel Eckart, escondeu-se à margem da estrada até que ele passasse. Depois ouviu os doces sons e a música sedutora: a gruta mágica abriu-se, as lindas moças levaram-no pela mão até a presença da bela senhora Vênus, a deusa do amor, que o recebeu de braços abertos. Daí em diante nunca mais se ouviu falar dele, e apenas a lenda nos lembra sua história.

Parzival

Como Gahmuret conquistou o coração da rainha Herzelóide e como o perdeu novamente

O rei Gamdin de Anjou, ao morrer, deixou a coroa, os domínios, os castelos e as terras para seu filho mais velho. Gahmuret, o caçula, de acordo com leis do reino de Anjou, não herdou nada, exceto uma armadura, um corcel e alguns escudeiros e servidores. Partiu então para o mundo, disposto a viver ousadas aventuras e assim conquistar sua felicidade, já que o destino o havia privado de cingir a coroa paterna.

Chegando ao Oriente, conquistou o amor da princesa sarracena Belakane ao lutar corajosamente com sua espada contra os inimigos da princesa. Então ela casou-se com Gahmuret e ele tornou-se rei dos sarracenos. Mas, para o jovem cavaleiro, ser soberano de um povo infiel não significava muita coisa. Novas aventuras atraíam-no mais que a coroa: libertou-se do abraço carinhoso de sua mulher, içou as velas e saiu pelo mar afora. Após alguns desvios na sua rota, uma tempestade jogou-o na costa da Espanha. Ali ficou sabendo que o rei da Gália havia morrido e que a viúva, a rainha Herzelóide, prometera a sua mão e o seu reino ao cavaleiro que vencesse um grande torneio que ela pretendia fazer.

Essa notícia deixou-o muito excitado, pois era exímio na arte de manejar a espada e a lança, tendo vencido ali todos os que o haviam desafiado. Cavalgou até a capital do reino e levantou sua tenda à margem da arena de torneio. Herzelóide, espiando do alto da janela de seu castelo, viu o forte e garboso cavaleiro Gahmuret de Anjou, soberano de um longínquo reino sarraceno. Nunca havia visto herói mais altivo, e o pensamento de que ele conquistaria o primeiro prêmio encheu-a de felicidade.

Após o início dos combates, logo se constatou que ninguém estava à altura do cavaleiro Gahmuret. Ele derrubava todos os oponentes nos embates a cavalo, e nos duelos de lanças e a pé lançava-os por terra: alguns nem sequer conseguiam levantar-se de novo. Com o coração aos pulos e com gritos de júbilo, a platéia no terraço do castelo e a grande multidão que se apinhava em torno da arena acompanhavam o emocionante espetáculo.

Quando o torneio terminou e, por unanimidade, o árbitro anunciou como vencedor o estrangeiro, Gahmuret recolheu-se à sua tenda e não apareceu mais em público. O coração da rainha palpitou entusiasmado mas, ao saber que o amor de Gahmuret pertencia a uma princesa sarracena e que ele não poderia casar-se com ela, ficou amargamente decepcionada. Quando ela o convidou para o banquete, Gahmuret anuiu, obedecendo aos costumes cortesãos, pois ofenderia profundamente a rainha caso não se submetesse ao seu desejo.

À meia-noite foi anunciada festivamente a sentença dos juízes:

— Quem, neste torneio, levantou o escudo, afivelou o elmo e empunhou a lança submeteu-se à vontade e ao arbítrio da rainha e de seus cavaleiros. Dessa maneira concedemos ao cavaleiro Gahmuret de Anjou, rei do Oriente, o prêmio da vitória, que ele deve aceitar não apenas por direito, mas também por dever de cavaleiro.

Então o cavaleiro Gahmuret percebeu que, ao participar do torneio, ligara-se à rainha Herzelóide. Olhou em torno do salão e fixou os olhos na rainha, que lhe pareceu a mais bela de todas mulheres que jamais vira. Dirigiu-se até ela e ajoelhou-se. Herzelóide, estendendo-lhe a mão, fez sinal para que ele se levantasse e ofereceu-lhe o beijo de noivado.

O casamento foi celebrado com muita pompa, música, jogos e competições. E assim a rainha Herzelóide viveu a alegria de um grande amor.

Mas não era um amor completo, e a felicidade durou apenas um ano. Logo ela percebeu que Gahmuret não conseguia esquecer a princesa sarracena, que ele não se interessava pela dignidade real e nem pensava em exercer um governo sábio, mas ansiava por uma vida errante, cheia de perigos, lutas e aventuras. Um dia ele confessou-lhe que importantes deveres de cavalaria chamavam-no além-mar: um amigo, um rei mouro, estava sendo duramente ameaçado por invasores e ele havia dado sua palavra de que o socorreria em caso de perigo. Ela sabia que não conseguiria detê-lo e nem lhe exigiu a promessa de que retornaria. Deixou-o partir com o coração sangrando.

Pouco tempo depois deu à luz a um menino, batizou-o com o nome de Parzival, que significa "aquele que se arroja pelo vale". Antes que a criança soubesse falar, chegou um escudeiro de além-mar com a notícia de que Gahmuret, seu esposo, fora morto numa luta contra forças infiéis, iludido por um malvado feiticeiro. Por pouco ela não morreu: deixou de alimentar-se e amaldiçoou a cavalaria e os cavaleiros que em vez de servir a Deus entregavam-se a aventuras.

Como Parzival cresceu como um verdadeiro tolo, soube da existência de Deus e encontrou uns cavaleiros

A rainha, com o coração dilacerado pela dor, curvou-se sobre o berço no qual seu filho dormia e lamentou-se:

— Seu pai não quis ficar comigo e morreu em combate. Agora tenho apenas você, Parzival, meu pequeno príncipe! Não vou admitir que também morra num combate. Você não será nem príncipe nem cavaleiro. Hei de protegê-lo contra toda maldade, contra todos os perigos deste mundo e contra a soberba dos reis e cavaleiros. Você nunca saberá quem é, meu filho. Crescerá como um pateta ignorante, mas de coração puro. Nunca portará armas e não matará. Nada saberá do brilho das cortes, do alvoroço das batalhas, da vaidade dos duelos. — E continuou falando para seu filho e para si mesma. Deplorou sua sorte ainda por alguns dias e então tomou uma decisão. Nomeou um regente para o reino e abandonou a cidade com seu filhinho e alguns fiéis servidores.

A rainha era proprietária de um domínio isolado do mundo por altas montanhas e densas florestas, e foi para lá que seguiu, acompanhada apenas por alguns servidores. Ali Parzival deveria crescer, pois ali nunca chegariam notícias da realeza e da cavalaria. A criadagem foi obrigada a jurar solenemente que nunca revelaria à criança sua origem.

Herzelóide levava a vida de uma ermitã, de uma simples camponesa: cultivava a terra, embrenhava-se na floresta e também não queria mais lembrar que era uma rainha. Arava, semeava, segava e colhia, tal como as pessoas que ali viviam. Suas mãos ficaram calejadas, seu dourado cabelo desgrenhou-se. Sua coroa e sua jóias haviam ficado no castelo.

Parzival cresceu nas campinas e na floresta, não tendo nenhuma idéia das aventuras de que fora afastado. Nem seu próprio nome ele sabia, pois a mãe chamava-o apenas por apelidos. Mas de uma coisa ela não conseguiu afastá-lo: do arco e da flecha. Ao completar dez anos — que aliás ninguém contava —, descobriu que poderia fazer um arco com um galho flexível de um freixo, com uma corda que encontrou dentro de casa e uma flecha com um ramo reto. Sentia grande alegria em atirar flechas acima das mais altas árvores ou acima do telhado da casa, ou então em tentar acertar o galho de uma árvore, passando horas nessa brincadeira.

Um dia apontou para um pequeno pássaro, que, atingido, caiu ao chão, debatendo-se e agitando inutilmente as asinhas. Parzival ajoelhou-se diante da avezinha moribunda e sentiu no próprio peito a luta contra a morte e a dor do animal. Chorando, correu para dentro de casa e, penalizado, contou à mãe o mal que havia feito.

Ela assustou-se muito com o fato de o filho ter construído uma arma e trazido a morte ao passarinho. Tomou o arco e a flecha do menino e proibiu-o de construir outros. Daí por diante Parzival andava pela floresta com as mãos vazias e ficava pensando, angustiado, em como sentira prazer ao ter causado dor a uma criatura, não compreendendo por que isso acontecia. Aborrecia-se também por não ter mais a arma e não poder atirar em animais e aves, apesar de sentir pena deles.

Prometeu à mãe nunca mais matar um animal. Enternecida, ela beijou-o e disse:

— Você tem toda a razão, querido filho. O que nos fizeram esses seres inocentes para persegui-los desse jeito? Deus criou-os para que também eles pudessem viver felizes.

Por muitos dias Parzival pensou nas palavras da mãe, tentando entendê-las, e um dia perguntou-lhe:

— Mãe, quem é Deus?

De que forma iria ela responder a essa pergunta? Pensativa, afagando os cabelos do menino, ela disse:

— Você não pode vê-lo como vemos uma árvore, um cervo ou uma nuvem. Ele está em todos os lugares. Existe sempre, nunca morre, e foi ele quem criou toda a vida, e também a você e a mim. Você nunca o verá, mas poderá senti-lo se ficar bem quietinho e não pensar mais em si mesmo. Ele brilha como o sol e ao mesmo tempo é escuro como a noite. E é tão abundante como as estrelas do céu, que é impossível enumerar. Por isso você deve amá-lo, pois ele também o ama. Ele o ama tanto quanto eu amo você.

Parzival refletiu seriamente sobre essas palavras. Um dia a mãe disse-lhe outras coisas, sobre as quais teve que esforçar-se mais ainda para entendê-las. Ela disse:

— Deus tem também um inimigo. É o mal, o Diabo. Também ele está em toda parte. Ele não brilha como o sol e muda de cor como o limo. Fede como um cadáver putrefato e é feio como um sapo. Esconde-se nos lugares escuros e também no coração dos homens, e eles não sabem disso. Você deve odiar o Diabo e combatê-lo.

— De que forma vou combatê-lo? — quis saber o menino.

— Amando a Deus — respondeu ela.

Ela ainda explicou-lhe uma porção de outras coisas à medida que ele foi crescendo. Um servo ensinou-o a caçar, e apesar de ter jurado nunca mais matar um animal, teve que fazê-lo para que sobrevivessem. Assim o conflito agitou-lhe o coração, mas ele logo superou-o, porque era por natureza uma pessoa alegre. Em pouco tempo aprendeu a acertar um gamo com a lança de forma que o animal não sofresse. Outro servo ensinou-o a entalhar uma flauta com um galho de salgueiro e também ensinou-o algumas cantigas, que ele tocava quando ficava sentado num galho no alto de uma árvore e de onde observava as borboletas multicoloridas, sua única alegria. Às vezes prendia uma em suas mãos e não se cansava de olhá-la, mas logo a soltava delicadamente.

Uma vez o solo da floresta ressoou e ouviu-se o rumor de cascos de cavalos que se aproximavam. Então ele pensou: "Será que é o Diabo?" E escondeu-se atrás de uma árvore com a lança em riste. "Apenas o mal", refletiu ele, "poderia aproximar-se dessa forma feia e violenta".

Três cavaleiros, um atrás do outro, irromperam na clareira, vindos da floresta. O primeiro estava totalmente oculto por uma armadura, coisa que Parzival nunca vira antes, e segurava os arreios do segundo cavalo, montado por uma figura coberta com um véu que mal deixava entrever-lhe o rosto: era uma mulher. O terceiro cavaleiro também estava oculto por uma armadura.

Parzival saltou para fora de seu esconderijo com a lança em riste e gritou para o primeiro cavaleiro:

— Ei! Pare! Você é Deus ou o Diabo?

Eles puxaram as rédeas e o primeiro cavaleiro levantou a viseira. Parzival viu que era apenas um homem com uma espessa e escura sobrancelha. O homem disse:

— É apenas uma criança, e ainda por cima um louco. Saia do caminho, menino, dê o fora! — Em seguida eles sumiram, levantando poeira. Indeciso, o menino ficou olhando os cavaleiros afastando-se.

Pouco depois aproximou-se outro cavaleiro num rápido galope e Parzival também colocou-se no seu caminho.

— Você é Deus ou o Diabo?

O cavaleiro puxou as rédeas, levantou a viseira, abaixou-se e perguntou rindo:

— Não sou Deus nem o Diabo. E você? Quem é você, pequeno?

Parzival não sabia responder, porque não sabia seu próprio nome. Continuou olhando, curioso, o cavaleiro.

— Se você não é Deus e nem o Diabo, então quem você é? — perguntou Parzival.

— Eu sou um cavaleiro — respondeu o homem. — Mas diga-me, há pouco não passaram por aqui dois cavaleiros e uma dama?

Parzival assentiu e continuou perguntando:

— O que é um cavaleiro?

— Bem, um cavaleiro é um cavaleiro — respondeu o homem, rindo da ingenuidade do rapaz. — Os dois cavaleiros que estou perseguindo raptaram a minha irmã.

— Então, os cavaleiros são o Diabo? — perguntou Parzival.

— Não, não são — foi a resposta. — Quando são cavaleiros nobres e justos eles servem a Deus. Não compreendo como você pode fazer perguntas tão tolas. Você parece ser um menino inteligente e esperto.

— Diga-me o que são os cavaleiros! — pediu Parzival.

— São homens distintos e valentes, de ascendência nobre e sentimentos generosos. Servem a Deus e às belas mulheres e usam armaduras de ferro porque vivem lutando entre si. Você também quer ser um cavaleiro?

— Quero — gritou Parzival. — Você pode me transformar num cavaleiro?

— Bem, tão rapidamente não dá para fazer isso — respondeu o cavaleiro. — Primeiro, você tem que ter uma ascendência nobre, deve saber manejar a espada e arremessar a lança para que consiga enfrentar seu oponente no duelo e no torneio. Precisa também aprender a cavalgar, servir a nobres e belas damas e defendê-las quando estiverem em perigo; e acima de tudo deve amar a Deus e odiar o Diabo. Mas antes de tudo você tem que crescer, tornar-se um adulto e um homem. Agora você ainda é uma criança. E quando chegar a hora vá até o grande rei Artur, ao seu castelo de Camelot, e peça-lhe para armá-lo cavaleiro.

— Sim, isto eu entendo — disse o rapaz. — Leve-me com você, por favor, e ensine-me tudo!

— Uma outra vez, pequeno — respondeu o cavaleiro, balançando a cabeça e falando com ele como se fosse uma criança. — Agora não tenho tempo. Vou atrás daqueles dois malvados que raptaram minha irmã e vou lutar com eles. Mande lembranças para sua mãe, pois com certeza deve ter uma mãe, e diga-lhe para não o educar assim, como um tolo camponesinho ou um louco! — Em seguida desapareceu, cavalgando.

Como Parzival andou pelo mundo vestido de louco

— Encontrei um cavaleiro e também quero ser um! — gritou Parzival à sua mãe logo que entrou em casa. Ele havia corrido para casa sem perda de tempo: queria contar à mãe o que desejava ser.

Herzelóide ficou angustiada, tentou de todas as formas dissuadi-lo de vagar pelo mundo e de ser um cavaleiro. Mas logo constatou que todos os seus esforços eram inúteis, tão forte era o desejo do filho tornar-se um cavaleiro. E quanto esforço ela havia feito para protegê-lo do destino de Gahmuret, seu esposo!

Mas mesmo assim não entregou os pontos. Passaram-se dias, semanas e meses, e o desejo do jovem de medir suas crescentes forças com as do mundo tornou-se mais intenso ainda. Parzival transformou-se num homem, e a força, a honra e a nobreza amadureceram espontaneamente nele sem que tais virtudes tivessem sido cultivadas em seu espírito.

A mãe foi obrigada a reconhecer que essa era a vontade de Deus e que seria impossível prender seu filho para sempre ao seu lado em uma vida monótona. Por isso decidiu fazer um último esforço: o rapaz partiria pelo mundo vestido de louco, pois talvez, assim pensava ela, a zombaria e o desprezo das pessoas o demovessem do desejo de buscar aventuras.

— Se você realmente está querendo ir embora — disse ela com um suspiro —, vou fazer-lhe roupas tão elegantes e finas que você será bem recebido aonde quer que vá.

Mas o que foi que ela fez? Pegou um camisolão de um tecido bem grosseiro e costurou nele uma porção de retalhos coloridos, o que resultou num perfeito traje de louco. A calça ela confeccionou-a com o couro de um bezerro, deixando a superfície áspera com o pêlo malhado para fora, e também essa peça era bem adequada ao seu objetivo. Na estrebaria escolheu um forte cavalo, usado para puxar o arado, fez uma sela de pele de porco e assim estava pronta a preparação da viagem. O jovem pegou sua arma, uma lança curta de caça, e montou alegremente na sela após ter-se despedido da mãe com um beijo sincero. Ela ainda insistiu em transmitir-lhe alguns ensinamentos maternos:

— Seja gentil e atencioso com todo mundo, velho ou jovem, rico ou pobre. Onde você encontrar injustiça, lute pelo que é justo. Tenha Deus em seu coração e mantenha o Diabo afastado. E mais uma coisa: se você puder, como sinal de cortesia, ganhar um bracelete ou um anel de uma dama, pegue-os

e guarde-os honrosamente; isso lhe trará alegria, e se a mulher permitir em sua castidade um beijo, beije-a, pois isso significa sorte. E agora fique sabendo o nome com o qual você foi batizado. Você se chama Parzival. E adeus, meu querido filho!

Agora ao menos ele sabia o seu nome, mas ela não lhe disse quem era seu pai e nem a sua linhagem. Em casa ela foi tomada pela tristeza e pelas preocupações, e à medida que o filho cavalgava para mais longe, a tristeza e o desgosto foram pesando cada vez mais em seu coração, até que este não agüentou mais e parou de bater. Ela morreu sem que ele soubesse de nada, e os dois nunca mais se viram.

Parzival cavalgou para fora da floresta fechada e chegou a um campo aberto onde encontrou pessoas que riam de sua aparência; mas ele aceitava isso cordialmente e cumprimentava a todos. Quando perguntava qual era o caminho até o castelo do grande rei Artur, ninguém era capaz de ajudá-lo. E quando lhe perguntavam o que ele pretendia fazer ali, respondia:

— Quero ser armado cavaleiro pelo rei Artur. — Então todos riam mais ainda, mas ele não se aborrecia com isso.

Um dia aproximou-se de uma tenda armada à sombra de um bosque e viu através da cortina entreaberta um mulher adormecida.

— Mas que sorte! — exclamou — Agora vou conseguir um bracelete ou um anel de uma dama. — Ajoelhou-se, tirou o bracelete da mulher e beijou-a na boca.

Ela abriu os olhos e viu os trajes de louco do jovem, empurrou o rosto dele e tentou pegar de volta o bracelete. Enquanto lutavam pelo bracelete, ele disse:

— Não tenha medo! Eu peguei seu bracelete porque foi isso que minha mãe me aconselhou e a beijei porque me dará sorte. Eu me chamo Parzival, e você, nobre senhora?

— Não me mate!— gritou ela, pensando que ele fosse um escudeiro que perdera a razão. — Eu me chamo Iechute, sou a mulher do conde Orilus de Lalande, que vai acabar com você e também comigo se o encontrar aqui! Vê se desaparece daqui, seu louco. Pegue este pão, beba um copo de vinho e depois dê o fora!

— Não tenho medo. Por que ele iria matar-me? — perguntou Parzival. Mas ela nem lhe respondeu. Empurrou-o para fora da tenda, esquecendo-se de que ele havia ficado com seu bracelete, e assim Parzival continuou cavalgando.

Como Parzival ficou sabendo de sua origem e como foi recebido na corte do rei Artur

Um dia, Parzival estava descendo um desfiladeiro montado em seu cavalo quando ouviu soluços de uma mulher. À medida que foi se aproximando, viu uma mulher agachada, segurando em seu colo a cabeça de um cavaleiro morto. Era a primeira vez que Parzival via um cadáver e sentiu um calafrio descendo pela espinha, pois o rosto do homem estava banhado de sangue. Aproximou-se e disse:

— Se foi alguém que matou seu marido, diga-me quem foi e eu o vingarei agora mesmo.

— Você usa roupas muito estranhas — retrucou ela, levantando a cabeça —, mas parece ser um jovem corajoso. Você não tem uma armadura e nem uma espada para enfrentar o homem que matou o meu noivo. Ele é um cavaleiro e não poderá lutar com alguém que simplesmente aparece assim como você: num camisolão de louco e com uma lança.

— Por que o cavaleiro matou o seu noivo? — quis saber Parzival.

— A culpa foi minha — respondeu ela, recomeçando a chorar. — Eu me deixei levar pela presunção e exigi um preço muito alto pelo meu amor. Quis que os homens lutassem por meu amor e este aqui morreu por minha causa.

— É difícil entender tudo isso — disse Parzival, pensativo. — Mas, se a senhora estiver de acordo, também quero combater por seu amor e ganhar o seu anel ou o seu bracelete.

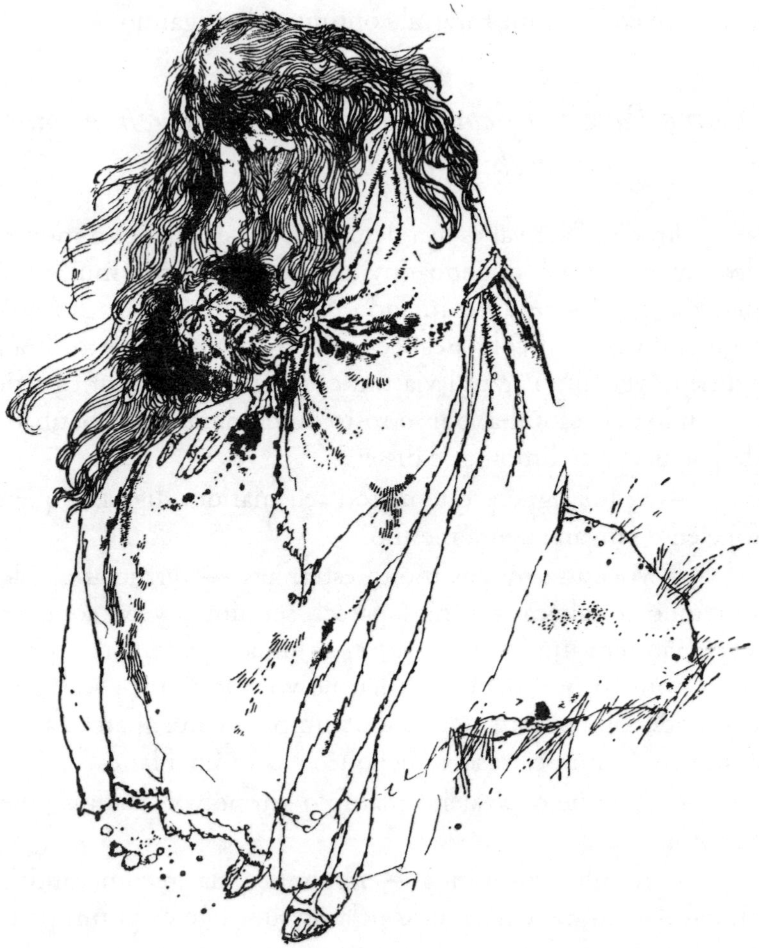

— Você é mesmo um idiota! — exclamou ela. — Como se chama e de onde vem?

— Eu me chamo Parzival e minha mãe chama-se Herzelóide. Quem foi meu pai, isso eu não sei: não tenho pai.

A mulher ficou surpresa, e depois de algum tempo disse:

— Se você é Parzival e sua mãe se chama Herzelóide então eu conheço a sua história e vou lhe contar quem você é. Eu sou Sigune, filha do irmão de sua mãe, e sei o que aconteceu quando sua mãe ficou sabendo que Gahmuret, seu esposo, foi morto. Gahmuret foi seu pai, um rei do Oriente. Herzelóide, sua mãe, é rainha do reino de Gália e isolou-se do mundo para preserva-lo dos perigos e das desgraças. Você é filho de um rei e tem direito à armadura e às armas de um cavaleiro. O que você tem que fazer para ser um cavaleiro, isso eu não sei.

— Mas eu sei — retrucou Parzival, feliz por ser mais esperto que ela. — Vou até a corte do rei Artur, no castelo de Camelot, e peço-lhe para armar-me cavaleiro.

Depois separou-se de Sigune e seguiu o seu caminho. Após alguns dias topou com um cavaleiro cuja aparência deixou-o muito espantado. Tudo nele era vistoso e flamejante, de um vermelho vivo: o elmo, a cota de malha, a manopla e também os arreios e o xabraque do corcel.

Parzival lembrou-se dos conselhos maternos e disse:

— Eu o saúdo, senhor cavaleiro. Gostaria muito de ter a sua armadura.

— Quem é você, seu louco, para falar comigo desse jeito fanfarrão? — perguntou o cavaleiro rindo.

— Eu sou Parzival, filho de Gahmuret, rei do Oriente, e minha mãe é a rainha Herzelóide da Gália.

— Já ouvi falar deles — disse o cavaleiro —, mas não consigo acreditar que você seja filho de um rei.

— Se você permitir, podemos combater valendo a vossa armadura — disse Parzival. — Então terei a aparência de um filho de rei.

Trocaram pois essas palavras, mas o cavaleiro negou-se a travar um combate com Parzival. Pelas feições e pela conduta do jovem, o cavaleiro ficou em dúvida sobre se ele não estava realmente falando a verdade e não zombou da sua intenção de dirigir-se ao rei Artur.

— Bem, se você está indo até o castelo de Camelot, transmita meus cumprimentos ao rei Artur e diga-lhe que o Cavaleiro Vermelho espera na arena de torneio, em frente ao seu castelo, alguém que queira aceitar o combate por esta taça dourada. — E tirou do bolso da sela uma preciosa taça. — Certa vez ofendi a rainha Guinevere por causa do cavaleiro Lancelote, seu servidor, ao derramar o vinho desta taça em seu colo. Eu sei que esse ultraje exige reparação, por isso diga aos cavaleiros da Távola Redonda que aceito duelar com qualquer um que queira vingar o ultraje.

Parzival prometeu transmitir fielmente a mensagem, pediu ao Cavaleiro Vermelho para indicar-lhe o caminho e continuou sua viagem. Por fim chegou ao castelo de Camelot, muito esgotado, no lombo de seu cavalo de arado, que não estava acostumado a tais jornadas. Como acontecia em todos os lugares, o povo, que se ajuntou para vê-lo, riu e zombou dele. Mas quando soube que um jovem em trajes de louco queria falar com ele, o rei Arthur mandou chamá-lo, fiel à sua norma de receber a todos os seus subordinados.

No pátio do castelo, Parzival viu um grande ajuntamento de jovens, todos vestidos com trajes muito alegres e coloridos, numa confusão de cores cintilantes, e acreditou estar no meio de pessoas muito importantes. Dirigiu-se a uma delas e disse:

— Vejo aqui muitos reis, mas quem é o rei Artur?

Os que ouviram a pergunta caíram na gargalhada, porém o interpelado respondeu gentilmente:

— Não somos reis e nem mesmo cavaleiros, mas apenas escudeiros que aspiram a ser cavaleiros um dia. Eu me chamo Iwanet.

Depois Parzival foi levado à presença do rei, que se manteve sério diante da sua aparência e convidou-o a contar sua história. Como o rei era inteligente e conhecia tudo sobre a cavalaria, logo reconheceu a origem nobre do jovem e também que ele estava destinado a ser um cavaleiro. Com respeito, perguntou-lhe o que desejava.

— Eu lhe peço, senhor rei — respondeu Parzival —, que me arme cavaleiro e então serei seu servidor.

Para espanto de todos, o rei não caiu na gargalhada, mas concordou com o pedido, dizendo:

— Talvez um dia, meu jovem, mas primeiro você necessita de uma verdadeira armadura, de armas e de um bom corcel; e também deve provar que sabe combater em torneios e duelos.

— É exatamente o que desejo — retrucou Parzival. — Tenho uma mensagem para o senhor, de um homem que se chama Cavaleiro Vermelho. Ele deseja lutar com alguém disposto a vingar a ofensa que ele fez à rainha Guinevere. Ele derramou uma taça de vinho em seu colo, e aquele que o vencer ficará com a taça dourada e sua armadura. Eu o enfrentarei e ficarei com sua armadura e suas armas.

Quando os cavaleiros ouviram essas palavras, levantou-se um alto vozerio: todos sabiam que o cavaleiro era sir Ither de Gahawies. Logo começaram a discutir sobre quem o enfrentaria; muitos ofereceram-se para vingar a ofensa, mas o rei determinou que o direito ao combate seria daquele que se apresentara em primeiro lugar, e este fora Parzival.

Enquanto os homens estavam ali, entraram algumas damas no salão e uma delas riu alto ao ver Parzival com aqueles trajes de louco. Era Guinevere de Lalande, que uma vez jurara nunca mais rir até que avistasse aquele que fizesse jus ao mais alto prêmio da cavalaria. Agora ela quebrara o juramento ao ver um louco.

Keye, o senescal da corte, responsável pela observância das normas e dos costumes, repreendeu-a por ter quebrado o juramento por causa de um louco e como castigo bateu-lhe com o bordão. A moça, assustada, colocou a mão na boca, corou de vergonha e não conseguiu conter os soluços. Parzival, que vira tudo, jurou que um dia o senescal Keye pagaria caro por aquela atitude impertinente.

O cavaleiro Ither esperava na arena de torneio, frente ao castelo, aquele que iria enfrentá-lo, e Parzival foi ao seu encontro vestido em seu camisolão cheio de remendos e empunhando a curta lança de caça. A luta parecia ser desigual, mas terminou rápido e de um jeito que ninguém esperava. Parzival atirou com tanta força sua lança — tal como um experiente caçador que derruba de um só golpe um raivoso javali, acertando o adversário exatamente entre o capacete e o guarda-nuca e perfurando a cota de malha — que o cavaleiro, sem emitir um único som, caiu morto.

Todos testemunharam, abalados, o modo como o cavaleiro Ither foi morto e lamentaram seu triste fim, que no final das contas não fora digno de um herói tão valente. O vencedor tirou a armadura, a manopla e o elmo do morto e vestiu-os sem tirar o camisolão de louco, pois este, segundo ele, fora feito por sua querida mãe e ele o usaria até o fim de seus dias.

Pegou também a taça, dirigiu-se à rainha Guinevere, ajoelhou-se e ofertou-lha, reparando assim a ofensa que ela sofrera.

Em seguida montou o nobre corcel do cavaleiro morto e saiu novamente pelo mundo. Em qualquer lugar onde aparecia, as pessoas chamavam-no, sem saberem seu nome, de Cavaleiro Vermelho.

Como Parzival interveio a favor de Iechute

Parzival, na sua vistosa armadura vermelha, montado no nobre corcel do cavaleiro Ither, sentia-se como um autêntico cavaleiro e nem remoía o fato de ter matado alguém que, afinal de contas, não lhe havia feito nada.

Naquele mesmo dia viu uma pessoa vestida de trapos e montada num cavalo magro, e quando a alcançou percebeu que era uma mulher com os cabelos desgrenhados caídos no rosto e quase nua sob os farrapos. Quando viu seu rosto, reconheceu-a: era Iechute, de quem ele roubara o bracelete.

— Nobre senhora, o que foi que lhe aconteceu? — gritou ele.— Ainda há pouco eu a vi trajando seda, deitada numa bela tenda, e agora a vejo em farrapos!

— Cavaleiro — respondeu ela —, você se assemelha ao louco escudeiro que roubou meu bracelete, mas provavelmente não é aquele louco. Mas se for, então ouça o que você provocou. Meu marido, o conde Orilus, está muito bravo comigo porque acha que lhe dei atenção, que o deixei desarrumar o meu vestido e o presenteei com meu bracelete de ouro. Por isso ele tirou-me tudo, repudiou-me e não me ama mais. Ele cavalga ali adiante e eu só posso segui-lo de longe.

Parzival ficou muito aflito, esporeou o cavalo e cavalgou rápido atrás do conde Orilus.

— Exijo-lhe que perdoe agora mesmo a sua esposa, pois ela é inocente. Exijo também que a reconheça novamente como sua esposa e que lhe solicite o beijo do amor. Se não o fizer, encontrará a morte pelas minhas mãos!

Como o conde Orilus se negou a acatar essas ordens, Parzival arrancou-o da sela e começou a lutar com ele. Jogou-o ao chão e sufocou-o com suas fortes mãos.

— Agora você morrerá, se não pedir à sua mulher o beijo do amor e do perdão, pois ela não teve culpa do que ocorreu — disse Parzival.

— Prometo que o farei— balbuciou Orilus, quase sem fôlego. — Solte-me, Cavaleiro Vermelho. — Parzival soltou-o e, mostrando-lhe o bracelete, disse:

— Aqui está o bracelete que roubei, o que foi apenas uma cortesia. Terá o bracelete de volta sob uma condição, que direi após você beijar a sua esposa.

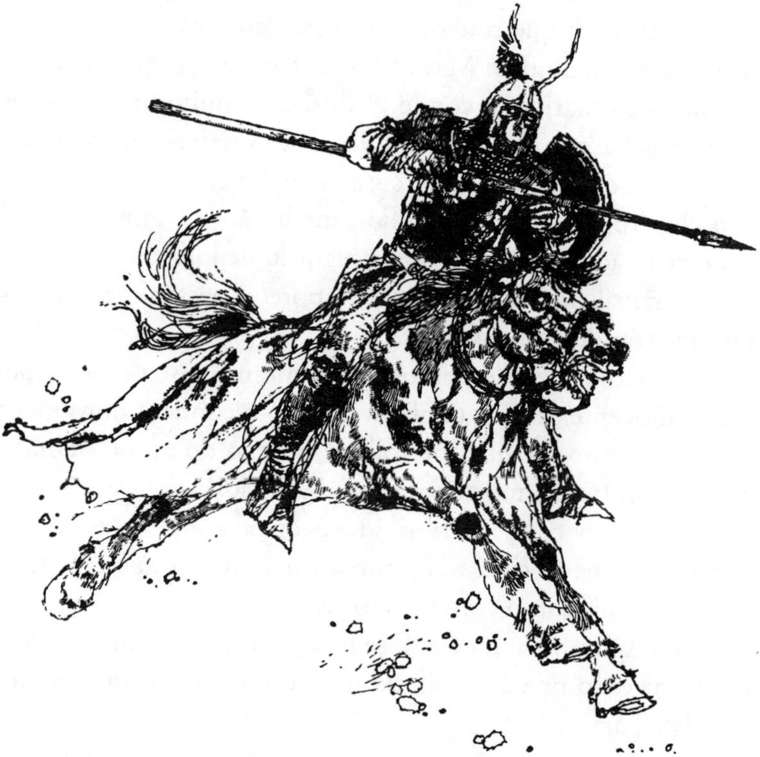

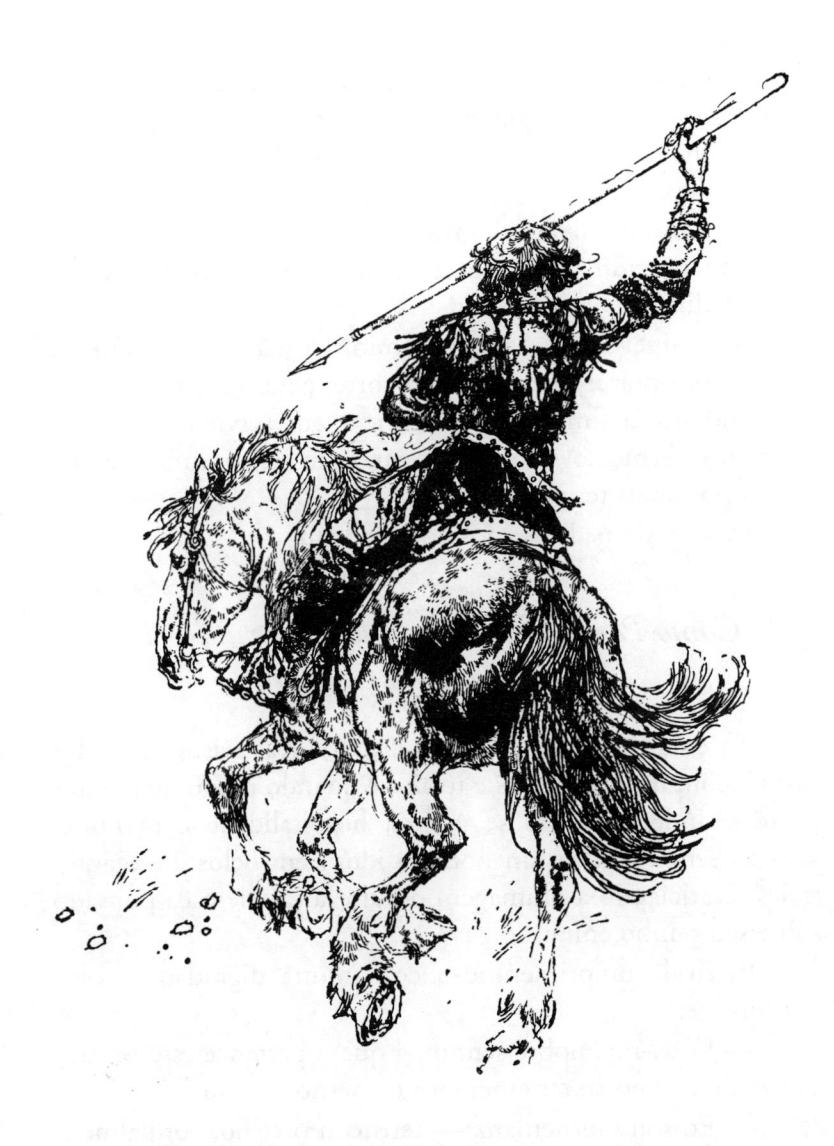

Então Orilus beijou a esposa e pediu-lhe desculpas; depois perguntou, sombrio, que condição era essa, acrescentando que era injusto ainda impor condições para devolver o bracelete, pois afinal ele pertencia a lady Iechute.

— Na corte do rei Artur — disse Parzival — vive a nobre donzela Guinevere, que foi duramente castigada pelo senescal Keye. Isso é uma vergonha. Você deve seguir até a corte e oferecer-lhe seus serviços, e se for a vontade dela deverá lutar com sir Keye.

— Deus me livre! — gritou lady Iechute. — Não quero que meu querido marido acabe num combate por causa de outra mulher.

— Guinevere de Lalande é minha irmã — disse Orilus. — E é com prazer que vou até a corte, para onde aliás estava indo mesmo, a fim de oferecer-lhe meus serviços. E agora, Cavaleiro Vermelho, vá embora para que eu e minha querida esposa possamos ter paz!

Parzival despediu-se dos dois e partiu.

Como Parzival foi recebido e instruído por Gurnemanz de Graharz

Ao entardecer de um certo dia, Parzival avistou um alto castelo com muitas ameias e torres, e quando parou diante dos portões, indeciso sobre se pediria hospitalidade e pernoite, veio ao seu encontro um homem idoso em belos e elegantes trajes, acariciando a plumagem de um falcão de caça pousado sobre seu punho enluvado.

Parzival cumprimentou-o com muita dignidade e perguntou-lhe:

— Dizei-me, nobre senhor, a quem pertence esse formoso castelo e se posso ter esperança de pernoitar aqui?

— Eu sou Gurnemanz — retrucou o velho, cordialmente — e fui um dos cavaleiros da Távola Redonda. Resolvi recolher-me ao meu castelo para passar aqui em paz os meus últimos dias de vida. E você, quem é?

Quando ele ficou sabendo quem era Parzival, convidou-o a pernoitar e ficar quanto tempo desejasse em seu castelo, que se chamava Graharz. Soltou o falcão, que saiu voando. A ave tinha guizos pequenos e prateados amarrados a suas pernas e no seu vôo em direção ao castelo alertou os criados, com o soar dos guizos, de que o senhor precisava de um criado. Imediatamente surgiram vários escudeiros que conduziram Parzival a um aposento e prontificaram-se a ajudá-lo a retirar sua armadura. Mas ele não deixou: libertou-se sozinho dos trajes de ferro e logo ficou à mostra seu camisolão de louco com seus remendos coloridos. O que deu origem a risos furtivos e murmúrios da criadagem.

Na manhã seguinte encontrou ao lado da cama elegantes roupas, e após ter-se lavado e vestido, Gurnemanz entrou em seus aposentos perguntando, de acordo com os costumes da corte, quais eram seus desejos, dizendo que iria satisfazê-los. Parzival não demorou para responder e disse no seu jeito direto e simplório:

— Minha querida mãe disse-me muitas vezes que deveria escutar os conselhos de um homem de cabelos brancos e não perder a oportunidade de aprender com um homem de linhagem nobre as regras e o saber da vida. Assim eu lhe peço aceitar-me a vosso serviço e ensinar-me o que ainda não sei.

— Farei isso com prazer — disse Gurnemanz, pensativo. E assim nas semanas e nos meses que se seguiram, Parzival aprendeu tudo o que não sabia e o que fazia parte da vida de um verdadeiro nobre.

Ele desconhecia os rituais da missa, pouco sabia sobre a história e os milagres do Salvador, quem eram os apóstolos, os santos, os religiosos, os piedosos e os ímpios, qual era a função da Igreja e de seu chefe, o papa. Tudo isso o seu hospedeiro, o sábio e experiente sir Gurnemanz, ensinou-lhe de um jeito cordial e ponderado.

Mas o velho não lhe contou quase nada sobre um dos mais belos mistérios, que só era acessível aos escolhidos, o mistério do cálice, o Santo Graal, no qual foi recolhido o sangue do Salvador quando ele estava pendurado na cruz e que foi levado ao monte Montsalvat e ali guardado, transformando-o num refúgio da fé e da salvação.

Sobre o mal e o inferno, o velho Gurnemanz não contou nada porque arrepiava-se todo quando falava disso. Mas ensinou-lhe algumas regras de vida, de boas maneiras, de cortesia, tolerância, zelo e coragem que distinguem o verdadeiro do falso cavaleiro. Quando o aluno começou a fazer perguntas demais e algumas delas bem tolas, o velho formulou a seguinte regra: "Não faça perguntas que embaracem aquele que você questiona". Essa era uma regra que traria muita dor e aflição ao aluno.

De manhã cedo, sir Gurnemanz e Parzival cavalgavam até o campo, onde o velho dava aulas de equitação e ensinava-o como tratar do cavalo e como deveria pressionar a coxa do animal para guiá-lo no combate com lanças, como deveria manter a lança em riste, como defender-se com o escudo e como movimentar-se durante o combate. Parzival treinava diariamente o manejo das armas, alcançando a destreza de um mestre. Gurnemanz também ensinou-o a criar e adestrar falcões de caça, assim como enfaixar e cuidar as feridas, para quando, ferido, sobrevivesse e ajudasse o oponente ferido, um dos mais sagrados deveres da cavalaria.

Uma noite participou do jantar a donzela Liaze, filha de Gurnemanz, que se apresentava pela primeira vez ao convidado, e Gurnemanz pediu-lhe:

— Minha querida filha, permita que este cavaleiro dê-lhe o beijo de boas-vindas, pois ele o merece.

Parzival beijou-a e o pai, em tom de brincadeira, disse:

— Você não poderá roubar-lhe um anel e nem um bracelete, pois ela não usa jóias. Mas tenha cuidado para não lhe roubar o coração. — Ele falava neste tom com o jovem, deixando de lado a formalidade, pois amava-o como a um filho.

Como Parzival conquistou o coração da rainha Kondwiramur

Quando Parzival assimilou todas as virtudes e os conhecimentos da cavalaria, sentiu que precisava vagar pelo mundo e confirmar tudo o que aprendera através de boas ações. Pois ninguém poderia considerar-se um autêntico cavaleiro se tal dignidade não tivesse sido conquistada pelas armas e, além disso, se não fosse merecida. Então nem a adorável donzela Liaze, que já lhe entregara o coração, foi capaz de detê-lo. O coração de Parzival, no entanto, continuava livre, tomado por um desejo ardente, cujo alvo desconhecia.

Despediu-se de Gurnemanz, o sábio, que compreendera sua partida, e de Liaze, cujos olhos lacrimejaram, e saiu cavalgando para onde seu cavalo o levasse. Deixou as rédeas frouxas e seguiu embalado pelos seus sonhos. O caminho por onde o animal o conduzia atravessava florestas, lugares ermos e poeirentos, planaltos selvagens.

Assim chegou a um rio sobre o qual uma ponte estreita, oscilante e em ruínas, levava até uma cidade cercada por grossos muros. O corcel estacou amedrontando, negando-se a pisar nas ripas soltas da ponte. O cavaleiro acordou assustado e sentiu curiosidade de conhecer a desolada cidade que ficava do outro lado. Segurando firmemente as rédeas, guiou o cavalo sobre as tábuas oscilantes, que estavam apoiadas sobre estreitas madeiras entrançadas, e assim conseguiu chegar são e salvo à outra margem, frente aos muros da cidade.

Bateu com força no grande portão fechado, mas ninguém veio atendê-lo. Martelou então com o punho de sua espada e após algum tempo viu o rosto de uma velha aparecer numa fresta do muro, perguntando-lhe o que desejava. Parzival disse quem era e pediu para entrar. Então a mulher contou-lhe que a cidade, que se chamava Belrapeire, passava por grandes dificuldades porque o jovem rei Klamide a cercara com o seu exército, ameaçando seus habitantes com a morte pela fome caso não se entregassem e caso a rainha Kondwiramur não concordasse em casar-se com ele. Esse nome pareceu familiar ao jovem cavaleiro; era como se já o tivesse escutado antes, mas não sabia quando e nem onde — talvez em seus sonhos.

Disse à mulher que transmitisse seus cumprimentos à rainha e que estava disposto à ajudá-la, se ela assim o desejasse. Pouco tempo depois era levado à presença da rainha: o portão foi rapidamente aberto e ele entrou cavalgando na cidade.

O que viu deixou-o assustado: pelas ruas perambulavam pessoas esfomeadas e pelos cantos jaziam mortos. Havia meses a cidade estava cercada e seus habitantes morriam de fome. Ao verem o altivo cavaleiro, todos começaram a ter esperança; juntaram-se em volta do cavalo, acariciaram o pêlo bem-tratado e a crina do animal, admiraram o brilho avermelhado da armadura do cavaleiro e o rubro da xabraque. As tímidas exclamações iniciais foram aumentando de volume:

— O senhor traz ajuda?

A rainha, sem dizer palavra, recebeu-o com um beijo, segundo os costumes cortesãos, após ele ter-se ajoelhado à sua frente. Ele também não disse nada, lembrando-se do conselho do sábio Gurnemanz de não fazer perguntas que deixassem o interrogado embaraçado. Ela convidou-o para uma refeição, desculpando-se pela escassez da comida, pois esta consistia apenas num pequeno pedaço de pão. Parzival respondeu que o pão o saciava, mas que provavelmente não saciava os habitantes da cidade, e ele estava pronto a lutar por ela quando e como a rainha determinasse, pois servi-la era para ele uma grande alegria e um dever.

Dois escudeiros conduziram-no a um rico aposento provido de suntuosa cama. Ele deitou-se, mas não conseguiu dormir; seus pensamentos estavam tomados pela bela rainha Kondwiramur, a quem tinha o dever de libertar daquela aflição. Durante a clara noite enluarada ele acordou e achou que continuava sonhando, pois a maravilhosa mulher, na qual pensara ainda antes de adormecer, estava à sua frente, banhada pelo suave brilho da lua. Estava sozinha, sem pajens nem criadas, e o silêncio era absoluto. Ela olhou-o com seus profundos olhos azuis e ele fixou-a; os corações dos dois jovens flamejaram de ardor e a imagem de todas as outras figuras femininas desapareceram da mente de Parzival.

Ela caiu de joelhos, chorando, apoiou a cabeça ao travesseiro e entre soluços contou a sua história:

— O rei Klamide jurou que me conquistaria para ser sua mulher e que tomaria essa cidade. Eu não o quero, todo o meu ser se opõe a ele. Mas acho que terei de me submeter antes que todos os meus súditos morram de fome. Não tenho homens suficientes para formar um exército, e aqueles que tenho estão mal armados, pois Belrapeire foi sempre um lugar pacífico. Ah, estou perdida! Prefiro morrer do que viver ao lado desse invasor.

Assim ela falou, chorando, ajoelhada diante dele. Ele puxou-a para si e disse:

— Deve ajoelhar-se apenas perante Deus. Eu a consolarei e lutarei pela senhora. Com toda a certeza Deus está ao meu lado e estarei ao seu dispor no momento em que a senhora o ordenar.

Um raio de esperança iluminou o rosto da rainha e ela disse:

— Amanhã cedo estará diante da cidade o mais forte guerreiro do rei Klamide. Seu nome é Kingrun. Ele exigirá que a cidade se renda. Mas, se houver alguém que tenha coragem de medir forças com ele num duelo, o desfecho do combate decidirá a sorte da cidade.

Parzival ouviu feliz essas palavras, consolou-a mais uma vez e prometeu enfrentar o homem.

Com os primeiros raios do sol, Parzival vestiu a armadura sobre seu camisolão de louco, atravessou cavalgando o portão da cidade e a ponte oscilante até chegar a um campo aberto.

Lá, aos brados, desafiou o cavaleiro Kingrum para o combate. Não precisou esperar muito. Veloz e com a lança em riste, o oponente veio em sua direção. O embate foi tão violento que ambos os cavaleiros foram derrubados da sela. Em seguida desembainharam as espadas; o ferro retiniu sobre o ferro. Kingrun era um forte combatente, mas o Cavaleiro Vermelho valeu-se dos golpes e ardis que Gurnemanz lhe ensinara. O combate durou uma hora, duas horas, três horas. Por fim, um forte golpe de Parzival derrubou o oponente ao chão e o sangue lhe jorrou da boca e do nariz. Gemendo e sem fôlego, ele se rendeu, mas não pediu que sua vida fosse poupada. Segundo as regras da cavalaria, o vencedor podia matar o vencido, mas Parzival lembrou-se do cavaleiro Ither e não queria matar novamente.

— A vida lhe será poupada — disse ele — se você cumprir minhas exigências. Vá ao castelo de Graharz e coloque-se a serviço do príncipe Gurnemanz.

— Não — revidou Kingrun —, prefiro que me mate. Eu matei o filho mais velho dele.

— Então entregue-se como prisioneiro à rainha Kondwiramur — disse Parzival.

— Não, prefiro que me mate. Causei sofrimento demais aos seus súditos.

— Então — disse Parzival, após pensar um pouco — vá à corte do rei Artur e pergunte pela donzela Guinevere de Lalande. É a ela que o senhor deverá servir.

Kingrun prometeu obedecer, e assim a vida lhe foi poupada.

No dia seguinte, o próprio rei Klamide enfrentou Parzival num duelo e também foi ao chão. Também a ele Parzival disse:

— Sua vida será poupada se atender às minhas condições.

— Fale, pois não tenho escolha — foi a resposta.

— Vá ao castelo de Graharz e coloque-se a serviço do príncipe Gurnemanz.

— É preferível que me mate — respondeu Klamide, suspirando. — Eu matei o segundo filho de sir Gurnemanz.

— Então entregue-se como prisioneiro à rainha Kondwiramur.

— Essa também seria minha morte. Eu causei amargos sofrimentos aos súditos da rainha.

Parzival, que desejava ser clemente com o vencido, disse:

— Vá à corte do rei Artur e ofereça seus serviços à donzela Guinevere. Ela foi ofendida pelo senescal Keye; faça com que ela obtenha sua reparação.

O rei Klamide prometeu atender a essa ordem. Reuniu seu exército, libertando a cidade do cerco, e depois seguiu viagem para o castelo do rei Artur de Camelot. Viajou durante semanas, pois tinha de manter-se fiel à sua palavra de cavaleiro. Ao chegar ofereceu seus serviços à donzela Guinevere para restabelecer a sua honra frente ao senescal Keye. Ela disse-lhe que não deveria lutar com Keye, pois os cavaleiros da Távola Redonda já haviam decidido que ele agira injustamente e Keye teve de pedir-lhe perdão. Klamide e Guinevere acabaram gostando um do outro.

Como Parzival encontrou o castelo do Graal, como deixou-o e perdeu-o de vista

Parzival e a bela Kondwiramur viveram o seu ditoso amor, casaram-se e governaram juntos o reino e a cidade de Belrapeire. A fome cedeu e o bem-estar voltou, os negócios floresceram e a paz foi mantida.

Mas uma coisa não deixava Parzival em paz: a saudade de sua mãe, pois não sabia que havia muito ela estava morta. Muitos sabiam que Herzelóide não vivia mais, mas ninguém, disse uma palavra sobre isso.

Kondwiramur foi compreensiva e deixou-o partir sem se opor. Além das saudades, Parzival foi tomado por um forte e desconhecido desejo que o obrigava a vagar pelo mundo. Pouco tempo após sua partida, Kondwiramur deu à luz um menino que chamou de Lohengrin.

Parzival, o Cavaleiro Vermelho, vagava como antes, sonhando, pelas amplidões do reino dos francos e do reino da Espanha, mas não conseguia encontrar o caminho para aquele lugar selvagem, aquela clareira onde havia crescido e vivido com sua mãe. Quanto mais o tempo passava, mais apagada se tornava a imagem de sua mãe, até que desapareceu totalmente; era como se tudo o que vivera até então se houvesse apagado e como se tivesse à sua frente algo indistinto, mas inevitável, que lhe fora determinado por Deus e que ele teria de encontrar, independente do tempo que durasse.

Perdido em profundos pensamentos, chegou a um lago. Nenhum sopro de vento turvava a superfície da água, lisa como um espelho. Perto da margem estava um bote, no qual estava sentado um velho que poderia ser um pescador, mas que usava um manto majestoso guarnecido de peles e não tinha nenhum apetrecho de pescaria. O velho olhava pensativo para o infinito e, quando Parzival se aproximou, voltou-se para ele.

Parzival perguntou se ele sabia de algum lugar onde pudesse pernoitar.

— Se o senhor seguir aquela trilha além do lago que avança rocha acima, cavaleiro Parzival — respondeu o velho —, encontrará um castelo cercado por um fosso. Ali será bem recebido.

Parzival admirou-se pelo fato de o velho saber o seu nome, mas não lhe fez perguntas. Cavalgou ao longo da margem do lago e guiou seu cavalo por uma trilha rochosa e íngreme que seguia montanha acima. Subiu tão alto que pareceu quase chegar ao céu, apesar de não se lembrar de ter visto de longe uma montanha tão alta. Repentinamente desvendou-se aos seus olhos, no alto de um penhasco, um castelo, como ele nunca vira antes. Os muros pareciam ter sido construídos na própria rocha, pois tinha-se a impressão de não haver diferen-

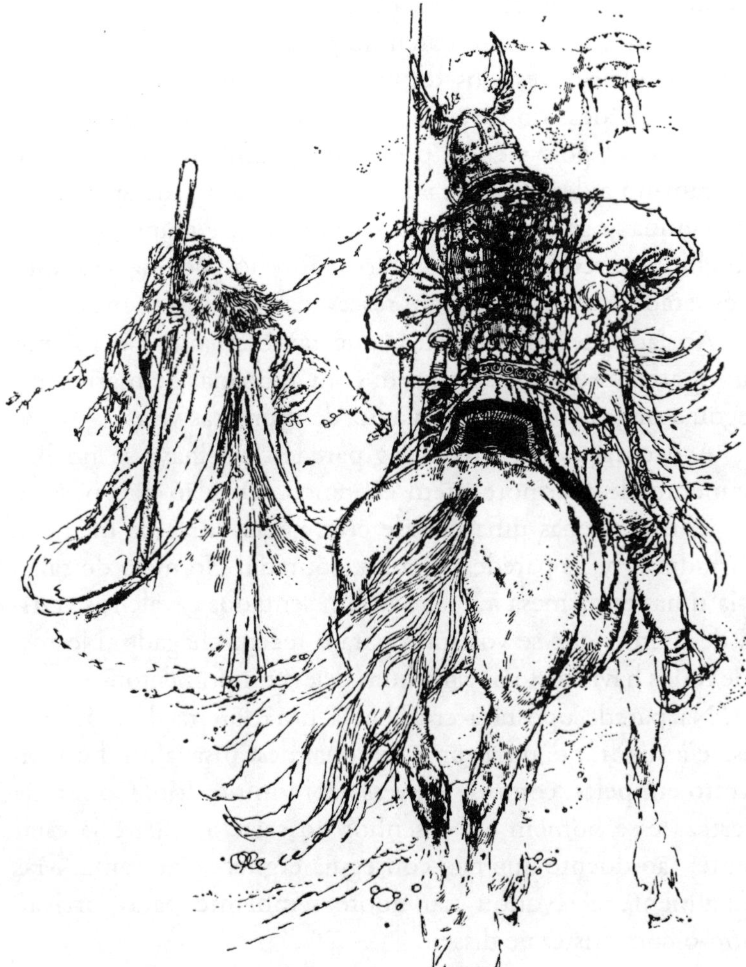

ça entre os muros e as rochas do penhasco; acima das ameias erguiam-se doze cúpulas douradas que cintilavam à luz do sol do crepúsculo e as nuvens passavam lentamente entre elas. Além do fosso havia doze portões, todos fechados, exceto um, cuja ponte levadiça estava baixada..

Indeciso, o cavaleiro bateu no portão aberto e logo apareceram escudeiros vestidos de branco que, sem dizer palavra, pegaram as rédeas do cavalo e conduziram-no através do pátio do castelo. Depois vieram pajens que, também em silêncio, ajudaram-no a desmontar e a livrar-se de sua pesada armadura. Em seguida jogaram sobre seus ombros um manto de seda vermelho; ele sentia-se como se fosse um hóspede havia muito era esperado e a quem estavam reservadas todas as honras.

Ao lado de um cavaleiro, que também usava o mesmo manto, atravessou uma passagem com abóbadas de mármore e chegou a um salão que reluzia à luz de inúmeras velas.

A decoração do teto e das paredes espelhava-se no liso pavimento de mármore preto e branco. O salão não possuía janelas, mas apenas uma grande cruz negra, atrás da qual um sol irradiava pelas paredes uma luz dourada. No meio do salão havia uma longa mesa à qual estavam sentados cavaleiros vestidos de branco que se voltaram para o recém-chegado. No rosto de todos havia tristeza, e nenhum deles cumprimentou-o.

Na parede oposta à cruz havia uma lareira de mármore acesa e à sua frente uma cama, na qual descansava um homem envolto em peles, como se estivesse com muito frio. Com toda a certeza esse homem era o senhor do castelo, e parecia estar doente, tão doente que não conseguia erguer-se da cama. Mas cordialmente ele voltou seu nobre semblante para Parzival, olhou-o com tristeza e disse:

— Espero não magoá-lo, meu amigo, por não conseguir levantar-me e cumprimentá-lo.

— Oh, não, senhor, isso não me magoa — retrucou Parzival, todo confuso, não tendo mais dúvidas de que aquele era o castelão.

— De onde o senhor vem? — perguntou ele.
— Parti hoje bem cedo de Belrapeire.
— Então fez uma longa viagem — disse o castelão. — Descanse e restaure-se aqui na minha casa.

Parzival agradeceu-lhe com uma reverência, mas não lhe fez perguntas, achando que isso poderia ser considerado impertinência e curiosidade, e esperou que lhe fosse dirigida a palavra.

Em seguida iniciou-se uma cerimônia. Era como se todos apenas estivessem esperando a chegada de Parzival. Entrou um jovem com uma lança que se aproximou da cama do cavaleiro doente e colocou-a sobre o peito dele. Então Parzival viu que havia sangue na ponta da lança, e uma gota caiu sobre os trajes do cavaleiro. O doente gemeu e os cavaleiros em torno da mesa suspiraram, mas ninguém disse palavra.

O jovem saiu e logo depois entrou no salão uma virgem que parecia um anjo, segurando com as duas mãos uma almofada sobre qual estava um cálice que emanava uma luz estranha e fantástica, suave como o clarão da lua. Então Parzival viu que no interior do cálice havia um pedaço de pão; o doente tirou um naco e comeu-o. Enquanto isso todos os cavaleiros levantaram-se e, um após o outro, aproximaram-se do leito, recebendo um pedaço de pão. Quando terminaram de comer, havia vinho tinto no cálice, e um após o outro, os cavaleiros beberam um gole; só quando o último sorveu o seu gole, o cálice ficou vazio. Os cavaleiros retornaram à mesa, mas não se sentaram: ficaram de pé, esperando.

Mesmo agora Parzival não fez nenhuma pergunta para saber o que tudo aquilo representava, pois lembrava-se das palavras de Gurnemanz, que o advertira para não fazer perguntas inúteis. Também não perguntou qual era o mal que afligia o senhor do castelo. Quando a jovem saiu, levando o maravilhoso cálice, o doente disse com muito esforço:

— Sente-se à mesa e restaure-se, meu amigo. Nada lhe deverá faltar.

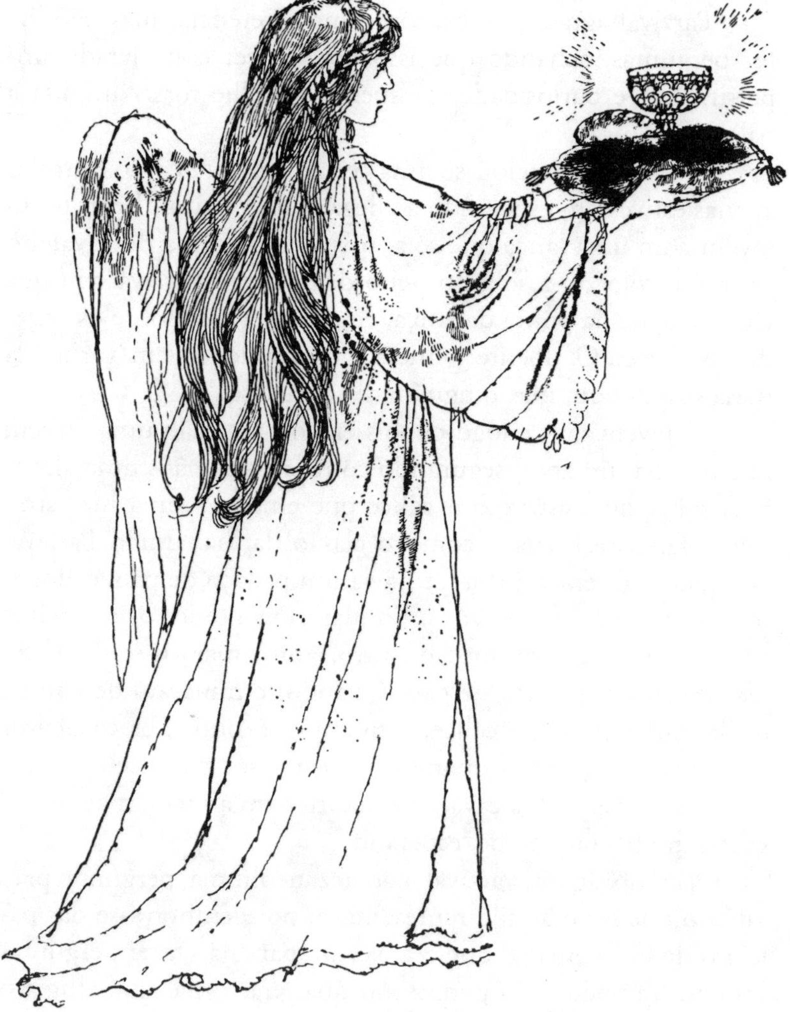

Criados trouxeram comidas e vinho; Parzival sentou-se à mesa, comeu e bebeu e apesar de saborear a refeição estava desconcertado: sentia-se como num sonho.

— Seja bem-vindo, cavaleiro Parzival — disse por fim o senhor do castelo. — Descanse de suas cavalgadas e aventuras. Espero que fique satisfeito com os aposentos que foram preparados para que tenha um bom sono. Se você partir amanhã, queremos que tenha boas lembranças de nós.

Acometido de dores e com a testa banhada em suor, ele deu um suspiro e virou o rosto. Parzival não teve coragem de perguntar qual era o mal que lhe afligia e o que significava tudo aquilo. Foi conduzido a um aposento, deitou-se numa cama macia, cobriu-se com cobertores de seda e logo dormiu profundamente, entregue a um sono sem sonhos. Vindo de fora, ouviu o vento que roçava os muros do castelo e que soava como os suspiros de alguém muito doente.

Logo cedo, ao acordar, encontrou ao lado de sua cama uma refeição de carne fria e um jarro com água. Vestiu-se, comeu e admirou-se por não aparecerem escudeiros e nem pajens para servi-lo, de acordo com as normas de hospitalidade. O silêncio era total. Vestiu sua armadura, afivelou a espada, pôs o elmo e seguiu pelos corredores até chegar ao pátio do castelo. O portão estava escancarado, e tudo parecia morto e abandonado.

Saiu e, no momento em que os portões eram fechados, voltou-se mais uma vez. Viu então a cabeça de um escudeiro surgir na abertura e injuriá-lo com duras palavras:

— Que o sol torre os seus miolos! Você é um perfeito idiota! Por que não abriu a boca e não fez perguntas ao senhor, como todos esperavam? Não, ficou quieto como um tolo; não deseja a fama e nem a honra! Desapareça e nunca mais ponha os pés aqui!

— O que é isso? — gritou Parzival enraivecido, voltando para castigar o sujeito, mas este bateu o portão com estrondo e desapareceu. Parzival sentiu o coração se partir e continuou seu caminho, encontrando seu cavalo amarrado a uma árvore, seu escudo e sua lança apoiados ao tronco.

Montou o corcel e olhou em volta, mas não viu nem um escudeiro e nem um pajem. Quando estava atravessando a ponte levadiça, o cavalo empinou e deu um grande salto. Por pouco cavalo e cavaleiro teriam se dado mal. Voltou-se para ver o que acontecera e viu que a ponte fora puxada antes de ele ter atravessado.

Furioso, o sangue subiu-lhe à cabeça. Então viu o velho que lhe indicara o caminho no dia anterior sentado numa pedra, e antes que pudesse cumprimentá-lo, ele gritou:

— Você é um idiota! Do contrário teria feito perguntas a sir Amfortas, como era de se esperar! Você não almeja fama e honra! Agora sua hora passou: nunca mais verá o lugar sagrado!

Parzival sentiu que a dor no coração aumentava; as palavras do velho ecoaram atrás dele e não sabia o que responder. Voltou-se e pensou novamente em pedir permissão para entrar. Mas aí aconteceu um terrível milagre — ele não viu mais o castelo, apenas a rocha nua e solitária.

Tomado de profunda tristeza e mergulhado em pensamentos desordenados, Parzival seguiu o seu caminho.

As gotas de sangue, a Távola Redonda e a maldição de Kundry

Parzival vagava desorientado e sem nenhum objetivo através dos reinos; já não era um cavaleiro errante, mas um cavaleiro perdido. O castelo do Graal, onde ele entrara e de onde saíra e que depois desaparecera, Amfortas, o senhor do castelo, ao qual não perguntara pelo seu mal e sua dor, os cavaleiros da Távola e o misterioso cálice do qual fora tirado pão e vinho, os insultos do escudeiro no portão e a censura do velho, tudo isso lhe passava confusamente pela cabeça. Também sentiu a presença de sua mãe, embora não soubesse que estava morta: ela devia estar chorando lágrimas de solidão.

Depois pensou em sua bela e amada esposa, a rainha Kondwiramur, cujo coração ele quase dilacerara. Também ela fora abandonada e ia sofrer por sua causa.

Durante a noite nevou e a brancura cobriu os campos. O alvor frio e claro da paisagem feriu-lhe os olhos. A saudade dominou-o de tal maneira que ele desmontou, ajoelhou-se e pediu perdão a Deus, que o pusera à prova e o reprovara. Então viu no alto uma ave de rapina atacando um bando de gansos selvagens e enfiando as garras numa das aves. Três pesadas gotas de sangue da vítima caíram sobre a neve, três manchas vermelhas sobre a brancura do solo.

Sentiu como se ele próprio fosse um ave de rapina, e as três gotas de sangue eram como o sangue do coração das pessoas a quem fizera sofrer: as lágrimas de sua mãe, os suspiros de sua esposa e a dor do senhor do castelo do Graal. Fixou os olhos nas manchas de sangue e não mais conseguiu libertar-se delas; por um dia e uma noite sua mente manteve-se presa ali. Mas os dias e as noites foram passando e ele permaneceu tão mergulhado nessa visão que não percebia o escoar do tempo e nem sentia fome ou sede.

Foi assim que três cavaleiros da famosa Távola Redonda do rei Artur o encontraram.

O rei ficou sabendo que não muito longe de seu acampamento havia um cavaleiro ajoelhado e que não atendia a chamado nenhum. Então espalhou-se a notícia de que esse cavaleiro esperava um oponente para comprovar sua honra devido a um motivo qualquer. O senhor de Segramour queria verificar isso pessoalmente, pois era de tal forma apaixonado por combates que diziam que se numa outra margem de um rio caudaloso um combate o atraísse, se jogaria no rio com armadura e tudo, só para combater. Saiu, pois, ao encontro de Parzival e quando o encontrou gritou-lhe:

— Se está buscando a luta, prepare-se!

Ouvindo essas palavras, o corcel de Parzival trotou até o cavaleiro ajoelhado e roçou com a cabeça os ombros de seu senhor. Então Parzival levantou-se como um sonâmbulo, montou e cavalgou contra seu oponente, derrubando-o ao primeiro embate das lanças. Segramour desistiu do combate e, mancando, voltou ao acampamento do rei Artur, notificando-o de tudo o que acontecera.

Em seguida o senescal Keye resolveu enfrentar o Cavaleiro Vermelho e encontrou-o como antes: ajoelhado e com os olhos fixos nas três gotas de sangue. Tudo se repetiu como no embate anterior: sir Keye não conseguiu sair-se melhor do que sir Segramour; aliás, saiu-se pior e assim recebeu o castigo por ter afrontado Guinevere. Sir Keye reconheceu o Cavaleiro Vermelho que havia matado o cavaleiro Ither e notificou a todos no acampamento de que quem estava ali ajoelhado era Parzival. Depois deitou-se e por muito tempo não teve condições de levantar-se.

Quando sir Gewan soube que o cavaleiro era Parzival, cavalgou ao seu encontro e inicialmente não teve coragem de tirá-lo de sua contemplação. Depois desmontou, aproximou-se de Parzival, acordou-o e disse chamar-se Gewan. Então Parzival levantou-se e os dois cavaleiros abraçaram-se. Gewan pediu-lhe que o acompanhasse e se tornasse um dos famosos cavaleiros da Távola Redonda, pois esse era o desejo do rei Artur. Parzival respondeu que não poderia aceitar o convite porque era uma pessoa indigna. Mas Gewan conseguiu persuadi-lo e assim Parzival acompanhou-o, sendo recebido com todas as honras pelo próprio rei.

Sua chegada foi festejada com um banquete, e quando todos estavam sentados à távola aconteceu uma interrupção agourenta. Uma mulher, que se chamava Kundry, invadiu o salão e ninguém teve coragem de impedir-lhe a entrada. Ela era conhecida como vidente e diziam que possuía poderes sobrenaturais. Era velha e também jovem: não tinha idade, podia ao mesmo tempo apresentar-se como um fantasma, um diabo ou uma santa; alguns a consideravam uma profetisa e outros uma feiticeira. Quando entrou, estava vestida com um manto negro e seus olhos despediam raios. Parou diante de Parzival e gritou:

— Seja amaldiçoado! Você presenciou o milagre do Graal e ficou calado como um idiota! Você testemunhou o sofrimento do senhor e seu coração não se apiedou. Você é um amaldiçoado, indigno de ser um cavaleiro!

Todos os comensais ficaram pasmos, enquanto a feiticeira desaparecia como um gato preto na escuridão da noite.

Mortalmente pálido, Parzival levantou-se e murmurou:

— Pela terceira vez sou insultado e amaldiçoado... Esqueçam-me, meus amigos! — Saiu correndo e ninguém o deteve. Parzival montou o seu corcel e fugiu.

Como Parzival encontrou o ermitão Trevrezent

Uma noite, Parzival passou ao lado da cabana de um ermitão. O ermitão apareceu à porta e convidou-o a entrar e a passar ali aquela noite. Chamava-se Trevrezent; era um homem muito piedoso e sábio, e logo percebeu que uma profunda aflição atormentava seu hóspede. Resolveu então mantê-lo ao seu lado, consolá-lo e libertá-lo de sua dor. Conversaram longamente, e Trevrezent falou sobre tudo o que Gurnemanz já lhe havia ensinado e muito mais.

Um dia Parzival perguntou-lhe se sabia onde ficava o monte Montsalvat e o castelo do Graal, qual era o segredo do Graal e por que o senhor do castelo, Amfortas, não conseguia restabelecer-se. Trevrezent então contou-lhe tudo.

— O Graal é o cálice sagrado no qual foi recolhido o sangue de Nosso Senhor quando Ele estava na cruz, antes de morrer e descer aos infernos e depois subir aos céus. Foi José de Arimatéia quem recolheu o sangue em sua tigela e levou-o embora. Quando o sangue se foi acumulando na tigela, esta tornou-se ouro puro, e desde então os homens acreditam ser possível transformar um recipiente de barro em ouro e os alquimistas passam a vida inteira tentando fazer isso, mas até agora ninguém o conseguiu. Os anjos levaram o cálice dourado, que foi chamado de Graal, até o monte Montsalvat e também a lança com a qual um dos guardas perfurou o corpo do Senhor para saber se ainda estava vivo. Mais tarde um santo homem chamado Titurel construiu no alto da montanha um castelo e convocou doze cavaleiros para proteger o Graal. Esses doze cavaleiros não eram belicosos, pois tinham vocação sacerdotal; o próprio Titurel era um rei-sacerdote. Quando ele morreu, Amfortas, seu filho, assumiu as funções como seu sucessor, mas para ele haviam sido destinadas tentações, necessidades e dor. O mágico Klingsor atraiu-o a uma armadilha amorosa e ele apaixonou-se pela bela Orgeluse. Amfortas foi atacado por um cavaleiro pagão que estava a serviço do mágico Klingsor e que o feriu com uma lança envenenada. Desde então Amfortas está acamado com uma ferida mortal; não pode morrer e nem ser curado, exceto se aquele que deverá ser o guardião do Graal perguntar qual é a causa de sua dor e de seu pecado.

Quando Trevrezent terminou de falar, Parzival escondeu o rosto entre as mãos, apoiou a cabeça sobre a mesa e chorou.

— Por que chora, meu irmão? — perguntou Trevrezent. Parzival recobrou a coragem e contou-lhe tudo o que lhe acontecera.

Quando terminou o relato, o piedoso homem não soube o que dizer e ficou calado durante um dia e uma noite. Por fim, disse:

— Você ainda não me disse o seu nome, e eu não lho perguntei porque esse é o costume entre os ermitãos. Mas agora eu sei que você se chama Parzival e por isso continuarei revelando o segredo do Santo Graal. O Montsalvat é o lugar da piedade, da paz e do bem. Sempre um dos guardiões, dos doze cavaleiros que abandonaram seus nomes e adotaram os dos doze discípulos do Senhor, anda pelo mundo realizando boas ações em nome de Deus, e quando um retorna, outro parte. Assim, um deles sempre está fora proclamando a glória do Senhor. Aquele que atualmente está andando pelo mundo chama-se Galahad, o filho de Lancelote. Quando ele retornar adotará novamente o nome de João. Muitos acreditavam que Galahad seria o sucessor de Amfortas, mas ele é o mais novo e um outro foi destinado para esta missão. Eu lhe direi quem é esse outro; a vidente Kundry disse-me o nome dele. Esse nome está gravado no cálice dourado, mas de forma invisível; só quando Deus acha por bem ele se torna visível, e já faz muito tempo que isso aconteceu. O nome é Parzival.

Ao ouvir isso Parzival chorou de novo e Trevrezent não conseguiu consolá-lo. Pois após saber que ele fora escolhido e que fracassara, seu tormento foi maior ainda e de pouco adiantavam as palavras de consolo do piedoso homem. E ele não queria ouvir nada. Por muito tempo ficou dividido entre a revolta e a humilhação, revolta contra Deus, o que era uma tentação terrível e demoníaca, e humilhação diante de sua própria tolice e fraqueza. Mas por fim prevaleceu um sentimento de humilde resignação. Escondeu o rosto no colo do homem piedoso e rogou-lhe que rezasse por ele e pelo perdão de seus pecados.

Como Parzival encontrou pela segunda vez o castelo do Graal e como tornou-se o senhor do castelo

Ao chegar a Sexta-feira Santa, Parzival estava deitado sem dormir e o ermitão Trevrezent, ajoelhado ao lado de sua cama, rezava. O silêncio era absoluto. Nenhuma folha e nenhum ramo se mexiam. De repente, Kundry, a vidente, entrou na cabana e parou diante da cama de Parzival.

Ele ergueu-se perturbado e perguntou:

— Mulher, quem é você? — Parzival reconheceu-a: era aquela que o havia amaldiçoado; Parzival escondeu o rosto entre as mãos. Ela pegou-lhe a mão e disse:

— Levante-se, vista-se e venha.
— Você quer lançar mais maldições sobre mim? — perguntou ele, hesitante.
— Não, você foi perdoado — retrucou ela. — No cálice dourado está gravado o seu nome e ele tornou-se visível. Levante-se e venha.

Perturbado, Parzival pegava uma e outra peça de roupa para vestir-se e, quando se preparava para colocar sua armadura sobre o camisolão que sua mãe lhe fizera, Kundry disse:

— Não se envolva em ferro, você está destinado a ter outros trajes.

Depois conduziu-o para fora da cabana, onde estava amarrado seu corcel, e disse-lhe para montá-lo. A lua brilhava clara no céu estrelado. Kundry pegou as rédeas e caminhou ao seu lado. O tempo, assim como os lugares, as florestas, os campos arados, os lugares ermos, as cidades e lugarejos, passou de forma imperceptível. Ele não teve consciência de quanto tempo e que distância cavalgara, enquanto a vidente guiava-o pelas rédeas e caminhava ao seu lado sem dizer palavra.

Finalmente reconheceu o lago, onde estava o velho no bote e que se voltou cordialmente, cumprimentando-o com um gesto. Conduzido por Kundry, Parzival seguiu pela trilha íngreme e rochosa, e de repente emergiu diante dele o castelo com as doze cúpulas, os doze portões e uma ponte levadiça abaixada diante de um dos portões. O sol desaparecia exatamente nesse momento atrás do lago, às suas costa, e ele não sabia se havia cavalgado durante uma noite ou várias noites.

Quando atravessou o portão e chegou ao pátio, desmontou e Kundry, a vidente, retirou-se levando o cavalo. Surgiram dois escudeiros que colocaram um manto de seda vermelho dourado sobre o camisolão de louco de Parzival e conduziram-no através de vários corredores até o salão onde ele estivera antes. Nada parecia ter mudado; ele viu exatamente a mesma cena. Na longa mesa estavam os cavaleiros, que não eram belicosos, mas sacerdotais, e sobre a cama diante da lareira estava deitado, com pálido semblante, o mortalmente ferido Amfortas. O rei voltou seu rosto para Parzival e em seus olhos havia uma expressão como se quisesse dizer: "Enfim, você voltou!"

Então Parzival ajoelhou-se ao seu lado e disse com voz forte:

— Nobre rei Amfortas, diga-me qual é a causa de seu mal e qual foi o seu pecado. E como poderei ajudá-lo.

Então o feitiço se desfez. Amfortas ergueu-se e a expressão de dor desapareceu de seu rosto. Ele sorriu e disse:

— Você chegou na hora certa, Parzival. Hoje é o dia em que o Senhor levantou-se do túmulo; minha hora chegou e a sua também. Você fez a pergunta e ainda fará muitas outras sobre o sofrimento no mundo. O que fiz e os meus erros eu lhos confessarei hoje à noite. A missão de guardião do cálice sagrado agora é sua. Eu retorno ao anonimato. Tragam a lança, pois ela agora me curará.

A porta abriu-se e o escudeiro apareceu com a lança. Ele levantou Amfortas e desnudou-lhe o peito, onde estava a grande ferida aberta. Um dos irmãos mergulhou a ponta coberta de sangue sagrado na ferida e deixou-a ali. O rosto do doente iluminou-se e ele deitou-se, caindo num sono profundo.

Os irmãos vestiram o novo rei do Graal com o manto sacerdotal, o cálice sagrado foi trazido e ofertaram-se pão e vinho. Então todos, que antes estavam perturbados e tristes, ficaram alegres. O som doce e melífluo de uma música que vinha de todos os lados, de fora, das profundidades do castelo, espalhou-se pelo salão, e a magia da Páscoa encheu os corações de felicidade.

Parzival enviou mensageiros, mandando buscar sua amada Kondwiramur e seu filhinho. O casal renunciou à dignidade real, colocando a cidade e o reino de Belrapeire sob a proteção do grande rei Artur.

Desde então muitos séculos se passaram. O castelo do monte Montsalvat permaneceu oculto aos olhos dos homens e não se sabe se um dia virá alguém que seja capaz de vê-lo novamente. Quando o último irmão morreu, o cálice sagrado, o Graal, foi levado pelos anjos para um lugar secreto.

LOHENGRIN

— Vocês querem que eu conte uma história? — perguntou o velho eremita às crianças. — Está bem, eu sei histórias, histórias verdadeiras. Quando eu ainda era um menininho, a bela rainha Elsa governava Brabante... Naquela época aconteceram coisas estranhas... Apareceu um soberbo cavaleiro, conhecido como Cavaleiro Cisne, que não quis dizer seu verdadeiro nome... Ah! Deixem-me lembrar, crianças, para que eu consiga contar tudo direitinho...

Pensativo, o velho centenário alisou a barba, apoiou a cabeça numa das mãos, silenciou por um bom tempo e enfim começou a contar. Esta é uma história que aconteceu quando ele ainda era um menininho.

O velho rei de Brabante estava à morte e sua filha Elsa estava ajoelhada ao lado de sua cama. Ele acariciou com sua mão débil os cabelos da filha e disse:

— Não chore, seja forte, pois você será a senhora de Brabante. Queira Deus que um dia você encontre um nobre cavaleiro, digno de partilhar o reino com você! Enquanto for solteira precisará de um homem ao seu lado. Por isso designei o conde Telramund para ser seu protetor. Ele jurou-me fidelidade e, apesar de ser orgulhoso e teimoso, tenho certeza de que cumprirá a sua palavra. Quando o reino for ameaçado, a fidelidade dele será colocada à prova.

O rei morreu e não soube que cometera um terrível engano ao escolher Telramund para protetor de sua filha.

Ao fim do mês de luto, Elsa convocou os nobres e, cingindo a coroa de Brabante, sentou-se na sala do trono. Exigiu de todos os nobres o juramento de fidelidade e, jubilosos, eles renderam-lhe homenagem. Apenas um não se manifestou.

O conde Telramund não se havia ajoelhado. Teimoso, manteve-se de pé e fitou a jovem rainha. Ela sentiu em seus olhos sombrios a ameaça de uma desgraça. Encerrou a reunião e fez um gesto para que Telramund ficasse.

— Você não me fez o juramento de fidelidade — disse ela. — Acaso não reconhece o meu direito à coroa?

— Não — retrucou ele secamente.

A desgraça que ela pressentira tornou-se mais real.

— Por quê? Esclareça-me, conde Telramund.

— A coroa me pertence — revidou ele.

— Com que direito você a reivindica?

— Com o direito que seu pai me concedeu — respondeu Telramund, insolente. — Segundo o desejo dele, eu devo ser rei de Brabante e você, minha esposa.

— Isso nunca acontecerá! — exclamou Elsa com energia.

— Se for necessário usarei a violência para garantir os meus direitos. Tenho numerosos seguidores.

— Você mente! — gritou ela. — Não é verdade que meu pai lhe prometeu a coroa. Você deveria ser meu protetor até o meu casamento.

— Muito bem! Você se casará... comigo.

— Um homem como você nunca terá o meu coração!

— Eu não desejo o seu amor, mas a sua mão e a coroa.

— Viu como os nobres do reino estão do meu lado. Também tenho os meus seguidores.

— Então falarei com o imperador, o juiz maior do reino.

— Tenho certeza de que ele não decidirá a seu favor.

— Não esteja tão segura disso — zombou ele. — Você não sabe nada sobre as questões de litígio. O imperador fará apenas uma coisa: determinará o julgamento divino. Esse é o caminho correto para resolver uma difícil disputa de direitos.

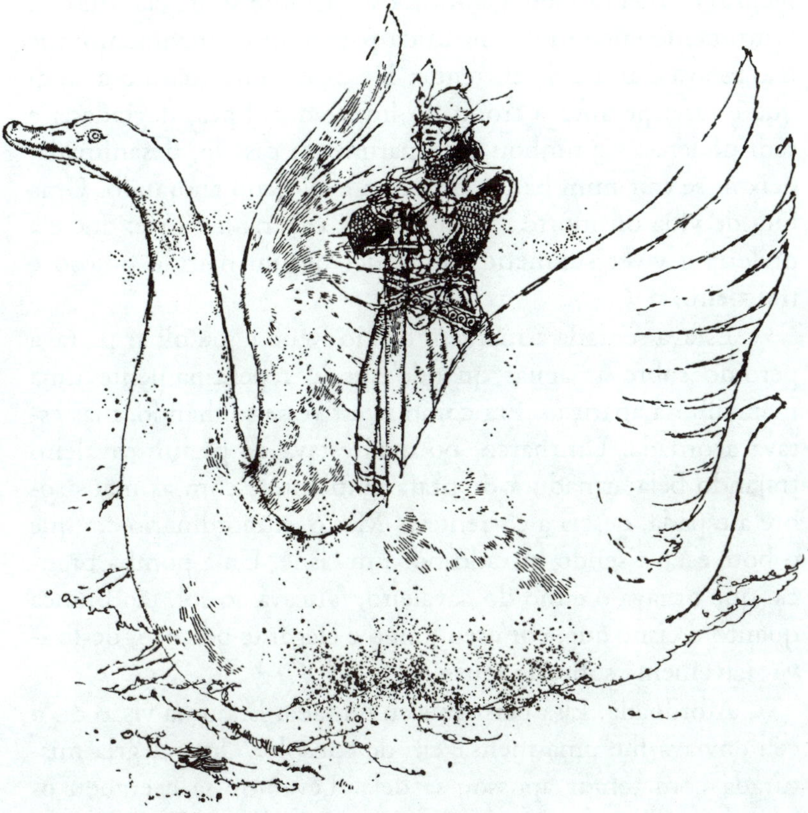

Sabe, nobre senhora, o que isso significa? Significa o duelo entre eu e aquele que ousar me desafiar. Você não encontrará ninguém capaz de me vencer. Todos no reino sabem que sou invencível.

Elsa sabia disso. Desesperada, voltou-lhe as costas bruscamente e retirou-se. Muitos súditos aclamaram-na, mas ela sabia que nenhum deles enfrentaria o temível Telramund, nem numa rebelião nem num duelo de cavaleiros. A vitória do ambicioso e cruel homem garantiria seu triunfo sobre ela. Buscou inutilmente encontrar uma saída para aquele atrevimento que não estava à altura de enfrentar. Desolada, imaginava o dia em que estaria perante o trono do imperador, fraca, degradada e sem poderes. Caminhou pelo parque do castelo, desanimada, deixou-se cair num banco de pedra e ali ficou chorando. Uma luta de vida ou morte... Será que lhe caberia a morte, que ela preferia a viver submetida ao poder de um marido odioso e traiçoeiro?

Estava sentada à margem do rio Reno e seu olhar pairava perdido sobre as águas quando surgiu repentinamente uma maravilhosa aparição. Era como se estivesse sonhando, mas estava acordada. Um barco, no qual estava de pé um cavaleiro trajando bela armadura de prata cintilante e com as mãos sobre a espada, descia a correnteza. Mas o extraordinário era que o bote estava sendo puxado por um cisne. Uma pomba branca, que ornava o elmo do cavaleiro, faiscava ao sol, tão branca quanto o cisne que, com seu longo e elegante pescoço, deslizava suavemente sobre as águas.

Atordoada, Elsa permaneceu sentada. Era uma visão ou o céu enviava-lhe uma mensagem de consolo? Uma alegria misturada com temor apossou-se dela. Levantou-se e ergueu os braços em direção à visão milagrosa, mas a imagem desbotou-se e se desvaneceu no nevoeiro.

Elsa sentiu um toque suave em seus ombros e um delicado roçar de asas de um pássaro em suas faces. Virou a cabeça para achegar-se ao meigo e amoroso cumprimento e viu uma pomba branca, com um sino prateado no pescoço, pousada sobre seu ombro. Então teve certeza de que lhe fora mandada uma mensagem celestial de muito longe, e seu coração foi tomado de alegria. Acariciou as penas do mensageiro alado e sussurrou:

— Voe, pequeno mensageiro, volte para aquele que o mandou e transmita-lhe os cumprimentos de Elsa de Brabante, que o espera no dia do julgamento.

A pomba levantou vôo e desapareceu tão rápido que Elsa mal conseguiu acompanhá-la com os olhos.

A missão de Lohengrin

No monte Montsalvat, no castelo Graal, onde era guardado o cálice sagrado, a tigela de José de Arimatéia transformada em ouro, na qual ele recolhera o sangue do Crucificado, Lohengrin, filho de Parzival, rei do Graal, dormia um sono intranqüilo. Seu nobre coração estava tomado pelo desejo ardente de vagar pelo mundo. O menino transformara-se em rapaz e o rapaz em homem. Dominava todas as habilidades e virtudes da cavalaria e agora sentia-se instigado a realizar atos nobres e corajosos. O envelhecido Parzival sabia muito bem o que se passava na alma do filho, assim como sua mãe, a bela Kondwiramur, mas ambos estavam cientes de que o jovem Lohengrin só poderia vagar pelo mundo e anunciar a glória de Deus, como ocorria então com um dos doze guardiões do Graal, se houvesse uma ordem superior para isso. Quando o cavaleiro que havia sido enviado ao mundo retornou e recolheu-se novamente ao piedoso grupo dos doze guardiões, Parzival dirigiu preces ao céu, perguntando quem seria o próximo. Em profunda concentração, recebeu a resposta: Lohengrin deveria preparar-se e interceder por uma mulher inocente, a rainha de Brabante, a qual era vítima de uma grande injustiça. Na praia esperava-o um barco puxado por um cisne que o levaria ao local de sua missão.

Parzival e Kondwiramur deram suas bênçãos ao filho, entregaram-lhe a armadura e a espada e Lohengrin cavalgou até o litoral, onde encontrou a embarcação e o cisne, que o cumprimentou graciosamente, abaixando o elegante pescoço. A viagem decorreu em calmaria e o tempo passou sem que Lohengrin dele se apercebesse. Além disso não conseguia distinguir se era dia ou noite, até que a fantástica viagem terminou num lugar onde havia faustosas tendas e um trono para o imperador, que ali estava para julgar a disputa entre Elsa de Brabante e o conde Telramund, o rebelde.

O duelo

Havia uma única demanda judicial a ser tratada: o conde Telramund, coberto por uma armadura preta, diante do trono, acusava a rainha de Brabante de adulterar e falsear o desejo de seu falecido pai ao sustentar seu direito à coroa; o único que tinha esse direito era ele, e além disso lhe cabia a mão da filha do rei.

O imperador, rodeado por seus conselheiros, velhas cabeças que conheciam profundamente as leis, ouvia pensativo a opinião dos sábios. Mas não conseguiam chegar a uma decisão; os argumentos a favor e contra produziam um impasse. A discussão tornou-se mais acalorada; grossos livros que continham sentenças sobre casos complicados foram folheados e estudados. Todos os que ali estavam reunidos, sob drapejantes estandartes e bandeiras coloridas do império e da nobreza, esperavam impacientes.

As discussões pareciam não ter mais fim. O imperador, então, exigiu ao queixoso que se aproximasse e perguntou-lhe se poderia apresentar um testamento do falecido rei de Brabante ou se tinha testemunhas que ouviram o último desejo do rei. Com um gesto, pediu a Elsa que também se aproximasse. Ela se apresentava na radiante pureza de sua juventude, acompanhada de seu séquito, e ao imperador não passou despercebido que aquela mulher era incapaz de ardis e trapaças. Também a ela foi perguntado se haveria um testamento ou testemunhas que ouviram o desejo do rei moribundo. Telramund tomou a palavra:

— Há apenas duas testemunhas: ela, que adultera o desejo de seu pai, e eu, o usurpado. Eu falei a verdade e ofereço a minha vida como penhor. — E continuou: — Como é a minha palavra, a palavra de um cavaleiro contra a palavra de uma donzela, e como só Deus pode decidir quem diz a verdade, então que seja Deus o juiz. Eu clamo pela decisão divina e estou pronto para o combate.

Então não restou ao imperador outra saída senão perguntar a Elsa quem era o cavaleiro que lutaria pela sua palavra.

— Ainda não o conheço — respondeu ela.

— Você não está numa situação favorável, Elsa de Brabante — disse o imperador, após um longo silêncio. — Ainda tem esperança de conseguir um salvador?

— Ele virá ao meio-dia — respondeu a moça, levantando o rosto para o céu. — Virá radiante como um anjo enviado por Deus de um lugar longínquo, vindo do mar, trazido pela correnteza, conduzido pelo desejo dos céus.

Ouviram-se murmúrios e risinhos do povo ali reunido. Uns até comentaram: "Ela enlouqueceu!"

— Se você afirma, Elsa de Brabante, que seu cavaleiro chegará ao meio-dia, então é seu direito pedir o adiamento do duelo para o meio-dia. Só então a sentença será proferida.

Mas não faltava muito para o meio-dia e a multidão ficou ali, sem arredar pé.

Então ouviu-se o soar de um sininho vindo de longe. Curiosos, todos prestaram atenção. O som foi-se aproximando, ficando mais alto, e todos voltaram-se para o caudaloso Reno, de onde vinha o som. O que viram parecia um milagre: uma embarcação puxada por um cisne, na qual estava de pé um cavaleiro de armadura prateada, com as mãos sobre o punho da espada. Nunca alguém vira algo semelhante. Era um milagre, e a multidão murmurava:

— Um milagre, um milagre! Aí vem o cavaleiro para o combate!

A embarcação aportou junto à prancha de desembarque, o cavaleiro pegou a espada que estava na bainha e, segurando-a cuidadosamente junto ao peito, pulou em terra firme. Voltou-se para o cisne e agradeceu-lhe com um gesto. O cisne retribuiu o cumprimento baixando a cabeça com muita dignidade e em seguida retornou.

O cavaleiro, sem prestar atenção aos olhares de espanto do povo que lhe dava passagem, seguiu direto até o trono onde estavam de pé Elsa e Telramund. Inclinou o joelho diante da moça e disse:

— Eu a saúdo, Elsa de Brabante, e peço-lhe a graça de poder lutar contra o seu adversário.

— Eu lhe agradeço por ter vindo — respondeu ela, com as faces em fogo. — Você será meu cavaleiro.

Em seguida o cavaleiro voltou-se para o imperador, inclinou o joelho e disse:

— Elsa de Brabante designou-me para defendê-la, agora peço a Vossa Majestade a permissão para erguer minha espada contra o queixoso.

— Isso lhe é concedido — respondeu o imperador, sem hesitar e aliviado. — Diga o seu nome e a sua origem.

— Por causa de um juramento não posso dizer o meu nome e nem a minha origem — foi a estranha resposta do cavaleiro. — Eu lhe peço que me chame de Cavaleiro Cisne. Vim a mando de Deus e ajo segundo Suas ordens. Mais não posso dizer.

— É o suficiente — volveu o imperador. — Não duvido de sua nobreza e nem de que o senhor é um cavaleiro. Que se faça a justiça divina, como o queixoso exigiu. Está preparado para o combate?

Telramund estava raivoso e confuso, mas agora já não podia voltar atrás e assentiu com um movimento de cabeça.

— Demarquem um quadrado aqui em frente ao trono. Dois arautos de cada lado! — ordenou o imperador. Os arautos demarcaram o espaço e retiraram-se.

As espadas foram desembainhas e vibraram uma contra a outra. Os golpes, defesas e contragolpes seguiram-se numa rapidez frenética; os dois cavaleiros igualavam-se em ousadia e no manejo da arma. Mas não totalmente. Não demorou muito e o temido Telramund recuava e esmorecia, enquanto o misterioso forasteiro ganhava forças. Seus golpes tornaram-se mais impetuosos e mais rápidos. Então aconteceu: sua espada vibrou com tanta força sobre o elmo do cavaleiro negro que este se rachou; o homem cambaleou e foi ao chão.

O Cavaleiro Cisne colocou a ponta da espada sobre a garganta do adversário e disse:

— A justiça divina manifestou-se contra você. Confesse que sua pretensão é mentirosa e infame ou seguirá para a morte.

Telramund levantou a cabeça com muito esforço e disse:

— Eu não o nego. Elsa tem o todo direito à coroa, agi injustamente. Poupe minha vida.

— Isso o imperador decidirá — retrucou o vencedor, embainhando a espada. — Quanto à sua espada, eu a quebrarei. — E, pegando a espada do vencido, que havia escapado da mão dele, quebrou a lâmina sobre o joelho e jogou-a ao chão. Depois dirigiu-se ao imperador: — Cabe ao juiz maior deste império decidir o destino deste criminoso.

— A justiça divina deu a sua sentença — disse o imperador. — E eu determino o seu desterro, conde Telramund. Enquanto estiver em meu império você será um fora-da-lei. Restam três dias para você escapar. Seus bens ficarão para a coroa, a metade para a coroa de Brabante e a outra metade para a coroa imperial. Seu nome será apagado dos livros da cavalaria.

Telramund levantou-se com esforço, o rosto desfigurado, e cambaleou entre aqueles que foram testemunhas de sua vergonha. Ninguém soube para onde ele foi. Mais tarde ouviu-se dizer que vivia sob um falso nome na Dinamarca, como mercenário. Apenas uma de suas parentes, sua filha Ortrud, ficou secretamente em Brabante.

Mais uma vez o Cavaleiro Cisne dobrou o joelho diante de Elsa. Enquanto ela o soerguia, a rainha e o seu salvador foram homenageados com gritos de júbilo pelos presentes. Os olhos de Elsa e Lohengrin mergulharam um no outro, seus braços fecharam-se em torno de seus corpos e nesse forte abraço não receavam os olhares da multidão e a presença do imperador, murmurando um para o outro:

— Eu lhe agradeço, meu herói...
— Eu a amo...
— Eu também o amo.
— Que você seja agora o rei de Brabante...

O imperador deu suas boas graças, o bispo sua bênção e todos os nobres ali reunidos ficaram alegres com o desfecho da história. Terminaram o dia com um banquete no qual foi anunciado o casamento de Elsa e Lohengrin, que seria celebrado no dia seguinte. Quando o júbilo e as festividades terminaram, Lohengrin inclinou-se para Elsa e disse em voz baixa e muito sério:

— Minha Elsa, antes de ser minha querida esposa, escute-me. Veja, você tem que me jurar uma coisa que não será fácil. Você tem que me jurar que nunca perguntará o meu nome e a minha origem. A lei de uma irmandade, com a qual estou comprometido e submetido para sempre, determina isso. Nada me dispensará dessa obrigação. No momento em que você fizer essa pergunta, terei que abandoná-la.

— Eu acredito em você, meu Cavaleiro Cisne, e lhe prometo nunca fazer essa pergunta — retrucou Elsa. — Você me foi anunciado por uma visão, o céu o enviou. Sem você eu seria a mais miserável das mulheres. Seu segredo será sagrado para mim, não se preocupe.

A pergunta

Lohengrin, o Cavaleiro Cisne, cujo nome e origem todos desconheciam, vivia despreocupado. Amava sua mulher de todo o coração, confiava em seu juízo e em sua promessa — ela nunca lhe perguntaria seu nome e sua origem. Porém havia uma maneira de abalar a sua firmeza e de fazê-la esquecer a promessa. Por muito tempo ela manteve a palavra, deixando que o amor por seu marido e salvador triunfasse sobre qualquer suspeita.

Os dois viviam felizes. O par real era respeitado tanto no reino de Brabante como na corte imperial, e também era amado e venerado pelos seus súditos. O nome do Cavaleiro Cisne era pronunciado sempre com o mais profundo respeito e temido pelos inimigos. Ele vencia todos os combates e nos torneios ninguém conseguia superá-lo.

Elsa deu à luz duas crianças, um menino e uma menina, que cresceram envolvidas pelo amor. Mas foi por causa delas que rolou a pedra que destruiu a felicidade do par real.

Ortrud, a filha de Telramund, que permanecera no reino, mudara o nome e também o rosto por meio de artes mágicas, de tal maneira que ninguém a reconheceu e ela conseguiu com sua astúcia e seu poder de sedução ter livre acesso à corte. Em pouco tempo Elsa acostumou-se com a companhia de Ortrud e confiou-lhe os cuidados de seus filhos, pois ela mostrou ser uma pessoa inteligente e simpática. Mas sabia ocultar a única coisa que tinha em mente, a vingança do ultraje sofrido pelo seu pai. Sabia muito bem como armaria a cilada para que Elsa caísse nela e também sabia quão consistente e impeditivo era a lei que proibia o Cavaleiro Cisne de revelar seu nome e sua origem. No momento em que Elsa formulasse a pergunta, o cavaleiro seria obrigado a abandoná-la.

Certa vez, num torneio em que o Cavaleiro Cisne venceu novamente todos os seus adversários, Ortrud suspirou tão alto que foi impossível Elsa não escutá-la.

— Ah, não é de admirar que esse homem nunca seja derrotado e derrube todos os que o enfrentam de coração puro...

Elsa refletiu algum tempo sobre o que essas palavras queriam dizer e por fim perguntou:

— Que está dizendo? Derrubar todos os que o enfrentam de coração puro? Ele também combate de coração puro, coração mais puro que o dele não existe.

Ortrud calou-se. Mas dali a pouco falou de novo: — Não, não é de admirar! — acrescentou mais um "ah!" e outro "ah!" e um profundo suspiro.

— Como assim? O que você está insinuando? — perguntou Elsa, e seu coração agitou-se, temeroso.

— É um segredo — sussurrou Ortrud num tom timorato.

— Um segredo? — perguntou Elsa. — O que você sabe?

— Tudo — respondeu Ortrud, escondendo o rosto entre as mãos. E Elsa julgou ter visto uma lágrima escorrendo pela face da moça. — Tudo... Ah, antes não soubesse de nada!

Elsa não quis ouvir mais nada e mandou-a sair de perto dela, mas as palavras que ouvira agitaram sua alma, e certo dia ela chamou Ortrud para que esta se explicasse.

— Diga-me que segredo é esse ou então mando-a embora daqui.

— Senhora — disse Ortrud, derramando uma lágrima —, seria melhor que me mandasse embora a ter que revelar tal segredo, pois estou tão impedida de falar quanto o Cavaleiro Cisne. Mas mesmo assim, por causa das inocentes e amadas crianças, preciso falar, mesmo que isso seja a minha desgraça!

— Pois então fale! — ordenou Elsa com dureza.

— Não sei o seu nome, mas a sua origem — começou Ortrud, gaguejando, como se não conseguisse articular as palavras. — Ele vem do reino de Satã, é aliado do Inferno e esse pacto dá-lhe a força sobre-humana que ninguém mais possui. Esse é o segredo. Agora mande-me embora ou mate-me se quiser.

— Vá embora e nunca mais apareça aqui! — ordenou Elsa.

Ortrud cobriu a cabeça, virou-se ainda uma vez e disse:

— Senhora, pense nos seus filhos. Um dia eles sofrerão por causa disso. Eles desconhecem o nome de seu próprio pai e quando lhe perguntarem sobre sua origem serão obrigados a baixar os olhos e ouvir que devem a vida a uma terrível magia.

— E por fim se retirou.

Elsa ficou perturbada, imersa em tristes pensamentos. Por muitos dias guardou em seu coração o veneno que Ortrud instilara. Todo mundo via que ela mantinha em segredo algo que a fazia sofrer. Lohengrin também percebeu que ela sofria e suspeitava da causa. Não tinha coragem de perguntar-lhe, assim como ela não tinha coragem de perguntar por seu nome e sua origem. Mas um dia em que a encontrou chorando escondida não conseguiu suportar mais a situação e perguntou preocupado:

— Elsa, que está acontecendo?

— Nada, nada! — ela tentou esquivar-se.

— Você está me escondendo algo. Você está sofrendo, abra o seu coração. — Em vez de responder, Elsa aconchegou-se a ele. — Conte-me o que é. Confiar no ser amado é um dos mandamentos do amor.

— Confiar... — disse ela. — Minha confiança em você é ilimitada. Mas você também confia em mim?

— Elsa, não perturbe a nossa felicidade — respondeu ele sem desconfiar de nada.

— Nossa felicidade — ela repetiu. — E a felicidade de nossos filhos? Ela não está empanada por não conhecerem nem o nome de seu próprio pai, por não saberem nada de sua origem?

— Não continue, Elsa! — gritou ele, desesperado. — Eu lhe imploro, não fale mais nada!

Mas ela falou, falou tudo o que lhe oprimia o coração:

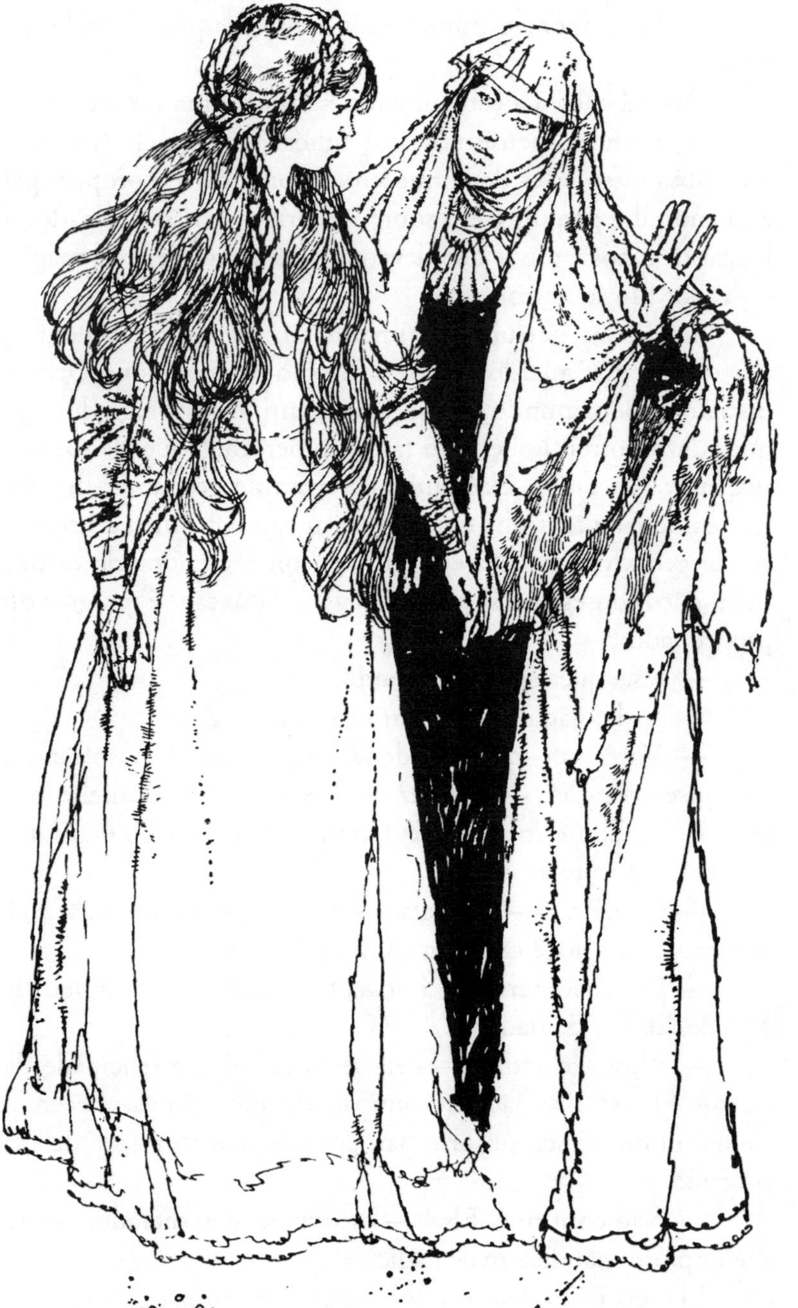

— Você me ama, meu Cavaleiro Cisne? Então, não pode ficar com raiva de mim se eu lhe fizer uma pergunta. Eu lhe pergunto, meu amor, quem é você?

Nesse momento a felicidade de Elsa e Lohengrin acabou-se. Ele soltou um gemido do fundo do coração. Por muito tempo manteve-se calado e depois disse:

— Agora preciso falar. Talvez você pense que vim da noite e do sofrimento. Não, venho do brilho e do êxtase. Meu pai é Parzival, o rei guardião do Graal, do monte Montsalvat. E eu chamo-me Lohengrin. Agora falei e agora preciso partir. Esta é a lei do Santo Graal. Apenas incógnitos podemos estar no mundo para fazer o bem. É a Deus que pertencem as recompensas, não a nós. Olhe para fora, Elsa, para o Reno. É hora de dizermos adeus.

Ela olhou para o rio e viu ao longe, envolto na neblina, o cisne. Ele aproximava-se rapidamente, como num sonho, puxando a sua embarcação. Lohengrin beijou a mulher e cumprimentou o cisne, que retribuiu o cumprimento baixando dignamente a cabeça. Lohengrin embarcou e desapareceu sem olhar para trás.

TRISTÃO E ISOLDA

A juventude de Tristão: ele é raptado mas consegue salvar-se e hospeda-se na corte do rei Marco em Tintagel

Há muito tempo o rei Marco era soberano do reino da Cornualha. Ele morava no castelo de Tintagel, construído pelos gigantes bem no alto de um penhasco, junto ao mar.

Certa vez, Tintagel foi cercado por piratas e a situação tornou-se aflitiva. Rivaldin, rei da Bretanha, que ficava do outro lado do mar, ficou sabendo dos apuros por que passava seu amigo Marco, armou uma frota, atravessou o mar e expulsou os piratas. Como prêmio, Marco deu sua irmã Brancaflor como mulher a Rivaldin.

No momento em que festejava seu casamento, Rivaldin recebeu a notícia de que seu velho inimigo, o rei Morgan, de Flandres, assaltara a Bretanha e arrasara cidades e campos arados. Rapidamente, voltou ao seu reino e desembarcou com Brancaflor em frente ao seu castelo de Kanoel. Confiou a mulher ao seu fiel marechal Rualdo e seguiu para o confronto com o inimigo.

Muito preocupada, Brancaflor ficou esperando a volta de Rivaldin, mas nunca mais o viu. Seu oponente atraiu-o para uma cilada na qual ele foi morto. Quando recebeu a terrível notícia, Brancaflor não chorou e não pronunciou uma única palavra de dor, mas perdeu todo o ânimo. Fraca e indisposta, levava uma vida infeliz, pois amara Rivaldin de todo o coração. Deu à luz um menino prematuro e morreu após o parto.

Ao mesmo tempo que o menino nascia, Morgan e seu exército cercaram o castelo de Kanoel exigindo rendição e submissão. Caso houvesse resistência, ele arrasaria o castelo e mataria todos os moradores. Sem alternativa, Rualdo teve que submeter-se, pois não tinha nem mesmo guerreiros suficientes para defender-se. Curvou-se então diante do conquistador. Temendo que Morgan pudesse mandar matar o filho de Rivaldin, assumiu-o como seu. Seis semanas depois, a mulher de Rualdo levou-o à pia batismal e o menino recebeu o nome de Tristão, que significa "filho da tristeza".

Quando Tristão completou sete anos, Rualdo entregou-o ao mestre-de-armas Governal para que este se responsabilizasse pela educação do menino. Com ele Tristão aprendeu todas as artes de um cavaleiro, não só o manejo das armas como também a ler e a escrever, línguas estrangeiras, tocar um instrumento de cordas e cantar muitas cantigas. Quando chegou à adolescência, estava bem acima dos rapazes de sua idade em educação e conhecimento, e apesar de muito jovem era um perfeito cavaleiro.

Mas muito cedo a sorte adversa lançou-o na selvagem correnteza da vida.

Certo dia ancoraram diante do castelo de Kanoel uns comerciantes estrangeiros que convidaram o jovem a visitar o navio. O capitão estava sentado em frente a um tabuleiro de xadrez e intimou-o a jogar, e quando viram como o jovem jogava bem, como era versado em muitas artes e conhecimentos, resolveram raptá-lo. Enquanto Tristão pensava em qual figura movimentar no jogo, a âncora foi içada e o navio zarpou para o mar aberto. Desse modo ficou evidente que aqueles homens não eram comerciantes, mas piratas.

O mar, assim dizem, leva a contragosto os navios traiçoeiros. À noite, durante uma tempestade, o mar arremessou sem piedade enormes ondas contra o navio, com tal força que os marinheiros amedrontados juraram libertar o rapaz se o mar se aplacasse.

Então o mar acalmou-se, o navio não afundou e logo se avistou terra firme. Tristão foi colocado na água em cima de uma prancha que o levou até à costa. Escalou um recife escarpado e encontrou-se no meio de uma floresta. Enquanto estava indeciso, pensando no que ia fazer, ouviu o som de trompas de caçadores e, seguindo o som, viu um caçador que se preparava para estripar um gamo abatido.

— Que está fazendo, senhor? — perguntou Tristão em tom de censura. — Um animal nobre como esse não pode ser esquartejado como um porco no matadouro!

Então os caçadores aproximaram-se e perguntaram a Tristão se ele sabia fazer melhor. O jovem mostrou-lhes como deviam fazê-lo. Eram pessoas simples e cordiais, que ouviram sua história, repartiram com ele suas provisões e convidaram-no a seguir com eles como hóspede. Quando ele lhes disse seu nome, balançaram a cabeça e comentaram:

— Que nome mais tristonho! Soa pesaroso. Você é um rapaz tão bonito, seu nome deveria lembrar alegria e beleza.

Cavalgaram através de florestas e campos e por fim alcançaram um castelo localizado bem acima do nível do mar, no alto de um penhasco.

— Que lindo castelo! Como ele se chama? — perguntou Tristão, entusiasmado.

— É Tintagel. É daqui que o rei Marco governa o reino da Cornualha.

O grupo entrou cavalgando no castelo e Marco recebeu os caçadores no pátio, observando o belo jovem que chegava junto com eles. Informaram-lhe como o encontraram e Marco, sentindo-se imediatamente afeiçoado a ele, convidou-o a ficar no castelo. Tristão logo conquistou seu coração e o rei amava-o tão ternamente como teria amado seu próprio filho, se o tivesse.

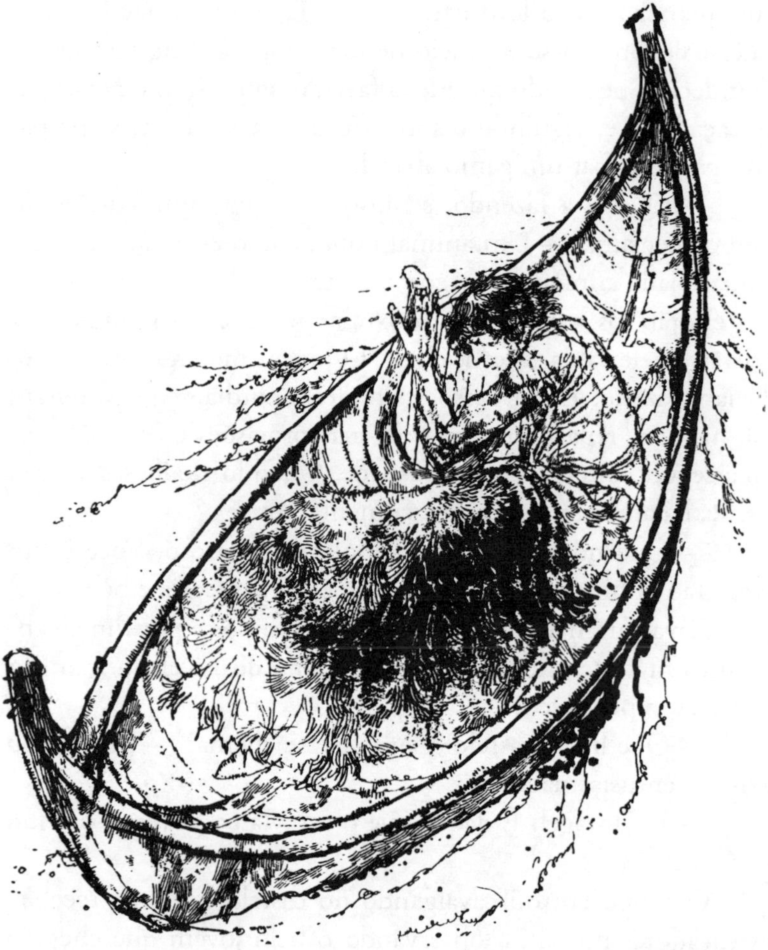

Tristão retribuía esse afeto com veneração e todas as noites entretinha o rei com sua conversa inteligente e com belas cantigas que entoava ao som de sua harpa. Quando se tornou um homem, aconselhou Marco algumas vezes nas questões de seu governo, tornando-se assim indispensável aos olhos do rei. Tristão já não pensava em sua terra natal, pois os jovens anseiam pelo novo e logo se esquecem do que passou.

Mas o fiel Rualdo não podia esquecer seu filho de criação e o desaparecimento deste mortificava-o. Os anos foram-se passando e um dia, não agüentando mais, vestido como andarilho e peregrino, Rualdo saiu pelo mundo para procurar o filho da falecida rainha Brancaflor e trazê-lo de volta. Viajou por muitos reinos e mares, até que chegou ao reino da Cornualha e ao castelo de Tintagel e ali encontrou aquele a quem procurava.

Tristão luta contra o gigante Morhout e vence-o, mas sai muito ferido

Só então o rei Marco ficou sabendo que havia acolhido o filho de sua amada irmã Brancaflor. A alegria foi imensa e, perante todos os nobres da corte reunidos no castelo, o rei armou-o cavaleiro.

Logo depois Tristão, juntamente com Rualdo e uma comitiva, voltou à Bretanha para tomar posse do que lhe pertencia de direito. Expulsou Morgan do reino após duras batalhas. Depois Tristão reuniu os nobres e disse-lhes:

— Com a ajuda de Deus e com a ajuda de vocês vinguei meu pai, o rei Rivaldin, derrotei o invasor e libertei este reino. Agora cinjo a coroa da Bretanha. Mas escutem-me. Devo gratidão e fidelidade a dois homens. Cada um deles foi para mim um verdadeiro pai: Rualdo, o marechal, e Marco, o rei da Cornualha, que fica do outro lado do mar. Um cavaleiro tem duas coisas para presentear: uma é o seu corpo e a sua própria vida, a outra é o seu reino. Eu não faço questão da coroa. É

Rualdo quem deve usá-la, e daqui por diante ele será rei da Bretanha. Eu quero servir ao meu outro pai com meu corpo e minha vida, e é por isso que volto para a Cornualha, para junto do rei Marco, como seu vassalo e conselheiro. Apenas Governal, o mestre-de-armas, deve acompanhar-me.

E assim se fez. Quando Tristão e Governal desembarcaram na Cornualha, a tristeza e o medo dominavam o reino. Diante de Tintagel estava a armada do poderoso rei Gurmun da Irlanda para cobrar um tributo ao rei Marco devido a uma derrota que o pai dele sofrera muito tempo atrás. Gurmun exigia um montante em ouro tão grande que o reino da Cornualha não tinha condições de arrecadá-lo. Contudo, se o tributo não fosse pago, Gurmun queria que lhe fossem entregues cem crianças oriundas das famílias nobres. Seriam mantidas como reféns até que o ouro fosse pago ou então teriam de trabalhar como pajens ou serviçais na corte do rei Gurmun.

O arauto que transmitira estas terríveis ameaças era um homem gigantesco e forte como um urso, verdadeiro Golias. Chamava-se Morhout e, por ser irmão da mulher do rei Gurmun, era o comandante da armada e o homem mais poderoso da Irlanda. Com menosprezo, Morhout desafiou os cavaleiros da Cornualha: se houvesse alguém que ousasse enfrentá-lo num duelo e o vencesse, o tributo seria considerado pago.

Mas ninguém teve coragem de apresentar-se, e os cavaleiros, rangendo os dentes, tiveram de ouvir a zombaria de Morhout:

— Será que neste reino há apenas escravos, poltrões e medrosos? Então entreguem-nos logo o ouro ou as cem crianças; metade delas será devorada! — Tais eram as zombarias que aquele gigante furioso e terrível lançava sobre os nobres.

Tristão apresentou-se ao rei Marco, ajoelhou-se e pediu permissão para lutar contra o monstro:

— O senhor me armou cavaleiro, meu rei, e está mais do que na hora de eu ser posto à prova, pois senão me envergonharei de ser chamado cavaleiro.

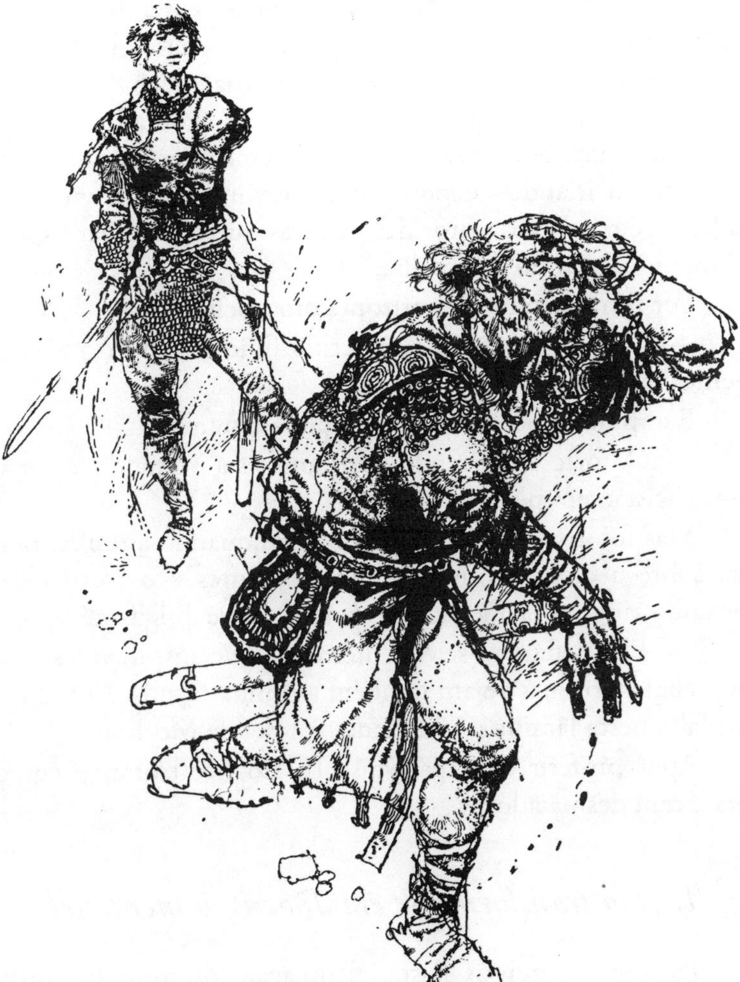

Quando Morhout soube disso, quase morreu de rir e berrou:

— Acabo com esse franguinho sem sequer usar minhas armas. Basta um pontapé!

Morhout exigiu que o duelo se realizasse numa ilha desabitada, não muito longe da costa. Ninguém entendia essa exigência, mas insinuava-se que o gigante não queria que houvesse testemunhas da maneira como iria acabar com o franguinho. Cercado por muitos cortesãos agoniados, Tristão embarcou num bote e seguiu atrás da embarcação toda ornamentada do irlandês, depois não se ouviu e nem se viu mais nada, exceto os altos gritos das gaivotas que esvoaçavam sobre o longínquo campo de batalha.

Por fim emergiu no horizonte um veleiro.

— Ele está morto, meu querido filho está morto! — lamentou-se Marco.

E a multidão concentrada na praia estremeceu:

— O forte e horrendo Morhout está voltando e fez o pobre Tristão em pedaços!

Mas foi Tristão quem desembarcou quando a quilha rangeu sobre a areia. Com os olhos brilhantes e o rosto feliz, apesar do sangue que lhe escorria da testa, ele se dirigiu até o rei:

— Ele defendeu-se valentemente. Vejam meu escudo todo abaulado, mas vejam também a minha espada. O pedaço que falta nesta lâmina está enfiada na testa de Morhout.

Após proferir essas palavras, Tristão ficou branco como cera e caiu desmaiado.

Tristão transforma-se em Tãotris, o menestrel

Por meses seguidos Tristão ficou acamado sofrendo fortes dores, apesar de todo o zelo e cuidado com que era tratado. A ferida na testa não parava de sangrar. Embora fosse pouco profunda, não se fechava; era como se um veneno fermentasse nela. Será que Morhout lutara com uma lâmina envenenada? Ninguém sabia responder, mas sabia-se que a irmã dele, a rainha da Irlanda, era versada em feitiçaria e capaz de curar e matar. Só essa mulher poderia curar a ferida de Tristão, mas a ela justamente não se poderia recorrer, pois acabaria com aquele que matara seu irmão. E no entanto o destino dispôs para que o caminho de Tristão o levasse à longínqua Irlanda, ao castelo de Weisefort, onde vivia a rainha, ao lado de Isolda, sua bela filha de cabelos dourados.

Tristão desejava morrer, pois já não suportava aquelas dores intermináveis. Ordenou ao fiel Governal que encontrasse uma embarcação sem leme e sem remos e o deitasse nela. Queria apenas uma harpa para acompanhá-lo nessa viagem em alto-mar com destino à morte. Tudo foi feito segundo o seu desejo, e as ondas carregaram a embarcação sobre suas largas costas e levaram-na para alto-mar.

Dias e noites o bote sem leme balouçou sobre as ondas, dias e noites em que o doente rogava aos céus pelo fim de seus sofrimentos. Até que a embarcação chegou a uma enseada. Tristão ergueu-se um pouco, pois suas forças estavam esgotadas, pegou a harpa e cantou com voz doce e melancólica uma cantiga que aprendera na infância. Ao longe avistou as torres brancas de um castelo cintilando ao sol e acreditou serem os portões da morte.

A cantiga atraiu pescadores, pois sobre a água o som se propaga a grandes distâncias. Eles puxaram a embarcação até a praia e ficaram admirados com o belo jovem e sua harpa.

— Nós o levaremos, querido trovador — disseram eles —, até a rainha no castelo de Weisefort. Ela gosta de música e a sua filha, Isolda, de cabelos dourados, gosta mais ainda.

— Que reino é este? — perguntou Tristão. Assustado, ficou sabendo que se encontrava na Irlanda, o reino do rei Gurmun. O destino levara-o ao reino de seus inimigos mortais. Ele queria morrer, mas não nas mãos de seus inimigos!

Perguntaram-lhe como se chamava. Ele achou melhor não dizer seu verdadeiro nome e resolveu trocar a posição das duas sílabas de seu nome.

— Eu me chamo Tãotris, o menestrel. Digam às damas do castelo que Tãotris, o menestrel, deseja entretê-las com suas cantigas desde que elas curem sua ferida. Se não o fizerem, ele morrerá.

Assim os pescadores levaram-no para o castelo e um deles carregou a harpa em seus braços como se fosse um bebê ou uma preciosidade. A rainha e sua filha receberam-no cordialmente, conduziram-no a um aposento, onde ele repousou entre lençóis refrescantes, limparam e pensaram a ferida, tratando-a com uma pomada curativa. Assim, em pouco tempo Tristão convalesceu. Grato por elas lhe terem devolvido à vida, Tristão cantou e tocou cantigas alegres e tristes que falavam de amor e atos heróicos e que as encantaram, conquistando seus corações.

Ele se envergonhava com o fato de silenciar sobre seu verdadeiro nome e pensava consigo mesmo que essa atitude não era digna de um cavaleiro. Por causa disso, mas também porque tinha muita saudade da Cornualha, de Tintagel e de seu amigo Marco, resolveu abandonar o seu refúgio e voltar para casa.

Elas não conseguiram detê-lo. No momento da partida, Isolda, a princesa dos cabelos dourados, sentiu seu coração confranger-se dolorosamente, mas não revelou seus sentimentos a sua mãe e não deixou ninguém perceber o que estava sentindo.

Tristão retorna à Irlanda com um pedido de casamento e reencontra Isolda, a princesa dos cabelos dourados

Quando Tristão reapareceu são e salvo no castelo de Tintagel, foi recebido com entusiásticos gritos de júbilo. Marco não cabia em si de felicidade por ter de volta o mais amado de seus cavaleiros. Concedeu-lhe todas as honras e tratou-o como seu próprio filho. Como ele era solteiro, havia entre os vassalos muitos que viam com mal-estar e inveja a maneira como Marco cumulava o jovem de honrarias e dava ouvidos a seus conselhos. Temiam que o rei o nomeasse seu sucessor.

Trocaram idéias para descobrir como poderiam prejudicar Tristão e levantar suspeitas contra ele, mas nada encontraram que pudesse indispô-lo contra o rei. Depois pressionaram o rei para procurar uma esposa que lhe desse um filho e ao reino um sucessor da coroa. Mas Marco retrucou:

— Eu tenho um filho a quem muito amo e ele se chama Tristão.

Os nobres não ficaram satisfeitos com essas palavras, pois isto significava que aquele jovem estrangeiro, que não era aparentado com eles, seria um dia o rei da Cornualha. Mas o próprio Tristão não estava interessado na coroa, pois era suficientemente sagaz para não desejar a dignidade real com seu brilho ilusório e suas preocupações. Por isso, tal como os nobres, era a favor de que Marco contraísse matrimônio. Assim ele, contra quem os nobres lutavam, tornou-se o seu mais fiel aliado e também pressionou Marco para encontrar uma esposa.

Marco não gostou nem um pouco dessas pressões e não tinha ânimo nem para tomar uma decisão, nem para escolher uma mulher.

— Voltem daqui a um mês — disse aos seus vassalos, para ganhar tempo. — Então anunciarei a minha decisão. — Marco já não era jovem e não acreditava que ainda pudesse encontrar o amor. "Casar..." — cismava ele — "mas isso não significará perder Tristão, a quem amo mais do que amaria a uma mulher e ao meu próprio filho? E quem é a mulher que deverá tornar-se a rainha?"

Nesse momento aconteceu-lhe algo que lhe pareceu ser um sinal dos céus. Um tufo de cabelos, que talvez um pássaro tivesse carregado no bico para construir o seu ninho, voou através da janela e caiu no seu colo. Era o cabelo de uma mulher, de um maravilhoso loiro dourado, mais fino que seda. O rosto do rei abriu-se num sorriso silente e ladino.

— Eu me submeto ao seu desejo — disse ele aos vassalos. — Escolhi minha mulher. Aquela a quem pertencem esses cabelos deverá ser minha esposa e rainha da Cornualha. Não quero nenhuma outra. Procurem-na.

Perplexos, os homens entreolharam-se e se sentiram logrados com esse ardil.

— Senhor — disse um deles —, como conseguiremos saber quem é ela, se nem mesmo o senhor o sabe?

— Vocês terão que procurá-la — insistiu Marco. — Não deve ser difícil, pois com toda a certeza há apenas uma mulher em todo mundo que tem esse maravilhoso cabelo dourado.

— Rei e pai — disse Tristão, intervindo na discussão — eu conheço essa mulher.

— Você a conhece?— perguntou Marco admirado. — Quem é ela?

— É Isolda, a filha do rei da Irlanda. Eu a vi quando estive lá e a mãe dela tratou de mim. Não há ninguém que tenha um cabelo igual ao dela, e este é seu cabelo.

— Então não tenho esperanças — disse Marco. — O rei da Irlanda é meu inimigo de morte. Como conseguirei a mão de sua filha?

— É bem difícil consegui-la — respondeu Tristão. — Mas tentarei conquistá-la para vós. Dou a minha palavra. Eu lhe trarei essa princesa ou morrerei nesta viagem

Com o coração confrangido, Marco teve de dar seu consentimento, pois Tristão não o deixava em paz. Ele partiu com alguns nobres que não sabiam a direção que seguiam. E quando, em alto-mar, ficaram sabendo que se aproximavam da costa da Irlanda, resmungaram irritados:

— Isto não vai dar certo! Aqui é o reino do inimigo, estaremos todos perdidos quando pisarmos na Irlanda. Não esqueça que foi você quem matou Morhout!

— Então escondam-se no convés — ordenou Tristão, em tom de desprezo — e apareçam quando eu lhes der o sinal.

O navio aportou e Tristão desembarcou vestido como um modesto comerciante. Ninguém o molestou. Ele tinha pela frente uma boa caminhada até o castelo de Weisefort, onde pensava encontrar Isolda, mas então resolveu retornar ao navio para buscar sua espada, pois poderia ser assaltado ou ter que enfrentar outros perigos no caminho. Era ainda a mesma espada com a qual havia matado Morhout, pois a amava e acreditava que ela lhe daria sorte num combate.

Ainda bem que Tristão lembrou-se de pegar a espada, pois durante a noite, na floresta, foi atacado por um lobo gigantesco, forte como um urso e ligeiro como um leão. O espírito de Morhout, que se apossara do animal, queria vingar-se daquele que o vencera. Ele não sabia que Tristão estava com sua espada invencível e atirou-se, arreganhando os dentes, contra a goela do jovem cavaleiro. Rápido como um raio, Tristão sacou da espada e cortou a garganta do monstro, que caiu gemendo ao chão. Mas antes de ser derrubado o hálito venenoso que o malvado espírito do mágico Morhout exalava atingiu o rosto de Tristão. Cambaleando e sentindo um terrível mal-estar, ele desmaiou e ficou dois dias e duas noites estendido na floresta, lutando, arquejante, contra os efeitos daquele hálito venenoso.

Por fim alguns homens encontraram-no junto ao cadáver do lobo e rapidamente espalhou-se a notícia de que o monstro, que vivia atemorizando os habitantes da região, fora morto por um comerciante. A notícia chegou também aos ouvidos do casal real, que ordenou que Tristão fosse conduzido ao palácio para receber uma recompensa. Ali ele permaneceu mais dois dias e duas noites repousando, até restabelecer-se. A rainha ficou admirada pelo fato de ele ter adoecido em virtude do mesmo veneno do qual já o curara uma vez.

Quando Isolda o viu, alegrou-se em seu íntimo: "É Tãotris, o menestrel! Ele voltou para ficar conosco!" Dedicou-se com todo o carinho ao enfermo, e ele sorria, pensando em levar ao seu rei uma esposa tão bela. Pois até então seu amor por ela ainda não havia despertado.

Ela pensou: "Que sorriso mais estranho! Com toda a certeza ele vai me agradecer se eu arear sua espada". Ao tirar a espada da bainha, olhou-a espantada, pois estava danificada e o formato da falha pareceu-lhe familiar. Quando o corpo de Morhout fora trazido para casa, o pedaço da lâmina que estava enfiada na sua testa foi guardado como a relíquia de um santo. Ela introduziu esse pedaço na espada de Tristão e viu que as duas partes se encaixavam perfeitamente. Então reconheceu em Taotris, o menestrel, aquele que vencera Morhout e também aquele que era Tristão, o cavaleiro da Cornualha, que ficara famoso por causa desse duelo e entrara furtivamente, disfarçado, em sua casa.

Não compreendeu o porquê de todo esse segredo e resolveu não contá-lo a ninguém. Pois a raiva que se apossou dela com a descoberta desse fato misturou-se ao amor, que se tornava cada vez maior.

Logo ela descobriria o que Taotris-Tristão pretendia.

Isso aconteceu quando o cavaleiro se sentiu completamente restabelecido e o rei Gurmun manifestou o desejo de vê-lo. O jovem inclinou o joelho com tanta dignidade diante do rei, respondeu às perguntas com tanta sagacidade e seu rosto, seu porte e suas atitudes eram tão belas que o rei, encantado, disse:

— Realmente, senhor Taotris, você deveria ser um cavaleiro e não um menestrel, pois a cantoria não combina com um homem nobre como o senhor. E se o próprio rei Marco da Cornualha, que é meu inimigo, o tivesse mandado para me oferecer a reconciliação, eu a aceitaria com o maior prazer. Juro por tudo o que é sagrado!

Ele não podia imaginar que Tristão iria tomá-lo ao pé da letra. Mas Tristão não perdeu tempo. Disse seu verdadeiro nome, sua origem e qual era sua missão: o rei Marco oferecia amizade, reconciliação e também todo o ouro de seu reino e pedia a mão de sua filha Isolda em casamento.

Então Gurmun teve de assentir, sem guardar nenhum rancor.

Mas rancor havia no coração de Isolda quando ouviu isso, raiva misturada a um certo regozijo, pois achava que Tristão, muito ardiloso, apenas apresentara esse pedido para conseguir conquistá-la e, assim, levá-la embora. Por isso não se opôs, mas iniciou alegremente os preparativos para a viagem.

Tristão e Isolda são enfeitiçados pelo filtro do amor

A rainha-mãe, que era versada na arte da feitiçaria, estava muito preocupada com a sorte de sua filha. O rei Marco estava ficando velho e, se o amor que ele sentia por sua filha terminasse, a vida dela poderia tornar-se bem amarga. Então resolveu tomar providências para que aquele amor nunca terminasse.

Cozinhou vinho com ervas raras e prodigiosas, de uma doçura misteriosa, preparando uma beberagem que tinha o poder de fazer os corações de duas pessoas que a provassem juntas arderem de amor uma pela outra pelo resto de suas vidas.

Em seu zelo, preparou um poção forte demais, esquecendo-se de que no amor pode haver uma força abrasadora e destrutiva.

Chamou Brangane, sua fiel servidora, e confiou-lhe o frasco, dizendo:

— No momento do banquete nupcial, misture essa poção nas taças de vinho do rei Marco e de Isolda. Mas preste atenção para que ninguém a veja e também para que ninguém a beba, pois isso trará desgraça.

Ela confiava plenamente na criada Brangane, cuja fidelidade já havia sido posta à prova.

Os ventos eram favoráveis e Tristão decidiu partir. Tomou Isolda pela mão e levou-a para uma tenda suntuosamente ornada que fora armada a bordo do navio. Brangane acompanhou a jovem senhora em sua viagem rumo à terra desconhecida, à nova vida e ao incerto casamento. Quando Isolda percebeu que Tristão não tramara nenhum ardil ao levá-la da casa paterna, e vendo que o pedido feito ao rei Gurmun era verdadeiro, que ela teria de casar-se com o rei Marco e que o jovem cavaleiro não a amava, mas a havia enganado, seu coração ferido encheu-se de orgulho e ódio e ela rejeitou-o violentamente:

— Seja amaldiçoado, menestrel Taotris, e quando estiver em Tintagel nunca mais apareça na minha frente!

Tristão afastou-se, trêmulo, diante dessa explosão de ódio, incapaz de explicá-la. Inexperiente, entrara no labirinto do amor. Pensou: "Será que esse destino não lhe foi determinado desde o nascimento? Princesas casam-se com reis..."

Sucedeu então que, perto da costa de uma ilha, o navio foi surpreendido por uma calmaria. As velas caíram, frouxas, o navio ficou parado sobre as águas e um calor sufocante sob o céu sem nuvens atormentava a todos. Então os nobres que faziam parte da comitiva, pajens, donzelas e damas, e os marinheiros resolveram refrescar-se na praia rasa, sob a sombra das árvores e junto a uma fonte de água fresca. Apenas Isolda ficou no navio, pois estava triste e transtornada. Tristão também ficou, pois assim lho exigia o dever de servir à futura esposa de seu rei.

Isolda sofria com o calor insuportável, e a língua seca lhe grudava na boca. Tristão sentia-se igualmente mal. Viu um frasco sobre a mesa, pegou-o, curioso, abriu-o e um forte aroma adocicado de vinho lhe subiu às narinas.

— Veja, aqui está um frasco com vinho — disse, voltando-se para Isolda. — Um gole a refrescará.

— Dê-me — ordenou ela.— Quero beber.

Ele encheu um copo e ofereceu-lhe a sedutora beberagem. Ávida, ela esvaziou o copo até a metade e então percebeu

que também ele estava com sede. Comovida, ofereceu-lhe o copo:
— Beba também — disse. — A sede dói. — E nem se lembrou de que, furiosa, o amaldiçoara.
— Eu lhe agradeço, senhora — respondeu ele. — É verdade, estou com muita sede. — Em seguida esvaziou o resto do copo. E assim consumou-se o feitiço.
Quando Brangane voltou, viu os dois jovens calados, frente a frente. Olhavam-se enlevados, e o frasco e o copo estavam vazios. Trêmula, a fiel criada escondeu o rosto, pegou o frasco e o copo e jogou-os ao mar, julgando talvez assim desfazer o feitiço. Mas estava enganada.
— Eu me arrependo — disse Isolda, quebrando o silêncio — de não tê-lo matado no meu castelo. Havia muitos homens que fariam isso por mim.
— Quando terminará essa raiva contra mim? — perguntou ele, espantado. Nenhum dos dois ainda sabia o que lhes havia acontecido.
— Não é raiva — respondeu ela. — É outra coisa. — Então apoiou a cabeça no ombro dele e sussurrou: — Agora só quero ou você ou a morte.
Ele a abraçou e, desesperado, respondeu:
— O que nos aconteceu? Também eu só quero ou você ou a morte. Que seja bem-vindo esse amor infinito! Bem-vinda também seja você, morte!
O vento inflou as velas e o navio seguiu viagem.

Tristão e Isolda conhecem as alegrias e os perigos do amor

O castelo de Tintagel apareceu no horizonte. Logo depois, ouviu-se o claro e alegre soar das trombetas. Bandeiras e flâmulas acenavam da margem. A quilha do navio rangeu asperamente na areia. Lá estava o rei Marco com seus cavaleiros, e de longe ele via o cabelo dourado de sua futura esposa, do qual um tufo lhe caíra ao colo, trazido pelo vento. Seu coração palpitou de felicidade.

Desesperado, Tristão murmurou:

— Precisamos ir embora! Não vamos desembarcar!

— Mas o que é isso, querido — respondeu ela. — É tarde demais, nós já desembarcamos. Em pouco tempo seríamos encontrados e mortos. Eu quero viver, viver ao seu lado!

Ela adiantou-se e pisou na prancha que conduzia à terra firme. Em seus lábios havia um leve sorriso. O amor dava-lhe forças para aparentar um sentimento de felicidade. Assim ela correu ao encontro dos braços abertos do rei Marco e ele deslizou os dedos pelos dourados cabelos de Isolda.

— Meu Tristão tinha razão — disse ele. — Era o seu cabelo, princesa Isolda. Seja bem-vinda a Tintagel e ao reino da Cornualha.

E o casamento foi celebrado com toda a pompa.

Os dias foram passando. O rei sentia uma profunda simpatia por sua esposa, que agora era a rainha, e não suspeitava de nada do que acontecia em seu coração. Mas para ela e para Tristão começaram, ao mesmo tempo, momentos terríveis e cheios de felicidade.

Marco não dispensava a presença do jovem nem de seus conselhos, nem as suas cantigas e o som de sua harpa, e assim Tristão e Isolda estavam quase sempre juntos. Juntos demais! Falavam por meio de sinais e usavam a linguagem viva dos olhos, que só os amantes dominam e compreendem. E tudo entre eles era furtivo, doloroso, doce e quase insuportável, e por muito tempo conseguiram iludir os que estavam à sua volta.

Mas o crescente desejo e a tentação foram-nos tornando cada vez maiores. Quando o rei ia à caça, Tristão inventava alguma desculpa para poder ficar com Isolda. Então sentava-se aos seus pés, cantava-lhe cantigas de amor e, como nunca estavam sozinhos, pois sempre havia alguém da corte por perto, mesmo quando se refugiavam no jardim, precisavam usar a muda linguagem dos olhos e, algumas vezes, das mãos. E dia após dia isso os fazia sofrer cada vez mais.

Mas um dos membros da corte compreendeu a muda linguagem deles. Era Marjodo, o abelhudo senescal. Observava, espreitava, ficava à escuta e não demorou muito inteirou-se do que acontecia. Dia a dia suas suspeitas iam sendo comprovadas. Ele conseguiu convencer outras pessoas da corte dos fatos que percebera e instigou-as a observar os amantes sem que eles suspeitassem de nada.

Apenas Brangane suspeitava de algo e por isso advertiu Isolda. Quando Marco teve de viajar para um outro reino a fim de resolver questões de direito, Isolda fingiu-se preocupada e queixou-se do tempo em que ficaria sozinha. Quando ele a consolou dizendo que Tristão estava ali para ajudá-la a passar o tempo, ela gritou:

— Não me fale de Tristão! Não gosto dele! Não posso esquecer que matou Morhout, meu tio, e que se infiltrou na minha casa com um nome falso.

Preocupado, Marco sossegou-a e defendeu Tristão, mas também ficou aliviado, acreditando que o coração dela lhe pertencia. Mesmo assim Marjodo soube insinuar que havia entre a rainha e o jovem cavaleiro algo mais do que a dignidade cortesã e o costume da cavalaria. Muita gente no castelo e em todo o reino cochichava que a ordem estava sendo perturbada e que o casal entendia-se às escondidas.

Marco, que dava importância à ordem e aos bons costumes, teve de submeter-se: mandou chamar Tristão e disse-lhe:

— Meu querido filho, ajude-me a acabar com esse falatório. Saia daqui por uns tempos para que as más línguas se calem. Eu o envio à corte do rei Artur. Já há tempos estou sabendo que o querem sentado ao lado dos famosos cavaleiros da Távola Redonda, pois você é um dos melhores cavaleiros de todo o reino.

E Tristão teve de partir, acompanhado de Governal, seu mestre-de-armas.

Mas não foi muito longe. Fortes e invisíveis fios puxavam-no de volta à mulher amada. Permaneceu num vilarejo próximo a Tintagel, distante apenas um dia de cavalgada, de onde ele podia ver as ameias do castelo e imaginar a amada de cabelos dourados ali de pé, procurando-o com os olhos e consumindo-se de amor.

Preocupada, Brangane via como sua senhora ia ficando dia a dia mais magra e mais pálida, e como a saudade do amado a consumia. Antevendo essa dor, Brangane conversara com Governal antes de sua partida e os dois juraram ajudar os amantes. Ela sabia que nada deteria o desejo de união desses dois corações enfeitiçados, e isso mortificava-a, pois sentia-se culpada. Assim, ela e Governal esgueiravam-se de lá para cá, levando e trazendo notícias, até que os amantes conseguiram encontrar-se num trecho bem fechado de uma floresta de carvalhos, entre o vilarejo e o castelo, onde passavam juntos horas felizes.

Até que certo dia foi impossível impedir que a desgraça acontecesse.

Marjodo continuava com suas suspeitas, e aquele que alimenta suspeitas encontra pistas verdadeiras ou falsas para comprová-las. Ele soube que Tristão não seguira para a corte do rei Artur e que estava escondido nas vizinhanças. Um dos criados de Marjodo, um anão tão pequeno e magro que conseguia esconder-se em qualquer canto, descobriu onde Tristão e Isolda se encontravam nas noites de lua cheia. Marjodo comunicou o fato ao rei e soube descrever tão vivamente o encontro dos amantes que este, com o coração sangrando, resolveu vê-los com os próprios olhos. Então ele constatou o pior. Por trás de suas costas, sua amada esposa, usando subterfúgios, encontrava-se com aquele a quem ele amava como seu próprio filho. Seu coração não sangrou apenas, mas ferveu de ódio. Numa suave noite de verão os homens do rei cercaram e acordaram bruscamente o casal, que dormitava feliz um ao lado do outro. Ambos, amarrados, foram conduzidos ao castelo para serem julgados.

Por algum tempo o rei ainda ficou indeciso sobre se devia perdoá-los ou castigá-los. Mas a corte inteira, os cavaleiros e os vassalos pensavam na honra ultrajada da realeza e do reino e clamavam pelo sangue dos amantes pecadores. E quem porventura pensava de outra maneira ficou calado e não teve coragem de manifestar-se.

Tristão jazia acorrentado num fundo calabouço e Isolda estava encarcerada num quartinho, na mais alta torre do castelo. Em pensamento os amantes estavam juntos: os dois corações pulsavam num anseio sem limites e ambos pensavam no destino que os unia tão estreitamente e que lhes fora instilado pelo filtro do amor — uma vida de infidelidades e desatinos ao mesmo tempo. O amor e a morte fundiram-se num único desejo.

Pressionado por seus cavaleiros, o rei Marco proferiu a sentença: os amantes deveriam encontrar a morte por meio do fogo. Mas o destino ainda lhes prolongou um pouco mais a vida.

Os amantes escapam da morte e caem na miséria

Uma enorme fogueira de troncos secos foi armada fora do castelo, e para lá Tristão, com as mãos amarradas, foi levado pelos servos. O povo juntou-se para ver o espetáculo. Alguns amaldiçoavam-no, outros choravam sua sorte.

O caminho passava ao lado de uma capela, rente a um abismo que se abria, abrupto, em direção a um rio. Ali Tristão pediu que lhe fosse permitido entrar e rezar, no que foi atendido. Ajoelhou-se, mas não rezou: chorou pela amada que, no dia seguinte, teria de sofrer morte igual à sua. Não se horrorizava com a própria morte, mas com o sofrimento de Isolda.

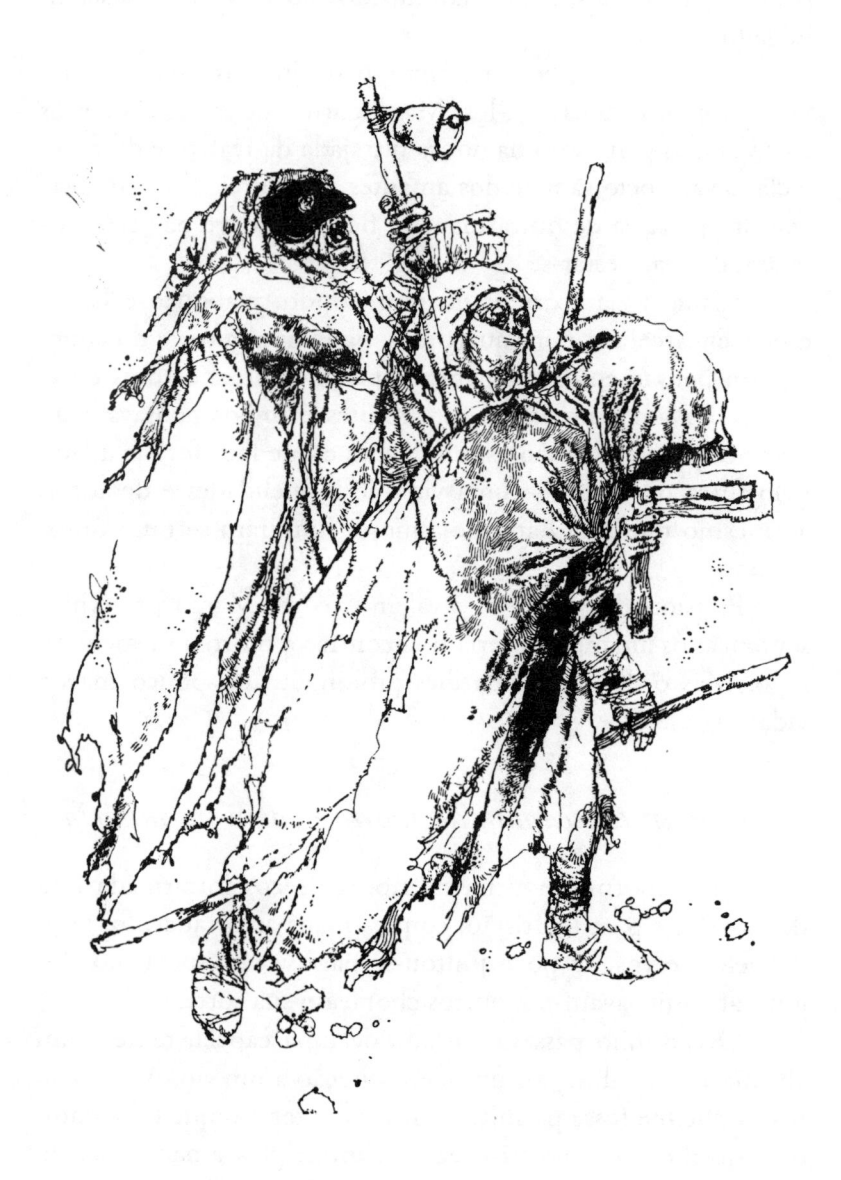

Não pensava no que teria de enfrentar logo mais, mas apenas na amada, que estava no alto da torre, aflita e com os olhos vermelhos de chorar. Nesse instante surgiu de trás do altar uma figura. Erguendo os olhos, Tristão reconheceu um fidalgo que se chamava Dinas de Lida e que, silencioso e ágil, cortou-lhe as cordas, desaparecendo em seguida. Esse homem, um amigo de Tristão, não suportara vê-lo ultrajado com as cordas que o prendiam.

Tristão subiu até a janela e olhou para a temível profundidade que se abria diante de seus olhos. Arvoredos estropiados e arbustos cobriam a rocha que descia até o vale. Não foi difícil tomar a decisão — antes arrebentar-se lá embaixo do que sufocar agoniado na fumaça e no calor e morrer queimado sobre uma pilha de troncos em chamas. Pulou sobre a cornija e depois no espaço vazio. Caiu... caiu... rolou sobre si mesmo, rasgou as roupas nos arbustos, feriu braços e pernas nos galhos e espinhos e por fim aterrissou num matagal que cobria uma saliência da rocha. Estava tão longe que mal conseguia ouvir os gritos daqueles que o haviam levado como prisioneiro; mas ninguém teve coragem de persegui-lo nesse salto temerário. Abriu caminho por entre arbustos, galhos caídos e lodaçais, alcançando por fim uma floresta. Sabia que lá de cima, onde estava armada a pilha de troncos para queimá-lo, até ali, onde se encontrava, o caminho era muito longo e ninguém conseguiria alcançá-lo. Estava em segurança. Mas e Isolda?

No dia seguinte também ela era conduzida à fogueira, mas também a ela foi concedido um certo tempo de vida, de amor e sofrimento. Pouco antes de a comitiva chegar ao campo onde estava armada a fogueira, ela foi interceptada por um estranho grupo. Eram figuras horrendas e deploráveis, algumas nuas e outras em farrapos. Eram leprosos, cobertos por enormes e incuráveis feridas, portando matracas, como determinava a lei, para que ninguém se aproximasse deles. Eram homens e mulheres, todos marcados pelo terrível mal. O grupo que acompanhava a prisioneira dispersou-se aos gritos; ninguém tinha coragem de enfrentar os leprosos, salvo um desconhecido temerário, com o rosto desfeito e a roupa em frangalhos e que estava no meio dos doentes. Era Tristão, que correu em direção à amada, arrancou-lhe as cordas e conduziu-a para uma floresta fechada. Enfim, estavam novamente juntos.

Quando o rei Marco soube que Isolda escapara, não moveu um músculo do rosto, mas, às escondidas, suspirou de alívio. Os criados que deixaram Isolda escapar e também aqueles que não perseguiram Tristão fugiram para um reino estrangeiro, temendo a ira do rei.

Tristão e Isolda esconderam-se no lugar mais selvagem e recôndito da floresta, onde até então ninguém se atrevera a ir, e ali ergueram um refúgio de folhas secas e galhos, protegido por uma saliência rochosa. Ali viveram, não à larga e nem alegres, mas com muita dificuldade e passando por grandes privações. Contudo eram felizes, pois estavam juntos. Passavam fome, pois Tristão, sem seu cavalo e sua lança, não era muito feliz na caça. Comiam amoras, nozes e ervas, e muito raramente Tristão tinha a sorte de abater um animal com sua espada. A espada e a bainha ainda estavam com ele, pois retornaram ao seu dono como um leal ser vivo.

Ficavam sentados um ao lado do outro. Tristão cantava cantigas e contava-lhe histórias. Com o tempo as roupas eram apenas farrapos; os dois andavam quase nus e, mesmo se quisessem, não podiam mais mostrar-se aos homens. É verdade que os cavaleiros da Távola Redonda o esperavam no longínquo castelo de Camelot, mas não era possível pensar numa viagem até lá. Eles eram proscritos em todos os lugares e seriam recebidos apenas com zombaria.

Certa vez, num longo e cálido entardecer de verão, os dois amantes dormiam sobre o musgo e a espada de Tristão jazia entre os dois, pois escorregara sem que ele o percebesse. Durante uma caçada, o rei Marco, em seu sofrimento por causa da esposa e do filho perdidos, adentrou fundo na floresta, afastando-se de seus companheiros, e repentinamente deparou

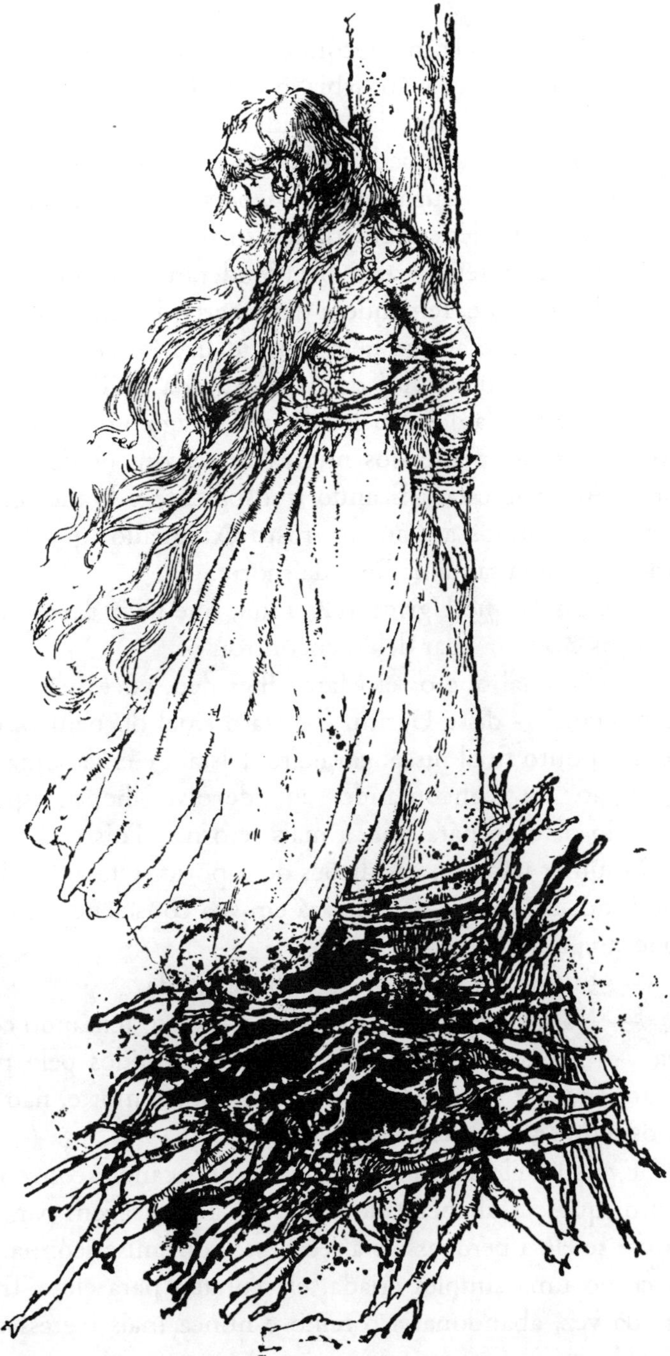

com os dois, que ele mal reconheceu. Seu coração foi tomado de comoção e dor. Não sabia o que fazer. Confuso, ficou olhando o casal adormecido, dividido entre o perdão e a vingança. Então viu a espada de Tristão, pegou-a, colocou sua própria espada no lugar dela e depois afastou-se silenciosamente. Será que eles entenderiam o sinal?

Por muito tempo não o entenderam. Reconheceram a espada de Marco e, temendo a descoberta de seu refúgio, procuraram um novo abrigo bem longe dali. Mas então chegou o inverno, com seu séquito de neve e geada, e Tristão teve de admitir que Isolda dos cabelos dourados, agora desgrenhados e sujos, apesar de penteá-los muitas vezes com os dedos, definhava. Sua pele estava ficando transparente e branca como a neve, e seus olhos ardiam no rosto extenuado, que era belo como o de uma santa na hora da morte.

Foi assim que Ugrim, o eremita, que vivia nesses lugares selvagens e ouvira falar deles, encontrou-os.

— O sinal que o rei Marco lhes deu, vocês não o compreenderam — disse Ugrim. — Era o sinal do perdão. Coloque um ponto final nisso, cavaleiro Tristão, e envie uma mensagem ao rei concordando em devolver-lhe a esposa e deixando o reino para nunca mais retornar. Pois essa nobre e frágil mulher não tem condições de suportar esta vida: ela está morrendo. E a morte dela pesará em sua consciência. Eu mesmo levarei a mensagem.

— Eu morrerei sem você — disse Isolda.

— Não, você viverá — replicou Tristão, tentando consolá-la. — E enquanto vivermos estaremos unidos pelo pensamento. Mas, se você morrer e eu a seguir na morte, não saberemos o que acontecerá às nossas almas.

E assim ele continuou falando, buscando convencê-la. Ugrim, que era alfabetizado, escreveu a mensagem para o rei Marco: se ele a perdoasse e a recebesse com misericórdia, mesmo como uma simples criada, ela voltaria para ele e Tristão, por sua vez, abandonaria o reino e nunca mais regressaria. A resposta do rei deveria ser pregada no velho tronco de carvalho que se erguia nos limites da arena de torneio, perto do castelo.

E assim aconteceu. Ugrim entregou a mensagem e no dia seguinte encontrou a resposta no lugar indicado. Isolda estava perdoada e poderia retornar como rainha da Cornualha. Tristão, entretanto, teria de abandonar o reino para sempre.

Tristão conduziu a amada sobre um corcel, que Ugrim trouxera a mando do rei Marco, até o portão do castelo de Tintagel sem temer ser reconhecido, preso e morto, pois tudo isso pouco lhe importava. Despediram-se sem se olhar, pois não tinham forças para tanto e seus corações ardiam submersos numa dor indescritível.

Muitos o reconheceram quando ele trouxe Isolda até o portão do castelo, mas, temerosos, afastaram-se. Quando Tristão partiu, Governal, o velho mestre-de-armas, foi o único que o acompanhou.

A outra Isolda entra na vida de Tristão

Tristão partiu ao lado de Governal para bem longe. Atravessando o mar, tentou encontrar o esquecimento. Mas isso não lhe foi concedido. Buscava aventuras e perigos, desejando apenas a morte. Mas também não encontrou a morte. Em muitos duelos e combates saía vencedor, pois sua força e juventude não o abandonaram, mas em seu coração, não havia paz.

Atravessando o braço de mar que separa a Inglaterra da Normandia, Tristão e Governal chegaram ao castelo de Carhaix, não muito distante de sua terra natal, a Bretanha. Atravessaram uma região devastada, aldeias queimadas e vazias que testemunhavam a crueza destrutiva da guerra. O exército do rei Jovelin, soberano daquele reino, fora derrotado pelo de seu inimigo, o conde Riol, outrora vassalo de Jovelin, e ele recolhera-se ao castelo de Carhaix, sitiado pelo exército inimigo.

Tristão lembrava-se de que, durante sua infância, o rei Jovelin era conhecido como um soberano bondoso e justo, e agora deveria estar velho. Decidiu então lutar por ele, mesmo se os inimigos fossem bem mais numerosos. Além disso, pouco se importava se viesse a encontrar a morte.

Conseguiu penetrar no castelo e foi recebido de braços abertos pelo rei e seu jovem filho Caerdino. Alertaram-no de que seria difícil empreender algo, pois a situação estava insustentável. Mas Tristão insuflou-lhes coragem; reuniu os melhores homens e fez uma investida contra os inimigos. Arremeteu resoluto e veloz contra o acampamento do conde Riol e matou-o num duelo furioso. O exército invasor bateu em retirada e o reino e o castelo de Jovelin foram libertados.

Tristão foi festejado e glorificado como brilhante cavaleiro que ele na realidade não era, pois a dor de um amor impossível pesava demais em seu coração. Tentaram reanimá-lo de todas as formas, principalmente o jovem Caerdino, que não se arredava de seu lado e que aprendeu o manejo das armas sob sua orientação. Mas o rapaz não conseguia animá-lo, apesar de todos seus esforços.

Então, certo dia, Caerdino disse ao pai:

— Vamos fazer uma festa e pedir à minha irmã para sentar-se ao lado dele à mesa. Com toda a certeza ele gostará dela e assim ficará mais alegre, pois ela é uma moça bonita.

No banquete, a filha de Jovelin sentou-se ao lado de Tristão, que ficou sabendo que ela se chamava Isolda e que era conhecida como Isolda das mãos alvas, porque suas mãos eram graciosas, delicadas e brancas como a neve. Quando ouviu o nome amado, seu coração disparou e ele dirigiu-lhe a palavra todo solícito, pois acreditava que a uma moça com esse nome era preciso demonstrar o maior respeito. Ela também simpatizou com ele, e para Jovelin e Caerdino parecia fora de dúvida que os dois logo formariam um casal. Caerdino conversou com Tristão e perguntou-lhe se desejava casar-se com Isolda.

Quando o jovem lhe fez essa pergunta, Tristão lembrou-se da outra Isolda, que com toda a certeza já o esquecera — ou era ele que queria ela o tivesse esquecido —, e nessa incerteza fundiu as duas mulheres, a Isolda dos cabelos dourados e a Isolda das mãos alvas.

— Se sua irmã — respondeu Tristão — gosta de um homem que prefere cantar tristes cantigas em vez de entregar-se a jogos alegres e que é ofuscado pela tristeza, então eu aceito.

Assim Isolda das mãos alvas tornou-se a esposa de Tristão. Ele teria vivido feliz e em paz com sua mulher se o amor que sentia por Isolda dos cabelos dourados tivesse morrido. Mas isso não ocorreu.

Como a saudade atormentava os amantes

Quanto mais o tempo passava, mais ardiam de saudade os corações dos amantes. Eles não conseguiam esquecer-se um do outro, pois o poder do filtro mágico não se abrandava. Distantes, imaginavam como poderiam reencontrar-se. Mas não vislumbravam solução.

Isolda, novamente rainha da Cornualha, sonhou certa vez que um ilusionista chegou à corte de Tintagel para entreter os cortesãos. Era feio e corcunda; suas roupas, com remendos coloridos, assemelhavam-se às dos loucos; ele dedilhava uma harpa e cantava músicas atrevidas. As cantigas foram mudando até que ele começou a entoar as melodias que Tristão cantava para ela no passado, e Isolda imaginou que aquele homem poderia ser Tristão, que se vestira daquele jeito para não ser reconhecido. Tentou conversar com ele, usando a língua do amor, como faziam antigamente, mas ele não respondia: apenas fazia caretas. Os cortesãos riam dele e o rei perguntou-lhe como se chamava.

— Eu sou Tãotris, o louco — respondeu ele.

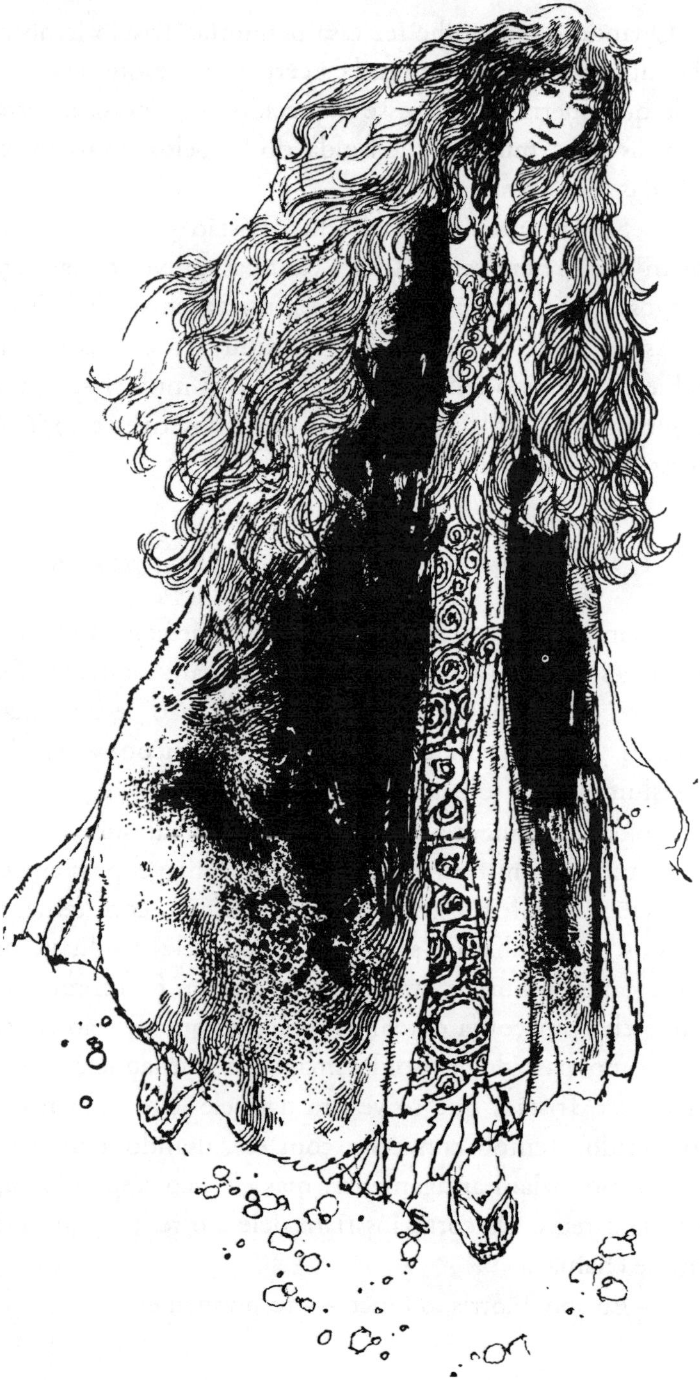

O coração de Isolda disparou e ela acordou com os olhos marejados de lágrimas. Naquele mesmo dia apareceu um ilusionista na corte, semelhante ao que ela vira no sonho, mas não era Tãotris, o louco, e nem Tristão. Era um palhaço, um bobo que esmolava moedas de ouro e um abrigo para passar a noite. Quando ninguém mais se interessou por suas palhaçadas, foi expulso do castelo.

Mas havia mais duas pessoas que também tentavam encontrar um meio de ajudar os dois pobres amantes. De um lado, Governal, o mestre-de-armas, e do outro lado Brangane, a fiel criada de Isolda. Os dois teriam dado prazerosamente a própria vida para ver Tristão e Isolda felizes. Mas também eles não encontravam uma saída.

Tristão partiu para a guerra ao lado de Caerdino, seu irmão de armas, que tinha um litígio com o conde Bedenis, seu vizinho, e sofreu um profundo ferimento ao ser atingido por uma lança. Após o fim vitorioso da batalha, Tristão foi levado para o castelo, onde recebeu todos os cuidados; mas a ferida não cicatrizava e ele começou a definhar. Apenas um desejo mantinha-o vivo: rever Isolda dos cabelos dourados, o sentido de toda a sua vida. Dia a dia ficava mais fraco. Chamou então Caerdino junto ao seu leito e contou-lhe o segredo de seu amor, não escondendo nada do amigo, que ficou profundamente chocado.

— Minha pobre irmã! — exclamou ele. — Você foi enganada, seu amor não foi correspondido. Seu marido casou-se com você só por causa de seu nome!

Com muito esforço, Tristão ergueu-se da cama e suplicou com as mãos em prece:

— Querido companheiro, permita que eu lhe faça um último pedido. Vá você ou mande meu fiel Governal até Tintagel e diga à rainha da Cornualha que Tristão está à morte e deseja vê-la. Que ela venha o mais rápido possível para que eu possa pousar minha cabeça em seu colo e terminar a vida. Não em desgraça, mas em felicidade.

Caerdino, apesar da dor que sentia por sua irmã, acedeu à súplica e mandou preparar um navio para Governal.

— Escute, meu fiel amigo — disse Tristão ao mestre-de-armas — minha vida se esvai rapidamente, por isso vá ligeiro. Você é esperto e encontrará um jeito de conversar com Isolda. Se retornar com ela, ice uma vela branca, que eu verei de longe; este será o sinal de que ela está com você. Entretanto, se ela não vier, ice uma vela negra e assim deixarei de lutar contra a morte.

Isolda das mãos alvas, escondida atrás da porta, escutou essas palavras. Aliás, ela já suspeitava havia algum tempo que os pensamentos de Tristão estavam voltados para outra mulher. Profundamente decepcionada e irada, alimentou a vingança em seu coração.

A vingança de Isolda das mãos alvas

Levada pelas asas do amor, Isolda, a outra, corria ao encontro do amado. Não se importou mais em apresentar subterfúgios, preocupava-se apenas com a sorte de seu amado. Aprestou um navio com velas brancas e contratou um comandante que deveria levá-la até o outro lado do mar. No castelo, disse apenas que ia viajar e que ninguém precisava preocupar-se para onde ia e por que tinha de partir. Acompanhada apenas por Brangane, que, inconsolável, julgava-se culpada de tudo, e por Governal, que era capaz de atravessar o fogo por seu senhor e sua senhora, ela embarcou à noite.

Quando pensava em Tristão, o cavaleiro — Tãotris, o menestrel —, o coração lhe pulsava no peito como se fosse explodir. Alimentava esperanças de que seria capaz de mantê-lo vivo com o seu imenso, inesgotável e insuperável amor. Durante toda a viagem, que bons ventos favoreciam, Isolda ficou ajoelhada, rogando a Deus para abençoar o seu amor.

Mas Deus não abençoou aquele amor: a maldição que pesava sobre ele iria se consumar.

Enquanto isso, Tristão jazia em seu leito e lutava contra a fraqueza e a dor, pois a ferida aberta pela lança não lhe dava paz. Ao seu lado, Isolda das mãos alvas velava por ele e trocava as compressas, apesar de estar profundamente decepcionada e irada. De tempos em tempos olhava para o mar, por onde a outra deveria chegar. Tristão, percebendo seu olhar, perguntou-lhe por que olhava a toda hora para o mar.

— O mar está tão calmo e azul que é possível ver um navio quando ele surge no horizonte, e então fico contente. Às vezes aparece um, mas depois ele desaparece de novo. Gostaria de saber se algum vai aportar aqui.

— Avise-me se um navio tomar a direção de nossas praias. — pediu Tristão.

Alguns dias depois, Isolda disse:

— Lá longe, no horizonte, vejo um pontinho. É possível que seja um navio, mas ainda não dá para saber se vem para cá.

— Parece que o pontinho está aumentando — disse ela, após algum tempo. — Está se aproximando. Será que é um navio mercante ou um navio militar? Ou é um navio pirata?

— Você consegue distinguir que tipo de vela está içada? — perguntou ele.

— Não, não entendo nada de velas.

— Você consegue ver a cor da vela?

— Ainda não, o sol está muito ofuscante.

Por algum tempo, Tristão permaneceu quieto, com a respiração ofegante, e ela achou que a febre desaparecera. Depois ele perguntou de novo:

— E agora, você consegue ver a cor da vela?

— Não, ainda não, mas logo será possível.

Mais algum tempo se passou e ele repetiu a pergunta. Dessa vez, com voz dura, ela respondeu:

— O navio que se aproxima da costa tem velas negras como breu.

Então ele chorou amargamente, virou a cabeça de lado e morreu.

Isolda das mãos alvas colocou a cabeça de Tristão em seu colo e chorou.

Quando Isolda dos cabelos dourados desembarcou, soube imediatamente que o nobre e forte cavaleiro Tristão morrera do ferimento que recebera em batalha. Dirigiu-se até o seu leito e viu a outra Isolda, sentada com a cabeça do morto sobre o colo. As duas mulheres enfrentaram-se; uma das Isoldas levantou-se e foi embora; a outra tomou o seu lugar. Ficou a noite inteira ali, sentada. De manhã tombou de lado, e quando vieram vê-la estava morta.

Brangane retornou à Cornualha e transmitiu a triste notícia ao rei Marco. Caiu de joelhos diante do velho homem e lamentou-se:

— Senhor, sou culpada de tudo, mande matar-me! — Então contou tudo sobre o filtro mágico e a maldição. Marco apiedou-se dos amantes, mandou armar um navio, atravessou o mar e voltou para casa com os corpos da rainha Isolda e de Tristão. Seu coração bondoso estava tomado pelo perdão, pois agora reconhecia que forças estranhas e desconhecidas, maiores que a força dos homens, haviam encantado os dois.

Mandou fazer um caixão de berilo para Tristão e um de calcedônia para Isolda e os dois foram enterrados na capela perto do castelo de Tintagel, um à direita e o outro à esquerda do altar. Era a mesma capela de cuja janela Tristão saltara sobre o abismo.

Na noite seguinte ao enterro, uma roseira brotou do túmulo de Tristão, depois cresceu, subiu até o alto da abóbada da capela e desceu em direção ao túmulo de Isolda, do qual brotou uma videira. A roseira e a videira fincaram suas raízes nos corações dos amantes e seus ramos entrelaçaram-se fortemente. Assim Deus, por um milagre, uniu depois da morte aqueles amantes, eles que inocentemente incorreram em culpa durante a vida, como sinal de que suas almas permaneciam unidas.

O REI ARTUR E OS CAVALEIROS DA TÁVOLA REDONDA

O nascimento de Artur

O nascimento do grande rei Artur, que reinou há muito tempo na Inglaterra e ficou famoso como o mais nobre soberano e cavaleiro do Ocidente, aconteceu por obra de uma magia. O autor dessa magia foi Merlin, que alguns consideram injustamente um mestre das artes infernais e até mesmo um filho do Diabo. Mas ele não era nada disso. Pertencia a uma época em que a magia ainda era considerada uma arte santa e praticada em harmonia com o divino.

O mais nobre soberano do Ocidente — assim foi determinado — deveria nascer da união entre o rei Uther e a bela rainha da Cornualha, cujo nome desconhecemos.

O rei Uther, que perdera sua esposa muito cedo, consumia-se de desejo num amor secreto e não-correspondido pela esposa do rei da Cornualha. O rei ficou doente de tristeza e mágoa, e os médicos foram incapazes de devolver-lhe a saúde. Então o senescal Ulfin resolveu pedir ajuda ao mago Merlin. Mas onde encontrá-lo? Merlin estava em todos os lugares e em lugar nenhum; ninguém sabia onde ele morava. Ora detinha-se em palácios e castelos que ninguém jamais avistara, ora em refúgios nas florestas; perambulava pelo reino travestido em mais de cem personagens diferentes, e apenas aquele a quem ele se identificasse o reconhecia.

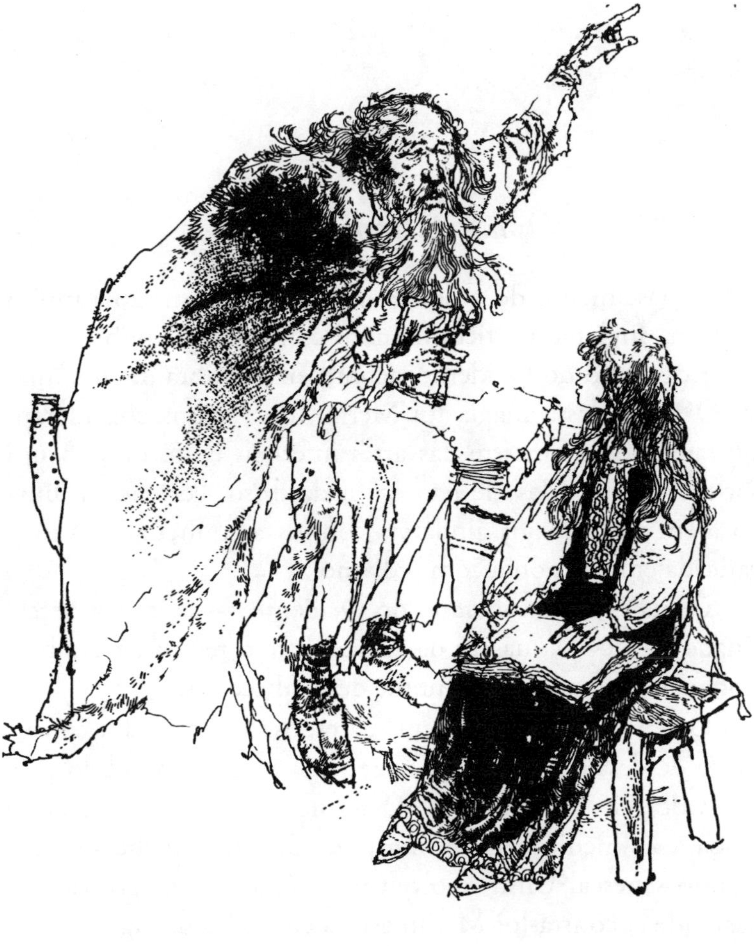

Por muito tempo Ulfin cavalgou pelos quatro cantos do reino, até que um dia encontrou um mendigo numa estrada e jogou-lhe uma moeda. Ia seguir seu caminho quando ouviu uma voz.

— Ulfin, seu tolo, está procurando por Merlin e passa ao lado dele sem o perceber!

— Se você é Merlin — gritou Ulfin —, então não preciso dizer-lhe por que o procuro, já que você sabe tudo!

Diante dos olhos atônitos do senescal caíram as roupas esfarrapadas do mendigo e o mago assumiu a figura esplendorosa de um fidalgo.

— Eu sei o que você quer, e também sei como resolver o seu problema. Para que o rei possa encontrar-se com a rainha da Cornualha, que é fiel ao seu marido, será necessária uma poderosa magia.

— Espero que o consiga, poderoso Merlin! — exclamou Ulfin. — Pois temo que esse pesar amoroso seja capaz de levar meu rei à morte.

— Eu exijo um alto preço — disse Merlin. — Se dessa união nascer um filho, ele será meu.

— Perguntarei ao rei se ele está de acordo... — retrucou Ulfin. Mas Merlin interrompeu-o, dizendo que tinha certeza de que o rei concordaria.

Ulfin regressou à corte e relatou seu encontro com o mago e sua estranha exigência. O rei Uther achou que era seu direito, pois estava disposto a pagar qualquer preço para conseguir sua amada. Pouco tempo depois o rei da Cornualha entrou em desavença com um cavaleiro estrangeiro que o desafiou para um duelo, no qual o rei encontrou a morte. Esse combate ocorreu numa floresta afastada, sem que a rainha soubesse o que acontecera. Ela estava no castelo de Tintagel e esperava pelo retorno de seu esposo. Nesse mesmo instante, Merlin estava ao lado do rei Uther, em frente ao castelo de Tintagel. Então, proferindo uma palavra mágica, o rei Uther assumiu de corpo e alma a pessoa do rei da Cornualha.

Assim transfigurado, percorreu os corredores do castelo, que lhe eram familiares, pois a sua existência como rei Uther da Inglaterra estava apagada de sua mente, e tomou em seus braços a rainha amada. Enquanto isso, na capital do reino, constatava-se o misterioso desaparecimento do rei, e apesar das intensas buscas ninguém o encontrou. Era como se a terra o tivesse engolido. Antes que os grandes nobres do reino resolvessem tomar uma decisão, o senescal Ulfin assumiu a regência, substituindo o rei.

Em Tintagel o casal real teve um filho que, ao ser batizado, recebeu o nome de Artur. Mas eles não podiam alegrar-se com a criança, pois alguns dias após seu nascimento, envolta em panos tecidos com fios dourados, ela foi levada para o portão dos fundos do castelo e entregue a um homem encapuzado que a tomou nos braços e, sem dizer palavra, partiu a galope. Tudo isso aconteceu por ordem do pai da criança, e da mente da mãe foi apagado o fato de ela ter tido um filho. O mago Merlin levou a criança até o cavaleiro Heitor, que vivia não longe dali, junto com sua mulher e seu filho Keye. Heitor criou o menino da melhor forma possível, ensinou-o a manejar as armas e instruiu-o nas virtudes e nos costumes da cavalaria. Artur e Keye cresceram juntos, davam-se bem e os pais adotivos afeiçoaram-se ao menino. Mas desconheciam o segredo de sua origem.

Como Artur tornou-se rei

Começaram tempos difíceis no reino da Inglaterra, porque ninguém mais obedecia ao substituto do rei desaparecido e vários duques e barões almejavam cingir a coroa real. Houve disputas, combates e até batalhas com soberanos dos reinos vizinhos, o sangue era derramado sobre os campos arados, totalmente destruídos, e as propriedades dos fidalgos empobreciam. O próprio Ulfin morreu numa peleja e não houve concordância na escolha de outro regente.

A Igreja era o único poder que ainda se mantinha e era respeitado. Por isso Merlin foi ao encontro do arcebispo e aconselhou-o a convidar todos os nobres do reino para uma assembléia na qual deveriam escolher um novo rei.

— Faça tudo para que a escolha seja acertada — disse Merlin —, pois não faltará ajuda divina.

O arcebispo seguiu o conselho de Merlin, no qual, aliás, ele mesmo já havia pensado, mas em cujos resultados não acreditava muito. Enviou mensageiros para todos os cantos do reino, convocando duques, barões, condes e cavaleiros — enfim, todos os que pertenciam à nobreza e que tivessem linhagem.

O convite também foi levado ao cavaleiro Heitor e ele preparou-se para a viagem até a capital, juntamente com Keye, seu filho mais velho.

— Pai — perguntou Artur —, por que o senhor vestiu a armadura e arreou o cavalo?

— Tenho que resolver um assunto importante na capital — respondeu Heitor.

— Por que meu irmão também vestiu a armadura? — continuou Artur.

— Ele me acompanhará — respondeu Heitor, um pouco sem jeito.

— Pai — disse Artur, com ar tristonho —, será que eu já não tenho idade suficiente e também não sou bastante valente para poder acompanhá-lo?

Então Heitor foi obrigado a contar-lhe a verdade, pois não achava justo responder-lhe com uma evasiva

— Escute, querido Artur — disse ele —, até agora eu lhe escondi um segredo por ordens superiores. Não sou seu verdadeiro pai. Apenas o mago Merlin sabe quem é seu pai, e ninguém mais. Ele o trouxe para minha casa quando você era recém-nascido, dizendo que eu devia criá-lo. Eu o criei e acabei gostando de você como se fosse meu próprio filho, mas ao ato de consagração para o qual fui convidado não posso levá-lo. Não podem comparecer aqueles cuja linhagem é desconhecida.

Muito sentido, Artur calou-se — era o primeiro desgosto que assaltava seu jovem coração.

À meia-noite, todos os nobres da Inglaterra reuniram-se na catedral e ali permaneceram até o amanhecer, rogando a ajuda divina na difícil tarefa para a qual foram convocados. Discutiram por muitas horas, os oradores seguiram-se um ao outro, mas não se chegou a um consenso. Quando saíram da igreja para dirigir-se ao cemitério que ficava ali ao lado, onde pretendiam continuar discutindo junto aos túmulos dos antepassados, foram supreendidos por algo muito estranho. Desaparecera um frondoso freixo que crescia numa área circundada pelos túmulos e em seu lugar erguia-se uma bigorna, como se tivesse irrompido da terra da noite para o dia. Naquele bloco de ferro estava enfiada uma espada, como numa bainha, ficando apenas o punho de fora.

Muito espantados, os nobres aproximaram-se para observar de perto o milagre. Então viram que em volta da bigorna havia algo escrito, como se tivesse sido gravado por um buril. Eis o que eles leram:

"Aquele que tirar esta espada de sua bainha será o rei da Inglaterra".

Então todos quiseram tentar a façanha, e um após outro seguraram o punho da espada e puxaram com a toda força, mas a lâmina estava presa à fenda como se tivesse sido forjada junto com a bigorna e nem mesmo o mais forte dentre eles conseguiu tirá-la. O cavaleiro Heitor e seu filho também testaram sua força, mas não conseguiram fazê-la mexer-se. A lâmina não se moveu nem um milímetro. Então os homens desistiram e concordaram em adiar a deliberação para depois do dia de Reis. Desnorteados e abismados com aquele fato inexplicável, seguiram cada qual para sua casa, mas com esperança de que o mistério seria desvendado no próximo encontro.

Heitor e Keye também regressaram, mas não comentaram com ninguém o ocorrido. Então, no primeiro dia do ano, anunciou-se a realização de um torneio na capital do reino, e dessa vez Heitor levou consigo Artur. Quando chegaram à arena de torneios, o jovem Keye constatou, envergonhado, que esquecera sua espada.

— A culpa é sua — disse ele ao irmão —, pois se não tivesse perdido tempo com suas armas de criança eu não teria esquecido a minha.

Ele estava caçoando do irmão, pois Artur já não era criança, embora sua espada fosse mais leve que a de Keye.

— Irmão, vá correndo para casa e traga a minha espada — pediu Keye. — Se você for bem depressa chegará a tempo.

Artur não se ofendeu com a zombaria do irmão, porque era ingênuo e de boa índole.

— Faço-o com prazer — respondeu. Montou o cavalo e cavalgou ligeiro para casa. Quando chegou, o portão do castelo estava trancado, pois a criadagem aproveitara o dia para passear no campo. Artur voltou preocupado, pensando em como conseguiria uma espada. Assim, quando entrou na cidade, perdeu-se e foi parar no pátio da catedral, e qual não foi seu espanto quando viu, entre os túmulos, uma bigorna na qual estava enfiada uma espada com o punho de fora.

— Mas que sorte! Melhor não poderia me acontecer! — exclamou, aproximando-se da bigorna e puxando a espada, que naturalmente não tinha bainha. Colocou a espada de viés sobre a sela e voltou para junto do pai e do irmão.

— Eis aqui uma espada — disse radiante para Keye. — Não é a sua, pois quando cheguei em casa o portão estava trancado e ninguém me deixou entrar, mas no meio do caminho achei esta. Só não tem bainha.

— Por que ela não tem bainha? Onde você a encontrou? — perguntou Keye, muito admirado. Testou a lâmina e teve certeza de que era uma nobre peça de forjaria.

— Crescia à beira do caminho! — respondeu Artur, sorrindo.

— Não pode ser, explique-me isso direito — instou Keye. — À beira do caminho não crescem espadas, e muito menos uma tão boa quanto esta!

— Foi uma brincadeira, um modo de dizer — disse Artur. — Eu atravessei o pátio da igreja e vi uma bigorna entre os túmulos. Primeiro pensei que fosse uma lápide, pois pareceu-me que em cima dela havia uma cruz. Mas era uma cruz muito estranha. Então cheguei mais perto e, Deus me perdoe se foi um pecado, mas a cruz parecia o punho de uma espada: puxei-a e era mesmo uma espada, e aí está ela.

Heitor também escutara a conversa e por um instante ficou mudo.

— Foi você mesmo quem puxou a espada? — perguntou ele. — Você teve forças para isso?

— Mas eu nem precisei fazer força — volveu Artur, rindo —, foi muito fácil, como se espada estivesse enterrada no feno.

Com a rapidez de um raio a notícia espalhou-se entre os nobres ali presentes e eles decidiram testar novamente o jovem. Não acreditavam em sua história, pois não haviam testado suas forças em vão? Acompanharam Artur até o pátio da catedral e o jovem ainda não sabia o que tudo aquilo significava.

Aproximaram-se da bigorna e viram que a fresta na qual a espada estivera enfiada desaparecera. Mas Artur pegou a espada, colocou a ponta da lâmina onde ela estivera cravada e empurrou-a para dentro do ferro. Em seguida puxou-a novamente para fora, com toda a facilidade.

Pasmos, os homens silenciaram em sinal de profundo respeito. O arcebispo fez um gesto, os sinos da catedral começaram a tocar e todos os circunstantes, duques, barões e condes, ajoelharam-se perante o jovem.

— Que é isso, pai? — indagou Artur, dirigindo-se ao seu pai adotivo. — Que está acontecendo?

— Você é o rei da Inglaterra — respondeu o cavaleiro Heitor, emocionado.

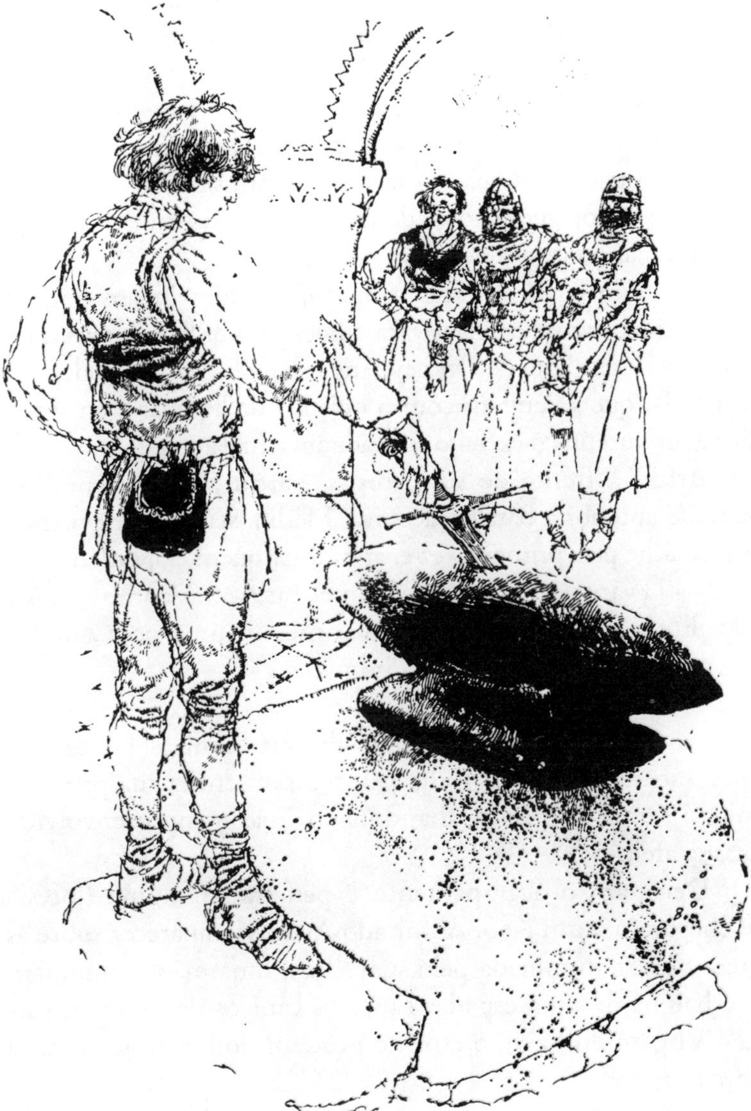

A luta pelo trono

Após ter sido declarado rei, Artur organizou o seu governo com muito bom senso. Nomeou Keye, seu irmão, senescal e marechal, o cargo mais importante do reino, e os outros cargos distribuiu-os entre os melhores do reino. No início, alguns barões não acreditaram que o jovem rei tivesse força suficiente para impor seu poder e tentaram manter-se independentes nos seus castelos e feudos. Só se submeteram quando tiveram de enfrentar sua coragem e força de vontade. Assim Artur conseguiu, após algumas lutas, trazer a paz ao reino.

Contudo havia ameaças bem maiores que vinham de fora. Três soberanos vizinhos invejavam o poder e o brilho do jovem rei. Eram eles os reis Lote de Orkney, Anguish da Escócia e Leodegranz da Irlanda, que se uniram com o objetivo de liquidar com Artur. Formaram um único exército e invadiram a Inglaterra.

Artur, à frente de suas tropas, partiu para enfrentá-los. Na noite anterior à batalha decisiva, Merlin, seu grande protetor, apareceu-lhe pela primeira vez e, após dizer quem era, ordenou:

— Levante-se, Artur, e siga-me. Eu o amo como se fosse meu próprio filho e o ajudarei a conseguir uma peça que lhe dará poder sobre todos os teus inimigos.

— Grande espírito protetor — agradeceu Artur —, como sou feliz em poder chamar-lhe meu amigo. Desde que fiquei sabendo que não tinha pai, sempre senti a sua presença amiga. Nunca me senti abandonado, mas sempre envolvido por sua afeição.

Deixaram o acampamento e penetraram numa floresta até chegarem a um lago. Admirado Artur viu aparecer sobre as águas calmas, iluminada pelo suave luar, uma mão empunhando a bainha de uma espada. Entre os caniços da margem surgiu a Virgem do Lago, o espírito protetor do lugar, que pairou sobre as águas.

— Querida Virgem do Lago — disse Merlin —, eu lhe peço para ajudar este jovem rei a conseguir a bainha de sua

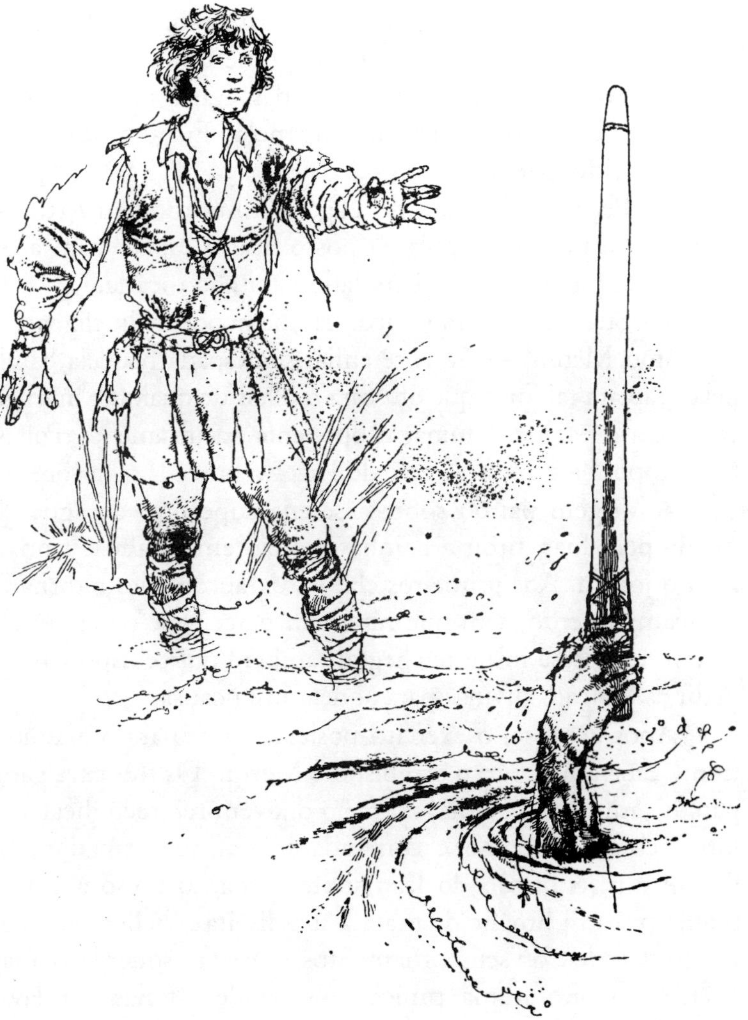

espada. Pois você pode ver que sua arma está pendurada ao cinturão sem uma capa. Como você sabe, ela estava cravada em uma bainha muito pesada, na forma de uma bigorna, que está no pátio da catedral.

— Eu conheço essa espada — disse a Virgem, sorrindo. — Foi forjada pelo melhor ferreiro do mundo, na época em que os primeiros cavaleiros desembarcaram na Inglaterra. Chama-se Excalibur, que significa "gume luminoso". E a bainha que vocês vêem ali em cima das águas pertence a ela. Excalibur encaixa-se perfeitamente nela. Eu a buscarei para seu protegido, Merlin.

— Peço-lhe, Virgem do Lago — interrompeu Artur —, que não se preocupe, pois eu posso usar a espada sem a bainha. Qualquer um tomará cuidado para não tocá-la.

— Sua fala é ousada, mas também pouco inteligente — contestou Merlin. — Se você enfiar sua espada naquela bainha, dela irradiará tal força que ofuscará o olhar de qualquer inimigo e você será capaz de dominar o oponente pacificamente. Por isso não se oponha a que a Virgem do Lago vá buscá-la para você.

A Virgem pairou sobre a serena superfície da água alumiada pelo luar, tirou a bainha da mão em punho e trouxe-a para o jovem. Aos primeiros clarões da aurora eles retornaram ao acampamento, sem que ninguém percebesse a ausência do jovem rei. Nesse instante chegou também o arcebispo a fim de pedir as bênçãos divinas para aquela justa causa.

Após a missa, o exército posicionou-se para o ataque. À frente estavam Artur, o arcebispo e Merlin. Os três cavalgaram para o campo de batalha: no meio o jovem rei, reconhecível de longe como soberano e comandante por sua armadura brilhante e pelo brasão do leão sobre o manto preso à cota de malha por um broche de prata à sua direita o belicoso arcebispo com todos os seus ornamentos e à sua esquerda o mago Merlin envolto numa túnica preta onde estrelas cintilavam como diamantes. Os três formavam uma unidade que incorporava o céu, a terra e o mundo dos espíritos.

Ao chegarem ao campo de batalha, os inimigos já estavam em posição de ataque. Atrás dos três reis de Orkney, da Escócia e da Irlanda havia um grande número de cavaleiros montados e enfileirados lado a lado. O grito de guerra ecoou, cheio de ódio:

— Abaixo Artur, o rei bastardo!

Então Merlin avançou sozinho, levantou a mão e gritou com voz tão potente que suas palavras foram ouvidas por todo o campo:

— Esse homem tem como pai aquele que através da minha magia tornou-se duque da Cornualha, o legítimo rei da Inglaterra. Artur usa a coroa por direito, e que a desgraça caia sobre todos os que o chamarem de bastardo e impostor!

Nas hostes inimigas ouviu-se grande alarido, gritos, zombarias e risadas. Os três reis não queriam acreditar nas palavras de Merlin e nem desistir da batalha. Então Artur foi tomado de raiva e, esquecendo-se das palavras de Merlin, de que com a espada enfiada na bainha submeteria todos os inimigos, puxou-a e cavalgou contra eles.

Começou então uma terrível matança. O exército coeso de Artur logo infiltrou-se entre as fileiras inimigas, cuja posição excessivamente cerrada dificultava o manejo das espadas. Quando o sol se pôs, o jovem rei anteviu a vitória. Por fim havia apenas dois combatentes, que se mantinham firmes como duas colunas, o rei de Orkney e seu filho Gewan. Foi assim que Artur encontrou pela primeira vez o cavaleiro que pelo resto de sua vida seria o seu melhor companheiro e irmão de armas. O rei Lote foi derrubado da sela no primeiro embate e então Artur e Gewan viram-se frente a frente. Naquele momento os futuros amigos eram furiosos inimigos. Por muito tempo o combate, assistido por amigos e inimigos apreensivos, não teve vencedor. Ambos reconheceram que não conseguiriam vencer o outro, e quando por fim pararam para respirar, após terem cruzado as lâminas mais de cem vezes, levantaram as viseiras como se tivessem combinado entre si e olharam-se nos olhos.

— Nobre jovem — disse Gewan —, eu reconheço que você é rei por direito e um herói invencível. Assim, submeto-me a você e se for de seu agrado o servirei como companheiro de armas.

Artur concordou, embainhou a espada e os dois combatentes abraçaram-se. Com gritos de júbilo, os dois exércitos ovacionaram a reconciliação. Nesse momento, o mago Merlin desapareceu.

Fizeram-se as pazes e estabeleceu-se um acordo: os reis de Orkney, da Escócia e da Irlanda reconheciam a suserania de Artur e assumiam o compromisso de enviar à sua corte seus melhores homens para servi-lo como vassalos. Assim, entre outros, também Gewan entrou a serviço do jovem rei, e esse foi o começo da Távola Redonda, que se tornaria famosa pelas inúmeras façanhas de seus cavaleiros.

Celebrou-se uma festa de reconciliação à qual Guinevere, a amada filha do rei Leodegranz, também compareceu. Guinevere era ainda quase uma criança, e Artur, que já ouvira falar de sua beleza, constatou que ao vivo ela superava todas as descrições.

Antes de retirar-se com seu pai, o rei Artur foi ao seu encontro para despedir-se.

— Entrei neste salão como vencedor, mas agora me retiro como derrotado. O que mil cavaleiros não conseguiram, o seu amado semblante conseguiu. Você me venceu, Guinevere: meu coração lhe pertence, jamais a esquecerei.

A marcha contra o rei de Roma

Havia muito tempo, Roma, a Cidade Eterna, dominava o mundo, e havia muito tempo o imperador de Roma considerava-se o senhor do mundo. Apenas no distante Oriente os povos não estavam submetidos a ele, pois seu poder não chegava até lá. Governados por sultões e califas, eles não eram cristãos e cultuavam Maomé.

Artur já era rei havia alguns anos e suas façanhas e a de seus cavaleiros já eram famosas quando apareceram na sua corte mensageiros do imperador Lúcio de Roma, levando a seguinte mensagem:

— O imperador de Roma soube que o senhor, rei Artur da Inglaterra, é soberano de um grande reino. Mas desde a época do poderoso Júlio César a Inglaterra, que então era conhecida como Britânia, estava submetida ao Império Romano. Por isso hoje ainda deve continuar sendo assim. O imperador de Roma exige que você pague os tributos que lhe deve. Caso se negue a fazê-lo, um exército romano desembarcará nas costas da Inglaterra e o forçará à obediência.

Depois os mensageiros arrolaram todos os bens e as elevadas somas em dinheiro que o imperador exigia como tributo.

Transtornado de raiva por essa insolência, Artur convocou o conselho dos nobres e perguntou aos duques, barões e condes se ele deveria submeter-se a tal exigência e qual deveria ser a resposta ao rei estrangeiro. O rei da Escócia, em nome de todos ali reunidos, disse:

— A nossa opinião é que o senhor, rei Artur, está acima de todos os governantes, pois em toda a cristandade não há ninguém que o iguale em sabedoria e virtudes cavaleirescas.

Todos concordaram entusiasticamente. Resolveram armar um exército e marchar contra Roma para chamar à razão o insolente imperador.

E foi o que aconteceu. Uma grande esquadra com dez mil combatentes, cavaleiros, escudeiros, lanceiros e arqueiros, chefiados pelo jovem rei, atravessou o braço de mar e chegou às costas de Flandres.

Na noite seguinte ao desembarque, Artur teve um estranho sonho. Um imenso leão com juba dourada, enormes patas, garras de ferro e olhos brilhantes como duas esmeraldas estava sentado na praia. No lado oriental do céu acumularam-se pesadas nuvens negras, no meio das quais emergiu um enorme javali negro. Seu corpo era dez vezes maior do que o de um javali comum, as presas eram maiores que grossas vigas e o focinho igual à goela de um dragão. Para o sonhador, era o pior monstro que jamais vira.

O javali, soltando um berro horripilante, avançou de cabeça abaixada em direção ao leão. Este, com apenas um forte golpe de sua pata, jogou ao chão o oponente que, entre lamúrias e choros, acabou morrendo numa poça de sangue. Então surgiu o mago Merlin e disse:

— O leão é você, rei Artur, e o javali é o tirano do Oriente que maltrata o povo e vive às custas do sangue dos inocentes e dos fracos. Siga seu caminho com ânimo, pois a vitória é sua!

Assim, Artur levantou o acampamento, prosseguiu a marcha, chegou até o rio Reno, cruzou montanhas altas com picos nevados e desceu em direção à planície italiana. Marchava havia já alguns dias quando apareceu um camponês que rogou ao rei para libertar o reino de um gigante antropófago que já matara mais de quinhentas pessoas.

— Muito me admira — disse Artur — que o poderoso imperador de Roma, que acredita ser o maior soberano do mundo, não tenha libertado o povo dessa praga. Mas, se há pessoas em perigo, não ficarei perguntando a quem servem e quem lhes deve proteção, mas lutarei por elas. Mostre-me pois o caminho para o monstro, meu bom amigo. Hei de acabar com ele.

Keye e Gewan alertaram-no de que não deveria enfrentar sozinho o monstro. Era melhor que fossem os três juntos. Artur não achou isso correto: insistiu em lutar sozinho, de acordo com as tradições da cavalaria, e tomou o caminho que o camponês lhe indicara. Mesmo assim, Keye e Gewan seguiram-no sem que ele percebesse, até que o perderam de vista atrás de uma cumeada.

No íngreme desfiladeiro atrás da cumeada, Artur encontrou o monstro. Era um gigante de estatura quase duas vezes maior que a de um homem forte, com um maxilar e dentes capazes de arrancar a casca de uma árvore e com cabelos compridos — como os de Sansão — que lhe caíam pelos ombros como o teto de palha de uma cabana. Estava sentado junto ao fogo e estalava a língua de prazer ante a perspectiva do assado de carne humana que duas damas preparavam para ele. Num canto havia um monte de ossos humanos amarelados. Tomado de nojo diante dessa visão, o rei Artur quase vomitou.

Horrorizado e indignado, saltou de trás do arvoredo onde se escondera, correu em direção ao monstro e gritou:

— Seu miserável, seu monstro desgraçado, sua besta infernal, seu rato nojento, à sua frente está o rei Artur para acertar contas com você! Chegou a sua hora, seu porco!

E continuou xingando e desafiando o monstro, enquanto desembainhava a espada. O monstro asqueroso levantou-se, recuou e, com a bocarra cheia de sangue, zombou:

— Meu senhor não é você, mas o imperador de Roma, embora seu poder não me alcance. Mas você será sem dúvida um delicioso petisco!

Pegou o cacete com que matava suas vítimas, mas com as quais nunca lutara, pois não havia ninguém que o enfrentasse.

— Forasteiro — gritaram as duas moças —, salve-nos desse monstro que nos mantém presas e nos obriga a realizar este trabalho asqueroso.

— Calem a boca, suas mal-agradecidas — berrou o comedor de gente. — Foi para isso que poupei a vida de vocês! Agora pedem ajuda a esse salteador! Vocês me pagarão!

A luta começou e terminou rápido. O gigante jogou o cacete em direção de Artur, mas ele desviou-se e enfiou a lâmina nos intestinos do monstro. Mas isso não foi suficiente para matá-lo, pois ele começou a golpear o adversário com os fortes punhos. Artur teve de suportar terríveis golpes antes de conseguir soltar a lâmina da barriga do monstro, rija como um tronco e, com um golpe certeiro, cortar-lhe a garganta. Então o monstro agonizou até morrer.

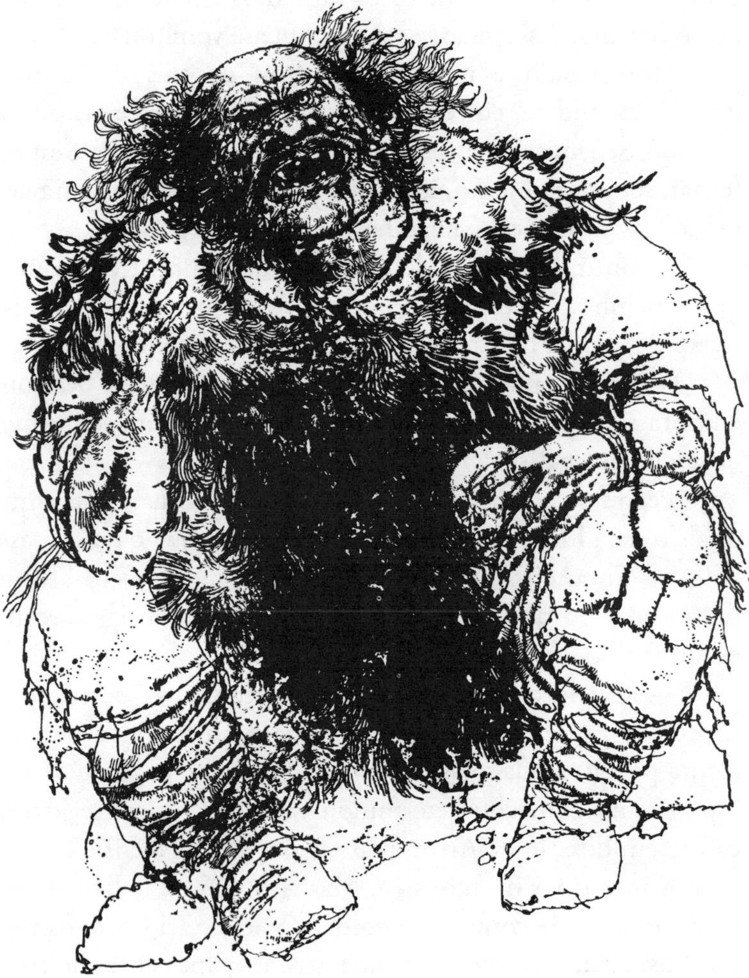

Keye e Gewan apareceram e censuraram o rei por envolver-se naquela aventura, mas ele retrucou:

— Muitos atacarem um não estaria de acordo com a tradição da cavalaria.

Nesse meio tempo Lúcio, o imperador de Roma, já mobilizara quase vinte mil combatentes, entre eles muitos sarracenos, seus vassalos. Apesar de todos estarem armados, não eram combatentes rijos, acostumados à guerra, mas homens frouxos, e assim foram ceifados como talos por uma foice. Quatro soberanos encontraram a morte nessa batalha, que ocorreu num grande vale, a um dia de viagem de Roma: o imperador Lúcio e os reis da Síria, do Egito e da Espanha, além dos governadores da Sicília, da Sardenha e de Corinto, juntamente com a maioria dos seus soldados.

Apenas três senadores romanos conseguiram sobreviver à matança. Eles dirigiram-se ao rei Artur, ajoelharam-se diante dele e este lhes disse:

— Isso acontecerá a todos os que tentarem pisotear o rei Artur! Mas agora quero voltar para casa, para minha ilha. Não tenho intenção de governar Roma, por isso é melhor que haja paz entre nós. Vão embora e não importunem mais com tributos nenhum povo estrangeiro.

A Távola Redonda e o fim de Merlin

Após o seu retorno, Artur aconselhou-se com o mago Merlin.

— Meu pai, pois para mim o senhor é meu pai, será que já não é tempo de dividir meu trono com uma esposa? Meu coração deseja ardentemente a bela Guinevere, a filha do rei Lodegranz, que aprendi a amar na festa da vitória. Naquela época ela era apenas uma criança e eu não podia pedi-la em casamento. Mas agora chegou a hora.

Merlin silenciou e Artur continuou:

— O que o senhor acha, Mestre? A minha escolha é acertada?

Merlin baixou o rosto, onde havia tristeza.

— Não vi sinais favoráveis na bacia mágica. Na superfície os círculos da vida estão límpidos e assim seguem para o fundo, mas bem lá embaixo começam a ficar desordenados, enovelados e cobertos de manchas negras. Você viverá feliz ao lado de sua bela esposa por muito tempo, mas no fim da vida vai encontrar o desgosto e a morte.

Artur sacudiu o tremor que o agitou e retrucou:

— No fim da vida e do amor não encontramos sempre a morte? Sorte daquele que morre de amor. Serei feliz se, mesmo por um certo tempo, a bela Guinevere me pertencer.

— Eu não vou impedi-lo — disse Merlin, suspirando. — Se meu coração está cheio de tristeza, é porque eu também penso no meu destino. Vá e conquiste Guinevere. Agora ouça: a filha do rei Leodegranz tem uma mesa redonda, que lhe dei no dia de seu nascimento, na qual podem assentar-se cem cavaleiros. Ela a trará para o casamento.

— Então me diga — pediu Artur — o que tem essa mesa, da qual já ouvi falar.

— É o símbolo do mundo, que também é um disco, mas também é um símbolo da hospitalidade e da majestade, e será você quem a presidirá. Assim como o sol ilumina a terra, também a sua dignidade real e de cavaleiro deverá iluminar os homens que estarão à mesa, e estes serão apenas os melhores cavaleiros do mundo. Ficará conhecida como a Távola Redonda do rei Artur e irradiará glória e virtude sobre toda a cristandade. E lembre-se de que nunca tome assento à mesa quem não é digno de a ela pertencer. Se isso por acaso acontecer, o desonrado deverá ser banido imediatamente e seu lugar deverá ficar vago para sempre. O mesmo deverá suceder com o lugar daqueles que morrerem, pois a morte é o nosso maior soberano e não é correto esquivar-se de sua decisão superior.

— Mas quem serão esses cem dignos cavaleiros? — perguntou Artur.

— Eles irão aparecendo — respondeu Merlin. — Você não precisará chamar ninguém. Muitos virão com a rainha Guinevere, pois já agora há em torno dela um círculo composto por nobres cavaleiros. A Távola Redonda reunirá a nata da cavalaria e num futuro longínquo seus feitos serão relembrados.

— Por que, pai, o senhor levou essa mesa para Guinevere no dia de seu nascimento? — quis saber Artur.

— Porque uma voz interior me disse para fazer isso — respondeu Merlin. — De onde veio essa voz também não sei. Os céus determinam muitas coisas por meios ocultos e depois, seguindo planos impenetráveis, as submergem em um coração. Veja você, meu filho, o coração de Merlin, que é conhecido como um mago, é um dos escolhidos para receber aquilo que os céus deliberaram. Agora essa mesa vai para o seu salão e será como uma lousa onde as façanhas dos homens serão escritas. Eu a consagrei a você como minha última obra e minha última dádiva à cavalaria, que chegará ao fim quando todos os lugares à sua mesa estiverem vazios.

A voz de Merlin foi ficando cada vez mais baixa, e depois de silenciar ele suspirou. Artur não teve coragem de perguntar-lhe o que o oprimia, mas logo o saberia.

Pouco tempo depois o rei viajou para a Irlanda e pediu a mão da bela Guinevere. Após o casamento, o casal estabeleceu moradia no castelo de Camelot, e foi para lá que Artur mandou levar a Távola Redonda. Também visitaram outros castelos, juntamente com a corte, para assim ter uma visão mais ampla de seu reino, mas hoje em dia ninguém mais sabe onde se situavam esses castelos e nem mesmo onde ficava o de Camelot. No grande salão do castelo foi colocada a Távola Redonda, à qual, no começo, sentavam-se uns poucos cavaleiros. Mas depois os cavaleiros foram chegando em número cada vez maior e por fim havia cem deles à mesa. Formavam a nata da cavalaria, conversavam, arquitetavam planos, ouviam cantigas dos trovadores, comiam e bebiam. Isso até que a morte foi abrindo vazios e a cavalaria foi recuando para um passado inescrutável.

    Um deles, Merlin, nunca participou dessa mesa, apesar de ter sido seu fundador e protetor. Também ele, que era considerado imortal, estava sujeito à morte e seus dias estavam contados. Mas ele havia decidido de livre e espontânea vontade renunciar à imortalidade, pois também era prisioneiro de uma força que, ao lado da morte e da honra, é a mais bela de todas: o amor.

    Foi o amor que sentiu pela Virgem do Lago que determinou o seu destino. Ela não era um ser terreno: vivia entre o céu e a terra e morava entre densos juncos, no fundo da floresta. Ela fugiu de Merlin, que a perseguiu através de florestas, campos e musgos. Quando a alcançou, ela pediu-lhe para ser sua mulher.

    — Merlin, não confessei isso a ninguém — disse ela —, mas agora digo-o a você: não agüento mais ser imortal. Meu tempo esgotou-se, quero ser humana, quero ser mulher e partilhar com um homem a alegria e a dor da vida.

    — Sei disso — retrucou Merlin. — Há muito tempo eu sabia disso, conheço todos os segredos de seu coração. Saiba então que meu desejo também é esse, e é com prazer que renuncio ao meu poder. Pois mais belo que o poder da magia e a imortalidade é a felicidade do amor terreno.

    Então os dois trocaram a imortalidade e o poder da magia pelo amor humano e instalaram-se numa gruta que outrora pertencera a um eremita e onde havia um altar. Lá pediram a Deus para abençoar sua união.

    Mas o mundo da magia vingou-se daqueles que lhe foram infiéis.

    Certa noite, durante um temporal, a montanha onde estava situada a gruta do casal tremeu. A rocha bramiu com força, pesadas pedras rolaram pelo desfiladeiro e empilharam-se diante da entrada da gruta. Os dois ficaram presos e ninguém mais soube deles. Corriam notícias de que se ouviam vozes no interior da montanha, lamentos de um homem e de uma mulher. O rei Artur, entristecido com o desaparecimento de seu mestre, resolveu, juntamente com alguns companheiros, ir atrás do sábio Merlin. Então ele também ouviu vozes, mas estas soavam como se estivessem muito longe e ele não as reconheceu; depois teve a impressão de que era o marulhar de águas subterrâneas.

Ninguém conseguiu encontrar uma entrada, e no lugar onde poderia ter havido uma estavam amontoados pedaços de pedra tão grandes que nenhum ser humano conseguiria retirar.

Contristado Artur regressou com seus amigos ao castelo de Camelot e pressentiu que nunca mais veria Merlin. Muitas e muitas vezes o mago foi relembrado nas conversas entre os cavaleiros e nas cantigas dos trovadores.

OS CAVALEIROS DA TÁVOLA REDONDA — AS AVENTURAS DE IWEIN

O relato de Kalogreant

No palácio de Camelot, numa das festas comemorativas do início da primavera, reuniram-se cavaleiros e damas para entreter-se com os mais diferentes jogos corteses, ouvir música, trovadores e menestréis que louvavam a beleza das mulheres, contadores de histórias que relembravam as sagas já quase esquecidas dos tempos remotos e cavaleiros andantes que relatavam perigosas aventuras das quais conseguiram escapar graças a sua coragem e ousadia.

Entre eles estava um forasteiro, um cavaleiro já não muito jovem, chamado Kalogreant. Ele contava uma perigosa aventura da qual se saíra mal, por pouco não perdendo a vida. E o fato de um cavaleiro confessar que se saíra mal numa aventura era apreciado e aprovado por todos. O relato era tão interessante que atraiu todos em volta dele, inclusive o próprio rei Artur.

Eis o que Kalogreant contou aos seus atentos ouvintes:

— Durante uma de minhas viagens eu me perdi na floresta de Brozeliande, que, como vocês sabem, não fica muito longe daqui, uma dezena de quilômetros mais ao norte, e fui parar no meio de um lugar muito selvagem. Lá eu vi um leão enfrentar dois touros selvagens e uma pantera negra lutar contra um urso. Fiquei bem escondido, pois quando percebem a presença humana esses animais liqüidam com um homem.

Enquanto estava atrás de um arbusto, vi um homem, uma figura muito estranha, nunca havia visto alguém assim. Tinha a pele escura como a de um mouro, os cabelos tão compridos que o cobriam como um manto e eriçados como os espinhos de um ouriço no alto da cabeça; da boca saíam dois dentes, como as presas de um javali. Eu pretendia safar-me dali, mas o homenzinho chamou-me:

— O que quer aqui, forasteiro?
— Quem é você? — perguntei.
— O mestre destes animais — retrucou ele. — Eu cuido deles, alimento-os e eles me atendem como se fossem cachorrinhos mansos. Mas acabariam com você, por isso não chegue perto deles.
— Deus me livre! — exclamei, preparando-me para ir embora.
— Mais uma vez, o que você quer aqui? No meio do meu zoológico e pisando minhas flores? — perguntou ele, mal-humorado.
— O que estou procurando? — repliquei. — Bem, o que um cavaleiro procura no fundo de uma floresta? Aventuras, é lógico!
— Gostei de você, homem — disse ele com um esgar. — Você parece estar com vontade de enfrentar algo perigoso e, se está realmente falando sério, então ouça-me. Há aqui perto um poço sombreado por três velhos carvalhos. Ao lado dele há uma gamela de pedra e no tronco de uma das árvores está pendurada uma vasilha de zinco. Pegue água do poço com esta vasilha e jogue-a na gamela.
— Só isso? — perguntei, desapontado. — Que acontecerá se eu fizer isso?
— Você verá — retorquiu ele. O homenzinho mais grunhia como um animal do que falava como gente. — Logo perceberá quanto vale um bom conselho! — Arreganhou as presas num esgar horrível e depois, esgueirando-se ligeiro entre as árvores, desapareceu como um gato selvagem. Eu fiquei

por ali, quebrando a cabeça sobre se deveria ou não seguir a sugestão dele. Mas, como vocês podem imaginar, cavalheiros e damas, a minha honra de cavaleiro estava em jogo e eu não podia esquivar-me da aventura. Assim, após cavalgar algum tempo, encontrei os três carvalhos, o poço, a gamela e a vasilha de zinco, e fiz exatamente o que o homenzinho recomendara. Logo que derramei a água na gamela aconteceu algo terrível. A luz do sol apagou-se, os pássaros calaram-se, o céu cobriu-se de nuvens negras, raios coruscaram na floresta e trovões ribombaram — era como o fim do mundo. A chuva caiu em grossos pingos, produzindo granizos que batiam com tanta força que chegaram a fazer bolhas no meu escudo — eu as mostro depois, quando vestir minha armadura. Quase fui ao chão com a violência da tempestade. Acreditava que era a minha derradeira hora. Depois tudo amainou. Então apareceu um cavaleiro, vindo não sei de onde, e bem à minha frente ele puxou os arreios de seu corcel, envolto em panos negros.

— O que você fez, seu idiota! — gritou ele. — Pisoteou minha floresta e matou meus animais! Há de pagar caro por isso!

— Eu sou um cavaleiro e seria melhor que você proibisse o homenzinho de falar bobagens a todo passante, em vez de acusar-me do que não fiz!

Mas o cavaleiro já estava com a lança em riste e eu tive de enfrentá-lo. Por minha honra, tenho de admitir que ele era bem melhor que eu, pois já no primeiro embate derrubou-me da sela. Então fiquei caído no chão, esperando pelo golpe mortal. Mas, até agora isso me parece um milagre, ele me deixou ali deitado e partiu a galope. Acreditem-me, meus senhores e minhas nobres senhoras, não gosto de ficar falando dessa vergonha, mas talvez o homem fosse bem mais jovem do que eu e portanto mais forte. E aquele que nunca foi derrubado da sela por um adversário melhor que se ria de mim. O que é verdade continuará sendo verdade.

Tal foi o relato de Kalogreant, e todos o aprovaram.

— Com essa confissão sincera você redimiu a sua honra — disse o rei Artur. — É com prazer que o convido a participar da Távola Redonda.

Keye, o senescal e marechal da corte, que gostava muito de zombar e pregar peças, levantou a voz:

— Você foi muito esperto, meu amigo, empurrando a vergonha dessa derrota para nós.

— Que quer dizer com isso? — perguntou Kalogreant

— Bem, qual de nós toleraria ser censurado — disse Keye — por não tentar enfrentar esse desafio de novo? O que você não conseguiu descobrir — quem é esse cavaleiro negro e o que pretende —, com toda a certeza algum de nós será capaz de fazê-lo.

— Keye tem razão. Vamos tirar isso a limpo! — exclamou o rei Artur. — Eu mesmo quero ir até a floresta de Brozeliande com alguns de vocês, presenciar o milagre do poço e verificar o que acontece com esse homenzinho da floresta e esse cavaleiro. Os que desejarem acompanhar-me preparem-se. Partiremos daqui a uma semana.

Todos concordaram, entusiasmados. Mas havia um, que ainda não pertencia à Távola Redonda, o jovem Iwein, que murmurou para si mesmo:

— Imagine, daqui a uma semana! E ainda por cima com um bando de cavaleiros! Não, essa aventura é para mim. Sairei na frente de todos e a glória será só minha. Amanhã mesmo partirei e ninguém ficará sabendo. Em três dias estarei de volta como vencedor, mas, se Deus não o permitir, estarei morto ou desaparecido.

Lunete e Laudine

Ao amanhecer do dia seguinte, Iwein partiu e após um dia de cavalgada chegou à floresta de Brozeliande. Tudo aconteceu tal como Kalogreant havia contado. Iwein encontrou o homenzinho, que lhe falou do poço, puxou a água do poço, jogou-a na gamela e em seguida armou-se terrível borrasca e a violência da chuva e do granizo quase jogou-o ao chão. Depois apareceu o cavaleiro negro, que o destratou com duras palavras e avançou contra ele de lança em riste.

Mas dessa vez a aventura teve um desfecho diferente. Iwein derrubou o adversário da sela, desmontou e a luta continuou a pé. As lâminas cruzavam-se com violência e força, mas Iwein era o melhor. Com um golpe arrebentou o elmo do adversário, abrindo uma ferida profunda em sua cabeça. O cavaleiro negro ainda conseguiu montar em seu corcel e fugir, mas Iwein saiu em seu encalço. Deixando um rastro de sangue, o cavaleiro ferido cavalgou por trilhas no meio da floresta, que parecia conhecer bem, até chegar a um castelo. Iwein seguia-o de perto.

Quando o fugitivo já atravessava a ponte elevadiça, Iwein inclinou o corpo todo para a frente a fim de desferir um último golpe com sua espada. Nesse momento seu cavalo pisou numa mola, escondida na terra diante da ponte, e acionou a grade elevadiça. A pesada grade de ferro caiu rapidamente atrás do senhor do castelo, que em segurança alcançou com suas últimas forças o pátio interno. A grade atingiu a espinha do cavalo de Iwein, o qual tombou morto; o cavaleiro, entretanto, salvou-se porque se inclinara bem para a frente. Ao continuar a perseguição, uma segunda grade elevadiça foi acionada e ele ficou preso debaixo da arcada do portão. De nada adiantou sacudir as grades, e também a busca de um alçapão foi infrutífera. Seu adversário, mortalmente ferido, desapareceu no interior do castelo.

Esgotado, Iwein encolheu-se num canto de sua prisão para descansar e lá ficou matutando, indignado com sua sorte. Com toda a certeza estava perdido; os moradores do castelo podiam simplesmente deixá-lo morrer de fome ou então acabar com ele, mas se isso acontecesse venderia caro sua vida.

Para seu espanto, uma moça bonita e graciosa apareceu, enfiou o nariz através das grades e sussurrou-lhe:

— Que desgraça, senhor cavaleiro! É terrível que o senhor tenha ficado preso aí. Seu fim está próximo!

— Quem é esse homem que eu derrotei no duelo? — perguntou Iwein. — E que agora me derrota não com a espada em punho, mas com uma cilada suja? Quem é o senhor do castelo?

— É o meu senhor, o rei de Ascalão — respondeu a moça —, e você matou-o. Ele morreu agora mesmo nos braços de sua esposa, a rainha Laudine. Ela está inconsolável e vai mandar matá-lo. Mas escute, vejo pelo emblema no seu elmo que o senhor é vassalo do rei Artur, a quem venero acima de tudo. Por isso vou tentar salvá-lo.

— O que você poderá fazer, querida donzela? — perguntou Iwein, desolado. Ela mostrou-lhe um anel e deu-o a Iwein através das grades.

— Esse anel é mágico. Ele me pertence, mas não posso usá-lo em meu proveito. Ele é capaz de torná-lo invisível. Está admirado? Logo terá oportunidade de usá-lo. Mas não diga a ninguém que a nobre donzela Lunete o ajudou. Isso se ainda estiver em condição de falar!

Após essas palavras, a moça esgueirou-se para o interior do castelo.

Dali a pouco passou um cortejo fúnebre em frente à gaiola do prisioneiro. Escudeiros carregavam o corpo de seu senhor e uma mulher, tão bela como ele nunca vira igual, acompanhava o esquife. Um pouco mais tarde vieram alguns criados com longas lanças e chuços que enfiaram por entre as grades, esquadrinhando todos os cantos. Mas, como já escurecera, não conseguiram ver onde Iwein se escondera. Depois foram embora, julgando tê-lo matado. Ele, no entanto, estava sentado num dos cantos e, cansado, acabou dormindo. A noite inteira atormentaram-no sonhos nos quais pairava a doce imagem da rainha de Ascalão, que lhe conquistara o coração.

Na manhã seguinte, bem cedo, a nobre donzela Lunete apareceu novamente diante das grades.

— Provavelmente você teve uma péssima noite, não é, senhor cavaleiro? Como se chama?

— Meu nome é Iwein— respondeu ele — e sou obrigado a contradizê-la, pois minha noite foi embalada por doces sonhos.

— Como é possível isso? — perguntou ela, espantada.

— Pois parece-me que o senhor foi condenado à morte.

— Meu coração consome-se de amor — disse ele. — E a dona de meu coração é uma linda mulher que ontem acompanhava o esquife.

— O senhor ama minha senhora Laudine? Oh, não! É uma causa perdida: ela o odeia! Que outros sentimentos poderia ter em relação àquele que matou seu esposo?

— Eu não o matei — retrucou Iwein, indignado. — Eu o derrotei num duelo leal. Além disso, foi ele quem me desafiou.

Lunete continuou lastimando a causa perdida, em parte porque seu próprio coração estava repleto de amor pelo formoso jovem.

— Peço-lhe um último favor, querida donzela — disse Iwein, após refletir um pouco. — Dirija-se à senhora e diga-lhe para ordenar a minha morte, pois não conseguirei viver se ela não me perdoar e continuar me odiando. Mas diga-lhe também, e agora preste atenção, que daqui a alguns dias chegarão mais homens à floresta. O rei Artur e seus famosos cavaleiros desencadearão a terrível tempestade. Diga-lhe para enviar ao encontro deles os melhores combatentes, pois os cavaleiros da Távola Redonda querem desvendar a qualquer preço o segredo da floresta de Brozeliande. E que o fato de eu advertir a rainha seja meu primeiro e último serviço de amor por ela.

Lunete partiu e ficou remoendo tudo o que ouvira. Era uma moça inteligente e logo chegou à conclusão de que era melhor conseguir a reconciliação da rainha com o jovem forasteiro, pois ele parecia ser um herói corajoso e talvez até conseguisse que a rainha o aceitasse como vassalo da sua corte.

Ao falar com a rainha, soube elogiar com tanto empenho a magnífica aparência do prisioneiro, sua coragem e seus nobres sentimentos que o coração de Laudine sensibilizou-se e, sem o perceber, começou a sentir afeição pelo jovem cavaleiro cuja força derrotara seu esposo no duelo. Lunete relatou também que o rei Artur e seus cavaleiros estavam a caminho e provavelmente nenhum de seus vassalos teria coragem de enfrentar o famoso herói da Távola Redonda — exceto, talvez, o jovem Iwein, a quem condenara à morte. E ao dizer estas última palavras Lunete derramou lágrimas comovidas.

Então Laudine pediu à jovem que se retirasse, para não se deixar levar pelos sentimentos da moça e também para que pensasse em tudo o que ouvira. Mas antes disse-lhe que queria conhecer o cavaleiro.

Lunete foi ver Iwein e disse-lhe:

— Trago-lhe más notícias, senhor cavaleiro. A rainha ordenou levá-lo à presença dela e o julgará com muita severidade.

— Chama a isso más notícias? — perguntou o jovem, doente de amor. — Muito pelo contrário, meu maior desejo foi realizado: eu a verei. O que acontecer depois, hei de suportá-lo sem queixas.

O coração de Lunete bateu alegremente, pois seu ardil estava dando certo; mas também de tristeza, pois reconhecia que o amor de Iwein nunca seria dela, mas sim da rainha.

Iwein foi levado à presença da rainha, e quando viu a radiante figura tão de perto mergulhou seus olhos nos olhos azuis-escuros da rainha, que eram como o azul do mar ao entardecer. Ajoelhou-se e rogou-lhe:

— Pegue a espada, grande senhora, pois meu coração está sob o seu poder, e mate-me. O golpe mortal dado pela sua mão significa para mim uma carícia.

Laudine teve certeza de que o jovem herói ajoelhado a seus pés ardia num amor imenso por ela, e isso fez com que a chama da paixão se acendesse em seu coração. Ela ainda tentou controlar o sentimento que a subjugava e mantê-lo fechado em seu íntimo. Olhou sombriamente para o cavaleiro que lhe matara o marido, embora seu austero olhar fosse apenas aparente.

— Então você quer que eu mande matá-lo, tal como você matou meu marido? Sim, eu o farei, mas antes diga-me se você se considera inocente da morte de meu amado marido.

— Se foi o seu marido quem me atacou, que injustiça pratiquei ao me defender? — perguntou ele.

— Se você se julga inocente, por que deseja submeter-se à minha vontade? Sente-se e tome um copo de vinho antes que eu ordene a sua morte.

— Eu me sujeito à sua vontade porque meu coração me impele a isso.

— É o seu coração que o impele? Mas diga-me, antes que eu ordene a sua morte: quem impele o seu coração?

— Meus olhos impelem o meu coração.

— E quem impele os seus olhos?

— A beleza esplendorosa que vejo na senhora.

— Mas o que tem a beleza a ver com isso?

— Senhora, ela faz com que eu ame.

— Ame? A quem? Diga-me, antes que ordene a sua morte.

— À senhora!

— A mim? E como isso acontece?

— Acontece assim: só penso na senhora, amo-a mais do que a tudo no mundo e quero viver e morrer pela senhora.

— Protegerá meu poço e minha floresta como se fossem meu coração contra todo aquele que se aproximar deles?

— Contra o mundo inteiro, minha senhora.

— Então estamos de acordo — disse ela. E eles beijaram-se. Depois ela conduziu-o ao salão onde estavam os barões e disse-lhes que aquele era seu esposo e senhor. Três dias depois celebrou-se o casamento.

Mal se haviam passado as festividades, Artur, acompanhado de seu pequeno grupo de cavaleiros e orientando-se pela descrição de Kalogreant, encontrou o poço, ao lado dele a gamela e, pendurada numa árvore, a vasilha de zinco.

Quando desmontaram, sir Keye não conseguiu conter a zombaria, como sempre acontecia.

— Onde estará o nosso jovem amigo? Será que preferiu ficar em casa?

— Que está insinuando — retrucou Gewan. — Aposto que está metido em alguma aventura e lutando por uma causa nobre.

— É isso o que você acha, Gewan? — continuou Keye. — Aqui talvez ele pudesse mostrar o que sente uma abóbora quando se estatela no chão.

Enquanto isso, o rei Artur puxou a água do poço e jogou-a na gamela. Mal terminara quando uma tempestade violenta caiu sobre eles, como nenhum daqueles experientes cavaleiros vira antes. Mas a tempestade passou e surgiu um cavaleiro com a lança em riste que parou a certa distância.

Keye solicitou ao rei autorização para enfrentar o adversário, posicionou a lança e cavalgou contra o forasteiro. Com estrondo as lanças romperam contra os escudos e Keye foi derrubado. Sua lança partiu-se e ele foi ao chão. Então o vencedor parou em frente ao vencido e ergueu a viseira para que pudessem identificá-lo. Era Iwein. Keye levantou-se com dificuldade, não sabendo o que dizer.

Gewan aproximou-se e, sorrindo, retribuiu a Keye a zombaria que ele havia feito sobre Iwein:

— Pelos céus! Esse foi o combate mais curto que já vi na minha vida! Mas acredito que o amigo Keye caiu do cavalo por sua própria vontade, pois queria mostrar o que sente uma abóbora quando se estatela no chão.

Keye foi obrigado a sorrir a essas palavras de mau gosto. Os outros cavaleiros aproximaram-se e saudaram Iwein. Quando o rei Artur ouviu o relato de Iwein, admirou-se de como seu destino havia mudado.

— De fato, Iwein, você, que agora é rei, tirou uma sorte grande invejável. Se não tivesse apresentado um motivo justo, eu teria guardado rancor por se ter colocado contra nós. Mas isso ocorreu a serviço do amor, e ele é, dentre todas as honras, a que tem valor maior. Por isso continuamos amigos.

Felizes, todos aceitaram o convite de Iwein para ir até o castelo de Ascalão, onde foram recebidos pelo amável sorriso da rainha Laudine. Sua felicidade era total, mas mal sabia ela que não duraria muito. A união entre Ascalão e Camelot foi comemorada com um banquete, e os mais atenciosos também não esqueceram a nobre donzela Lunete, que urdira com inteligência os delicados fios que uniram o casal. Gewan chamou-a de lado e disse-lhe:

— Quanto o amigo Iwein precisa agradecer-lhe por sua inteligência e bondade, querida donzela! Não nos esqueceremos de vós e sempre lhe seremos afeiçoados.

Lunete, comovida, não sabia se ria ou chorava.

A humilhação de Iwein

Os hóspedes ficaram sete dias no castelo, desfrutando de todas as honrarias, mas então chegou a hora de pensar no retorno. Gewan chamou seu amigo:

— A sorte favoreceu-o muito. Você conquistou um reino e uma mulher maravilhosa, mas acautele-se para que a virtude, que faz parte de um cavaleiro, não se perca com toda essa felicidade e bem-estar. Será que você não é jovem demais para viver como um castelão pacífico e sossegado?

— É, talvez você tenha razão — respondeu Iwein, pensativo.

— Venha comigo, vamos partir pelo mundo. Torneios brilhantes, combates ousados por causas nobres e grandes aventuras esperam por nós.

As palavras corroíam a alma do jovem cavaleiro, sedenta de grandes façanhas. A honra da cavalaria impunha colocar a vida em jogo muitas e muitas vezes. E agora que o melhor dos cavaleiros falava desse jeito com ele, era impossível fazer-lhe ouvidos moucos. Laudine, que conhecia bem todas as normas e regulamentos da cavalaria, não poderia prendê-lo ao seu lado. Iwein transmitiu-lhe sua decisão, apesar de não lhe ter sido fácil abandonar a felicidade recém-conquistada. Com o coração compungido pela tristeza, ela submeteu-se à vontade dele. E após refletir alguns instantes, acrescentou:

— Concedo-lhe férias por um prazo determinado. Dentro de no máximo um ano você deverá estar de volta. E lembre-se de que meu amor se transformará em raiva e a raiva em ódio se você não cumprir esse prazo. Você perderá o meu amor se não retornar dentro de um ano.

Desorientado e pesaroso, Iwein não conseguiu retrucar nada e, chorando, despediu-se dela. Os beijos de adeus molharam-se de lágrimas, envoltos pela ternura. Essa decisão lhe causaria muito pesar, mas ninguém podia prever o futuro. Iwein arreou seu cavalo e partiu com Gewan

Os dois cruzaram vários reinos, indo de um torneio a outro. Gewan, o mais velho e o mais famoso, sempre concedia a primazia ao amigo. O mais jovem protestava por Gewan não participar dos torneios para que ele conquistasse os louros.

— Deixe disso, meu amigo — dizia Gewan. — Já tenho fama, porém a sua ainda precisa crescer!

Mas com o passar dos meses os dois cavaleiros deixaram-se levar pela alegria dos torneios, por acontecimentos variados, festividades e pelo serviço do amor e nem uma vez buscaram realizar façanhas cavaleirescas e boas obras. Era uma vida fútil, brilhante e vaidosa. Os dois cavaleiros eram como duas folhas levadas ao vento.

Iwein esquecera-se de voltar para sua amada esposa, que, solitária e triste, aguardava o seu regresso. Era como se o amor que sentira por ela e o voto de fidelidade que lhe dera houvessem apagado-se de sua mente. E muito mais de um ano já se havia transcorrido desde que ele partira.

Mas Iwein seria lembrado de sua promessa de forma dolorosa e humilhante.

Passaram-se mais alguns anos. No castelo de Camelot começavam as festas de solstício. Convidados pelo rei Artur, Gewan e Iwein, despreocupados e alegres, antegozavam os dias que passariam no palácio.

Quando chegaram ao prado onde se realizava a festa, o júbilo e a alegria haviam atingido o auge. Entre as tendas movimentava-se uma multidão colorida de cavaleiros com suas mulheres, seus filhos e escudeiros; as bandeiras com os brasões dos fidalgos adejavam ao vento, uma música alegre enchia os ares e pares dançavam ao som dos instrumentos de corda e dos címbalos.

Um grupo de admiradores cercou os recém-chegados, pois a fama de suas façanhas e aventuras já havia chegado até ali. O próprio rei Artur foi até a tenda deles e abraçou-os entre gracejos e brincadeiras. Aquele alegre e festivo estado de alma foi repentinamente interrrompido por um acontecimento inesperado.

A cortina da tenda se ergueu e na entrada surgiu Lunete, a nobre donzela da corte da rainha de Ascalão. Seus olhos faiscavam de raiva. Toda empertigada, dirigiu-se até Iwein, que permaneceu paralisado, tomou-lhe do braço e arrancou de seu dedo o anel de Laudine.

Todos ficaram pasmos de susto, pois Lunete perdera aqueles modos de gentil donzela e agia agora como uma deusa vingativa. Ninguém abriu a boca, mas todos sabiam o que aquele gesto significava. E Iwein sabia-o melhor que os outros. Mortalmente pálido, acompanhou com os olhos a saída da moça. A humilhação atingira-o como uma bordoada. Ninguém se aproximou para consolá-lo.

"Preciso ir embora", martelava-lhe a voz da consciência, "ir embora para qualquer lugar onde, perjuro, eu possa ficar sozinho com a minha vergonha." Totalmente desorientado, arrancou os trajes festivos que acabara de vestir, agarrou um manto da mão de um escudeiro, jogou-o aos ombros, cobriu a cabeça e saiu do acampamento.

Por muito tempo ninguém mais ouviu falar dele. Vagou através dos reinos, longe das estradas e dos vilarejos. Temia as pessoas e vivia nas florestas, onde comia a carne dos animais que abatia. Parecia um vagabundo, desgrenhado, sujo e envolto em farrapos. Nada mais nele lembrava o radiante e famoso cavaleiro Iwein, rei de Ascalão. Arrasado pela humilhação e pela vergonha, não tinha coragem de aparecer nas redondezas do castelo de Laudine.

Certa vez, vencido pelo cansaço, deitou-se à beira de uma estrada para dormir. Apareceram três mulheres a cavalo e, quando viram o homem deitado ali, desmontaram e olharam-no, curiosas.

— É apenas um vagabundo — disse uma delas.

— Esse vagabundo é estranho — disse a segunda —, pois geralmente os vagabundos são homens velhos; este, entretanto, é jovem.

Curvaram-se sobre ele e examinaram-no melhor. Ainda era possível reconhecer-lhe a força dos braços e a nobreza do semblante. Estava sujo, suado, esfarrapado e descalço, mas mesmo assim as três mulheres concluíram que ele não era um vagabundo comum.

— Eu sei quem é ele — exclamou a terceira mulher. — É Iwein, o cavaleiro. Uma vez sentei-me na frente dele num banquete. Há muito tempo ele sumiu. Dizem até que havia morrido, que desapareceu sem deixar vestígios. E agora ei-lo aqui!

— De fato, é ele mesmo — concordou a outra. — O que vamos fazer? Precisamos ajudá-lo.

Agacharam-se ao lado dele, e como continuassem a fitá-lo e a conversar, ele acordou e olhou perturbado à sua volta.

— Sabemos que você é o cavaleiro — disse uma delas. — Todo mundo chora a sua morte porque você se escondeu dos homens. Queremos ajudá-lo para que possa reaver a sua honra.

— Vocês não podem ajudar-me porque estou desonrado — murmurou ele, levantando-se para ir embora. Mas as mulheres impediram-no.

— A sua honra ficará sem máculas com um ato cavaleiresco, com uma boa ação — disse uma outra. — A nossa castelã está em grandes dificuldades. Você é o único que pode ajudá-la.

Iwein não teve forças para contradizê-la, pois estava terrivelmente cansado e faminto. Ajudaram-no a montar em um dos cavalos, duas montaram no segundo cavalo e a terceira partiu sozinha na frente. Pouco depois avistaram um castelo.

— Esse é o castelo de Narison, sir Iwein — disseram elas.
— Lá você poderá recuperar-se e receberá roupas adequadas. A condessa Lavaine lhe pedirá para enfrentar o conde Aliers, que deseja casar-se com ela à força. Ela é viúva, o marido morreu lutando contra os sarracenos. Será uma ótima oportunidade para você reconquistar sua honra de cavaleiro, se ela realmente foi perdida, quando estiver sobre um corcel, envergando uma armadura e empunhando as armas. Nada lhe faltará. Então o seu coração com certeza se voltará para a castelã, pois todos sabem que ele sempre pertenceu a belas mulheres. A duquesa Lavaine é uma linda mulher, muitos barões e duques já batalharam por sua mão, mas ela não quis saber de nenhum deles, menos ainda desse conde Aliers, que trouxe consigo um bando de homens para chamá-la à razão, como ele diz. Mas esses homens não são cavaleiros e sim ladrões e salteadores de estradas. Se há alguém que pode acabar com eles, é você, sir Iwein, e quando a vitória for conquistada a senhora fará de tudo para recompensá-lo. No castelo há uma sala de armas que pertencia ao seu esposo e lá você encontrará uma bela armadura e...

Assim as duas mulheres tagarelaram até chegarem ao castelo de Narison, e tudo o que contaram foi confirmado. A bela duquesa Lavaine deu ordens para as criadas cortarem o cabelo de Iwein, banhá-lo e vesti-lo. De repente, ele nem mesmo se deu conta de como aquilo aconteceu, estava diante da duquesa. Seu coração palpitou de alegria por poder servir novamente a uma nobre senhora, pois como são mesmo as palavras do poeta Hartmann de Aue? "Eu sei", diz ele, "que em algum lugar o caminho nos conduz à mais alta glória, e por acaso eu o trilhei. Por que insistimos nesse tipo de vida? Eu lhe respondo: são as mulheres que nos conferem a força".

O bando do conde Aliers, que não se compunha de cavaleiros, mas de criados e servos, aproximou-se do castelo de Narison para sitiá-lo e depois forçar a entrada e chamar a castelã à razão, como dizia o conde. Mas nos dois dias anteriores Iwein, em quem o velho espírito combativo despertara de novo, armou os criados e os escudeiro do castelo e determinou que alguns ficassem atrás do portão com lanças e clavas para recepcionar os invasores, e a outros mandou que subissem à plataforma acima do portão com caldeirões cheios de piche fervente para derramá-lo sobre os agressores. Por fim escolheu os melhores homens para investir contra o bando do conde Aliers.

Sua espada reconquistou a antiga força e presteza e com ela cortou muitas cabeças, tão rápido que os olhos não conseguiam acompanhá-lo, até que sobraram poucos, e esses fugiram. O conde Aliers também tentou a fuga, mas Iwein perseguiu-o, gritando-lhe que era um medroso e um covarde por não enfrentá-lo. Antes que fosse atingido pelas costas, o conde resolveu lutar, mas o combate foi curto, pois em pouco tempo jazia sobre seu próprio sangue e exalava o último suspiro.

O vencedor foi recebido pela nobre Lavaine, que lhe disse estar pronta para ser sua fiel esposa. Mas ele teve de confessar-lhe que não era livre e que precisava partir a bem de sua honra. A força e a alegria recém-conquistadas não lhe deram paz.

Assim partiu ele, deixando para trás uma bela mulher com o coração partido.

O cavaleiro com o leão

Iwein estava novamente no caminho, mas agora montado num belo corcel, vestido com boa armadura, uma lança e uma espada, porém evitava as estradas que conduziam à corte do rei Artur, porque ainda se sentia envergonhado, e principalmente evitava o caminho para o castelo de Ascalão. Dirigiu o corcel para uma região montanhosa. Ao seguir por uma trilha estreita e solitária, ouviu uns sons terríveis vindos de um desfiladeiro. Aproximou-se do abismo e viu lá no fundo um dragão e um leão engalfinhados numa luta selvagem.

O dragão, um monstro gigantesco e terrível, de cujas narinas saía fogo, estava levando a melhor; mantinha o leão imóvel de tal modo que seus urros eram apenas lamentos e gemidos.

Iwein sentiu-se tentado a ajudar o nobre animal, que todos conheciam como o rei da selva. Mas vacilou, pois pensou que, como acontecia tantas vezes na vida em que se colhe a ingratidão pela ajuda prestada, no instante em que o leão estivesse livre das garras do dragão o homem poderia ser uma boa presa. Mas tais considerações não impediriam a realização de qualquer ato generoso? O leão era o mais fraco e ele com certeza teria um fim doloroso; portanto não podia perder tempo com vacilações temerosas.

Pulou da sela, desceu o abismo em saltos perigosos, e enfiou a espada até o cabo no coração do dragão. O sangue jorrou como se fosse uma cachoeira e, berrando assustadoramente e soltando os últimos suspiros venenosos, o monstro caiu de lado e morreu.

Iwein escalou o mais rápido que pôde o desfiladeiro para não ter de enfrentar o leão. Nem ao menos olhou para trás, mas como ficou admirado quando, já montado, viu o leão agachado, manso e quieto, diante de seu salvador; em seus olhos havia agradecimento. Nunca antes tivera contato com um leão, por isso resolveu afastar-se dali o mais depressa possível. Mas, vejam só que milagre! O leão amigável trotou atrás dele e assim seguiram por um trecho do caminho. Ao anoitecer o leão desapareceu na floresta, e Iwein já estava achando que o animal por fim resolvera seguir o seu caminho quando ele reapareceu com um cervo morto na bocarra e o depositou diante de seu salvador.

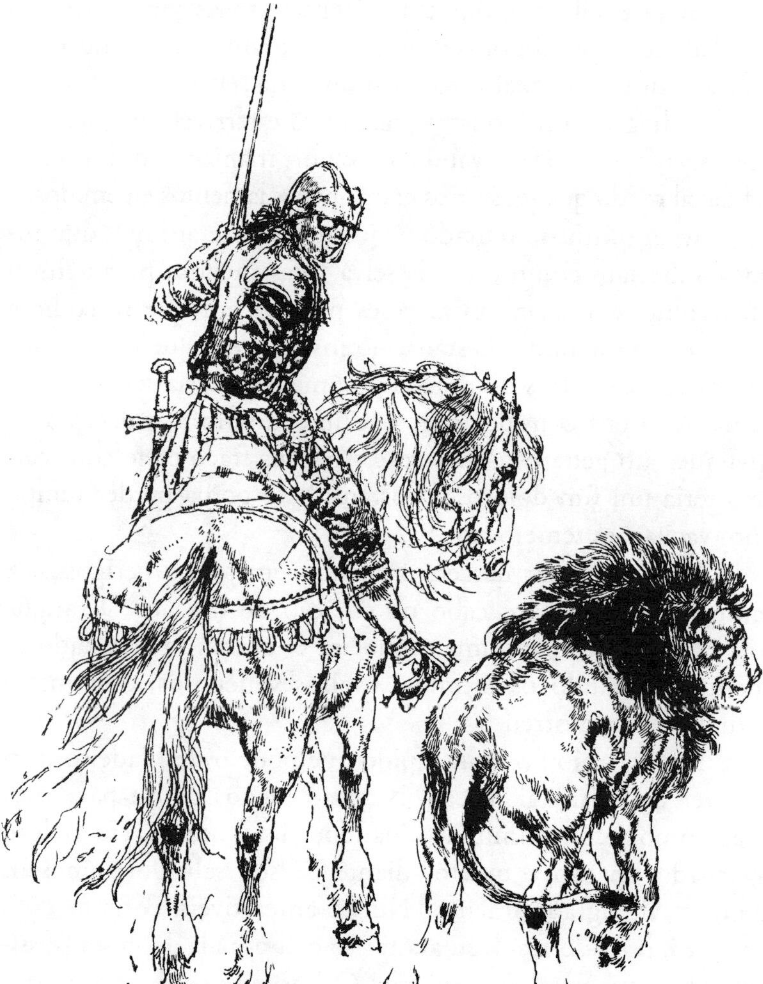

Iwein acendeu um fogo, assou a carne e deu um bom pedaço ao leão. Depois ajeitou um lugar para dormir embaixo de uma árvore e deitou-se. O leão não saiu de perto dele e deitou-se à sua frente como guarda para afastar qualquer perigo. No dia seguinte o felino continuou seguindo ao lado de Iwein.

A partir de então o régio animal tornou-se um leal companheiro do cavaleiro. Como ele tinha várias feridas resultantes da luta contra o dragão, Iwein parou numa fonte e lavou-as e o leão, grato, lambeu-lhe as mãos. Em todos os caminhos, florestas e vilarejos, o leão seguiu-o fielmente. Os dois formaram um par maravilhoso e a partir daí Iwein ficou conhecido como o cavaleiro com o leão.

Lunete em apuros

O destino fez com que os caminhos de Iwein e da nobre donzela Lunete se cruzassem novamente.

Havia mais de um mês que Iwein perambulava com seu leão pelos reinos quando, sem o perceber, se viu de novo diante dos três grandes carvalhos, do poço e da gamela, onde seu destino havia começado. Quando reconheceu o lugar, lembrou-se de todas as suas aflições e começou a chorar, dominado por dolorosos pensamentos. Ao desmontar, tropeçou e feriu-se com a ponta de sua própria espada. Ele havia, sem o perceber, desembainhado a espada e caiu ao chão quase desmaiado; o sangue escorreu da ferida. Deitado ao pé do poço, ele gemia:

— Ai de mim! Teria sido melhor se nunca tivesse posto os pés aqui! Agora estou a um passo do castelo de minha mulher e sou apenas um cavaleiro errante sem reino e sem honra. Pois falta muito para apagar a culpa e a vergonha da afronta que causei a Laudine.

Enquanto jazia ali, desvalido e desesperado, o leão deitou-se ao seu lado, acariciou-o com as patas e lambeu-lhe as feridas com sua língua áspera. O sangue parou de jorrar e ele sentiu que suas forças retornavam. Mesmo assim continuou os seus lamentos, e de repente ouviu um eco. Seguiu os sons lastimosos, que pareciam ser de uma mulher, topou com uma gruta com um portão de grossas grades de troncos de carvalho e por trás daquelas grades ouviu estas palavras:

— Não se lamente deste jeito, senhor cavaleiro, pois a minha sorte é bem mais terrível!

— Quem está aí? — gritou ele.

— É uma donzela que está presa aqui, a criada da rainha Laudine de Ascalão, que amanhã deverá morrer na fogueira.

— Mas é você, Lunete! — exclamou.

— É você, Iwein, o cavaleiro e senhor de Ascalão! Reconheço a sua voz. Ajude-me e esqueça que o amaldiçoei.

— Você estava certa, Lunete — retrucou Iwein —, e por muito tempo ainda a sua maldição pesará sobre mim. Mas diga-me, que aconteceu? E como posso ajudá-la?

— Lembra-se daquele anel que torna as pessoas invisíveis — perguntou Lunete —, o mesmo que lhe emprestei uma vez? Esse anel tornou-se a minha desgraça. Ele não me serve para nada, pois não posso usá-lo em meu proveito. Alguém o descobriu e eu fui denunciada como bruxa. Não há incriminação pior do que esta, e a pena é a morte na fogueira. Pobre de mim, não posso provar minha inocência. Agora um julgamento divino deve decidir se sou culpada ou não. Ah, se você pudesse me ajudar, corajoso Iwein! Mas temo que isso não será possível, pois você está sozinho.

— Eu não estou sozinho — retrucou Iwein. — Mas como será esse julgamento?

— Os acusadores — respondeu Lunete — chamaram os seis homens mais fortes do reino para lutar pela acusação e o tribunal decidiu que apenas dois, que aceitarem lutar por mim, poderão enfrentá-los. Se esses dois não conseguirem vencer os seis, meu triste fim está selado. A fogueira já está armada diante do castelo e o povo está todo animado para o espetáculo. Ah, tenho um medo horrível das chamas!

— Lunete, diga-me uma coisa — perguntou Iwein. — Você é a mais fiel servidora de Laudine: como ela deixou que isso acontecesse com você?

— Ela viajou, foi visitar uma irmã que mora num castelo muito distante, onde haveria um batismo, então adoeceu e agora está acamada e com febre alta. Ela não sabe de nada e agora não há mais tempo para lhe pedir ajuda. Você está sozinho, Iwein, e não conseguirá enfrentar seis valentões briguentos.

— Eu não estou sozinho — retrucou Iwein. — Tenho um fiel companheiro comigo. Fique sossegada, querida Lunete, eu lutarei por você, pois lhe devo muito.

Separou-se dela, cavalgou rápido, seguido pelo leão, até o castelo e anunciou aos juízes que ele e mais outro companheiro apresentavam-se para lutar pela acusada. Decidiu-se então que a luta seria no dia seguinte ao pé da fogueira.

No dia seguinte lá estava ele com o leão diante dos juízes, apresentando o seu segundo homem. Levantaram-se objeções: o leão não poderia participar da luta, pois nunca um leão defendera uma bruxa, e além disso não era um homem. Iwein esclareceu então que estaria pronto para lutar sozinho contra os seis: o leão ficaria de lado e só entraria na luta caso fosse necessário. Os seis valentões, homens grosseiros e fortes como ursos, gritaram alto para manifestar sua contrariedade, mas os juízes, após longa deliberação, decidiram que o cavaleiro merecia ter alguém na retaguarda que pudesse ajudá-lo e que o leão poderia entrar na luta caso houvesse necessidade. Os acusadores discordaram novamente e assim a discussão continuou.

Enquanto isso Lunete foi trazida e amarrada a um tronco no alto da fogueira, onde começou a sofrer antecipadamente o terror do fogo. Por fim, os homens entraram num acordo e ficou decidido que o leão não poderia participar da luta: deveria permanecer amarrado à margem da arena de combate. Se, no entanto, arrebentasse as correntes, isto significaria parte do julgamento divino.

E assim a luta teve início. Iwein estava com uma cota de malha e uma boa espada à mão. Os seis valentões não tinham espada, porque não eram cavaleiros, mas portavam lanças, cacetes, clavas e punhais e atacaram com todas essas armas, tão perigosas quanto uma espada. Iwein girou sua espada rápido como um raio e cortou a cabeça de dois deles, mas não conseguiu acabar tão depressa com os outros quatro, que pressionavam-no duramente, e ele já sangrava de várias feridas. Num deles ainda conseguiu cravar a espada, mas os outros três derrubaram-no por trás. Lunete lamentava-se aos gritos no alto da fogueira e os servos, com archotes na mão, acenderam os troncos secos a seus pés.

Então ouviram-se urros estrondosos. O leão puxou as correntes com força, arrebentou-as e caiu sobre os três homens que estavam atacando Iwein. Com seu peso jogou-os ao chão e com golpes das patas estraçalhou suas cabeças. A luta terminara. O povo festejou jubiloso o herói e todos concordaram em que o desfecho do combate fora uma decisão divina. Alegre, o povo saudou a vitória de Iwein e a libertação de Lunete, como teria também festejado a morte dela na fogueira. Lunete foi desamarrada e levada para baixo, desmaiando nos braços de Iwein, pois o medo e a excitação haviam consumido com suas forças. Ao acordar já não era a deusa vingativa que arrancara do dedo de Iwein o anel de casamento. Olhou-o carinhosamente e disse:

— Você não deseja retornar para junto de minha senhora? Ela continua esperando ansiosa pela sua volta.

— Ainda não tenho coragem de apresentar-me perante ela — retrucou Iwein —, mas chegará o dia em que terei expiado a minha culpa. O destino ainda me reserva um combate do qual não me posso esquivar. A única coisa que sei é que meu adversário é o mais forte e o mais nobre de todos os cavaleiros. Não sei o nome dele e nem ele sabe o meu. Antes de enfrentá-lo, não poderei rever Laudine.

— Como sabe disso? — perguntou Lunete contristada.

— Está escrito no fundo do meu peito em letras de fogo, mais eu não sei — respondeu ele.

O último embate de Iwein e a reconciliação

Iwein estava certo: teria de enfrentar o mais duro duelo de sua vida, o combate contra o seu melhor amigo.

Ao partir da região de Ascalão, seguido por seu fiel leão, reparou que o nobre animal mancava e andava com muita dificuldade. Descobriu que o leão tinha várias e fundas feridas oriundas dos dentes e garras do dragão e que não haviam cicatrizado. Com suas últimas forças salvara a vida de seu senhor e agora necessitava de cuidados. Por isso Iwein parou na caverna de um ermitão para cuidar das feridas do leão até que elas sarassem. Dias seguidos ficou ao lado do animal, aplicando compressas e curativos, até que ele melhorou.

Enquanto estava lá, a filha do conde Schwarzdorn veio procurá-lo e contou-lhe a sua história.

O rico conde, ao morrer, dividira seus bens entre suas duas filhas. Mas a mais velha não aceitou que a divisão fosse meio a meio e exigiu uma parte maior. Por sua vez a caçula não aceitou a exigência da irmã. As duas, sem que uma soubesse da outra, foram procurar um cavaleiro que lutasse por sua causa.

A mais velha dirigiu-se para a corte do rei Artur e perguntou pelo melhor cavaleiro que se propunha lutar por uma causa justa. Foi-lhe indicado Gewan. Então ela soube apresentar sua causa de tal maneira que ele concordou em lutar por ela. Muito confiante, ela retornou com Gewan ao castelo de seu pai.

A caçula, por sua vez, foi procurar Iwein, o cavaleiro com o leão, que era conhecido como o melhor cavaleiro do reino.

Por muito tempo sua busca foi em vão, mas por fim ela soube que Iwein estava na caverna de um eremita cuidando de seu leão. Encontrando-o ali, rogou-lhe que a defendesse contra a injustiça que lhe estava sendo feita. Também ela logrou apresentar sua causa tão bem que Iwein, convencido de seus direitos, prometeu lutar por ela.

E assim os dois melhores amigos, unidos por uma amizade que nunca antes houvera entre os cavaleiros, encontraram-se frente a frente para o combate. Os rostos estavam escondidos atrás das viseira, pois era costume os combatentes se enfrentarem sem saber quem era o adversário.

Foi uma luta longa e terrível, pois ambos sabiam lutar como ninguém com a espada, e por horas seguidas não houve vencedor. Ora um, ora outro tinha a supremacia. Nunca antes dois cavaleiros haviam cruzado as lâminas com tanta arte, força e astúcia. A luta prolongou-se desde a manhã até o meio-dia. Então os dois baixaram as espadas e as damas vieram oferecer-lhes uma bebida refrescante. Em seguida retornaram à luta, tão reanimados como se tivessem acabado de entrar na arena. Lutavam sem proferir palavra, como deve ser entre cavaleiros que defendem uma causa justa.

O sol começava a declinar. As pessoas que assistiam ao duelo ficaram preocupadas com a possibilidade de um deles encontrar a morte, pois viam crescer a selvageria e a amargura nos dois heróis, já desatentos às regras de cavalaria, as quais determinavam que numa luta honrada não pode haver ódio entre os combatentes.

Como a noite já avançava, os dois oponentes resolveram suspender a luta e continuá-la na manhã seguinte. Respirando fundo e apoiando-se à espada, Iwein disse ao adversário:

— Nunca desejei que a noite chegasse tão rápido como hoje. Se demorasse mais um pouco, pelos céus!, a vitória seria sua.

— Para dizer a verdade, a sua preocupação também era a minha. Eu não acreditava que pudesse estar vivo ao findar do dia. Jamais encontrei alguém que lutasse assim. E se for derrotado não será uma desonra. E se vencer será a maior glória para Gewan.

Sem querer ele se identificara, e quando Iwein ouviu o nome que lhe era tão caro, ficou pasmo. Levantou a viseira e gritou:

— Mas que idiota sou eu! Só Gewan poderia lutar desse jeito!

Gewan também levantou a viseira e reconheceu Iwein. Os dois correram um ao encontro do outro, abraçaram-se e reafirmaram sua fraternidade com lágrimas de alegria. Então ninguém os segurava mais: ambos declararam-se ao mesmo tempo derrotados. Nenhum queria admitir que o outro era o derrotado. As duas irmãs, comovidas, observavam o encontro dos dois amigos e concordaram em que não devia haver mais disputa entre elas sobre a divisão da herança, que de repente tornou-se sem importância.

Assim terminou o mais áspero duelo que os dois melhores cavaleiros da Távola Redonda tiveram de enfrentar em toda a sua vida

Gewan confessou ao amigo que não agira corretamente ao atraí-lo para uma vida errante, levando-o a abandonar sua esposa.

— Meu querido amigo, eu o desafio mais uma vez para um duelo a fim de que você enfim retorne à sua nobre Laudine. A culpa foi minha por você tê-la abandonado e esquecido. Se eu vencer você volta para Ascalão, e se você vencer terá de retornar também, porque então sua honra estará reabilitada.

Iwein foi obrigado a rir e as palavras do amigo evidenciaram o que ele tinha a fazer. Juntos seguiram até o castelo de Ascalão, Iwein caiu de joelhos ante sua rainha, pois ela tornara-se novamente a rainha de seu coração, e rogou que o perdoasse. Ela o abraçou chorando de alegria e sussurrou:

— Hoje renasce a minha felicidade!

OS CAVALEIROS DA TÁVOLA REDONDA — EREK E ENITE: A HISTÓRIA DE UM AMOR VERDADEIRO

Como Erek encontrou Enite

Entre os melhores cavaleiros da Távola Redonda, ao lado de Gewan, Iwein, Lancelote e outros que alcançaram grande fama, estava também o jovem Erek, filho do rei Lake de Estregal, cujas façanhas em nada ficaram a dever às dos outros. Ele conquistou o coração da bela Enite e provou que o verdadeiro amor está acima de todas as outras virtudes.

Erek chegou muito jovem à corte do rei Artur e fazia parte do estreito círculo de cavaleiros que servia à rainha Guinevere. Certa vez, durante as festas da Páscoa, Guinevere, participando de uma caçada ao veado, cavalgava à frente de todos, mas parou repentinamente numa clareira e gritou admirada:

— Que cortejo mais estranho é esse que vem vindo aí?

Erek, que a seguia de perto, aproximou-se e levou a mão sobre os olhos.

— É muito estranho mesmo. São três. À frente está um homenzinho que parece ser um anão, atrás uma mulher e por fim um cavaleiro em esplêndida armadura. Se a senhora me permitir, vou até lá informar-me de quem são essas pessoas que cavalgam pela floresta conduzidas por um anão.

Guinevere assentiu e Erek cavalgou até o estranho grupo, mas antes que pudesse abrir a boca o anão, com gritos grosseiros, barrou-lhe o caminho.

— Então diga-me ao menos, homenzinho, quem é o seu senhor — disse Erek amistosamente.

Em vez de responder, o malvado homenzinho golpeou Erek duramente com um açoite provido de esferas de chumbo. Ao mesmo tempo, ouviu-se mais atrás uma gargalhada zombadora do cavaleiro armado. A mão de Erek foi direito à sua espada, mas ele não a trouxera, porque para a caça ao veado não havia necessidade de espada. Tinha apenas um punhal no cinto, mas antes que se desse conta disso o grupo desaparecera.

Erek retornou para junto da rainha e de seus acompanhantes e, vermelho de vergonha, pediu:

— Conceda-me férias, minha rainha, e a autorização para enfrentar essas pessoas e vingar o ultraje que me foi feito.

De má vontade, Guinevere deu-lhe a autorização — a ofensa fora dura demais para ficar impune. Erek galopou imediatamente atrás dos três personagens e também ao encontro de muitas aventuras e de sua felicidade. Não havia tempo para ir atrás de sua armadura e das armas, pois perderia de vista seus ofensores. Seguiu-os a curta distância, uma vez que queria saber para onde iam.

Após atravessarem um campo aberto, chegaram a um vilarejo que se situava ao pé de um grande castelo. Nas ruelas havia grande agitação e uma multidão cercou os três cavaleiros com saudações de boas-vindas, mas estes, sem responder aos cumprimentos, forçaram passagem por entre o povo e seguiram até o castelo, onde desapareceram atrás do portão.

"Melhor assim", pensou Erek. "Não quero apenas castigar aquele desgraçado anão e o senhor dele, quero uma desforra total."

Buscou um pouso no vilarejo, mas nada encontrou, até que chegou a uma construção em ruínas, que julgou desabitada. Indeciso, entrou para encontrar um canto onde pudesse passar a noite. Mas qual não foi o seu espanto quando viu que estava num quarto parcamente mobiliado e diante de um velho senhor, que o cumprimentou gentilmente:

— Seja bem-vindo, forasteiro, e seja meu hóspede, apesar de eu ser pobre e não ter muito a lhe oferecer.

Erek percebeu imediatamente que o velho era de linhagem nobre.

— Vamos, Enite — ordenou o velho, voltando-se para uma moça que surgiu atrás dele —, cuide do cavalo desse cavaleiro.

Os olhos de Erek pousaram sobre uma donzela tão delicada como ele nunca vira antes. É claro que ela estava pobremente trajada, mas seu formoso e suave semblante brilhava como uma estrela. O velho, que percebeu o encantamento no rosto do cavaleiro mas o interpretou erroneamente como sendo uma expressão de decepção, desculpou-se um pouco encabulado.

— Houve época em que nós, eu e minha neta, vivíamos numa situação melhor. Tínhamos propriedades, mas inimigos astuciosos arrasaram esta casa, que um dia foi um castelo, saquearam-na e mataram os pais dessa menina.

Erek recompôs-se e, sem conseguir tirar os olhos da graciosa donzela, retrucou cortesmente:

— A pobreza não tolda um coração belo e nobre. Erek, filho do rei Lake de Estregal, orgulha-se em ser seu hóspede.

— Não é possível! Então o senhor é um dos cavaleiros da Távola Redonda do rei Artur? — perguntou o velho, radiante. Erek confirmou um pouco apressado, pois desejava ir atrás da donzela que saíra para cuidar de seu cavalo. Ao encontrá-la lá fora, esfregando o pêlo do animal com palha, disse-lhe:

— Nunca fui servido por um escudeiro tão gracioso!

— Senhor cavaleiro — disse ela, corando um pouco —, não deve fixar meu rosto o tempo todo, mas verificar se estou cuidando corretamente de seu corcel.

Então ele também pegou um pouco de palha e juntos terminaram o serviço.

— Mesmo se você fizesse algo errado — disse ele, sorrindo —, eu não ousaria repreender uma donzela tão formosa e tão nobre.

— Ah, nobre donzela! — retrucou ela. — Seria mais justo chamar-me de Gata Borralheira.

— Querida menina, não me parece que você esteja vestida com um saco sujo de fuligem. Mas mesmo esse traje lhe assentaria bem como as roupas de uma princesa.

Continuaram tagarelando e em pouco tempo terminaram o trabalho. Erek foi convidado a sentar-se à mesa para o jantar. Não se perturbou diante da refeição simples e nem com o fato de sua cama ser apenas de palha. A proximidade da graciosa Enite dulcificou-lhe o sono.

O concurso de beleza

Na manhã seguinte, Erek soube por seu cordial anfitrião que o vilarejo e o castelo, assim como as terras em volta, pertenciam a um sir Yder, que todo ano se comprazia em convidar as mulheres do vilarejo e do reino para escolher dentre elas a mais bela. Todas as mulheres podiam participar, fossem ricas ou pobres, de linhagem nobre ou plebéias, contanto que viessem acompanhadas por um homem. O prêmio era um valoroso falcão de caça. Mas havia três anos a vencedora era sempre a mesma dama, que gozava dos favores do castelão, apesar de não ser a mais bela. Os juízes a quem cabia a escolha não tinham coragem de manifestar-se contra a vontade do poderoso e violento protetor dessa dama. Por isso tudo não passava de um engodo, e no dia seguinte, quando a festa se realizaria, provavelmente nada se alteraria.

— Eu chamo isso de fraude e patifaria! — exclamou Erek, indignado.

— Concordo — retrucou o velho. — Mas quando sir Yder aparece fortemente armado, e acompanhado de seu maldoso anão, que estala com força o seu açoite, ninguém tem coragem de opor-se à vontade dele.

— Conheço bem esse anão e também o seu senhor — disse Erek, mas não quis revelar o ultraje que sofrera. — Será que o senhor ainda tem em casa uma velha armadura, nobre amigo? Saí de casa desarmado.

— Com certeza encontraremos uma armadura e uma espada — disse o velho. — O senhor pretende ir à festa como espectador?

— Não só como espectador — retrucou Erek. — Quero abocanhar o prêmio de uma certa dama. Peço à sua neta que me acompanhe e seja a dama de minha escolha, a quem será entregue o prêmio do concurso de beleza.

Embaraçada, Enite opôs-se a essa idéia.

— Com minhas roupas remendadas, quer que eu concorra com mulheres vestidas de damasco, seda e veludo? E ainda por cima provocar a ira de sir Yder? Isso não vai dar certo. Podemos nos dar mal.

— É suficiente apresentar a sua beleza — tornou Erek. — Deixe que eu me preocupe com o resto.

De nada adiantaram as reclamações da moça: nada afastaria Erek de seus intentos. Estava ansioso para ajustar contas com o anão e o castelão, mas também para colocar Enite, por quem seu coração batia cada vez mais forte, num pedestal diante de todos. Ele recebeu uma armadura com algumas manchas de ferrugem, uma boa espada e um elmo. Na manhã seguinte, seguido de Enite, montada num cavalo que puxava o arado de seu avô, ele apareceu no prado festivo, onde uma multidão esperava o castelão e sua dama.

Quando eles apareceram, sir Yder postou-se diante da tenda onde estavam os juízes e gritou:

— Quem, meus senhores, apresentou sua dama e afirmou ser ela a mais bela?

Erek logo aproximou-se, e fez-se um silêncio mortal. Desmontou, conduziu o cavalo sobre o qual Enite está sentada para o meio da arena e gritou:

— Esta dama é a mais bela de todo o reino, e a nenhuma outra caberá o prêmio.

Estarrecidos, todos se voltaram para a moça, que corou de vergonha. Vestida em trajes remendados e montada num pangaré, ela se destacava apenas pela formosura do semblante.

— Que brincadeira é essa, senhor cavaleiro — perguntou Yder, indignado. — Trazer aqui uma camponesa que deveria ter ficado em casa junto ao fogão? Retire-se daqui e não perturbe mais a festa, do contrário sentirá o açoite do meu anão!

— Com seu monstrengo eu acerto as contas mais tarde! — gritou Erek. — O senhor está fazendo uma fraude, essa dama não é a mais bela. Juro que isso acabou! Eu sou Erek, filho do rei Lakes de Estregal, cavaleiro da Távola Redonda, e desafio-o para um duelo!

Bem que o ofendido sir Yder teria preferido mandar seu anão castigar o ofensor, mas os costumes corteses obrigavam-no a aceitar o desafio.

— Escolha se quer lutar com a espada ou com a lança — disse Erek. — Mas deverá ser um combate de vida e morte, pois você me ofendeu mortalmente com suas gargalhadas.

Então Yder foi forçado a escolher o combate a espada, porque o espaço era pequeno demais para uma justa e além disso estava tomado pelo povo. Mandou buscar a armadura, a espada e o escudo, e Erek também recebeu um escudo, pois não trouxera nenhum. Aterrada e trêmula de emoção, Enite ficou imóvel em cima do cavalo, pois sabia ser inútil opor-se ao combate. Erek aproximou-se dela e sossegou-a:

— Querida e nobre donzela, não se preocupe comigo, pois pressinto que no amor há uma força invencível.

Em seguida os dois cavaleiros posicionaram-se um em frente ao outro e o duelo teve início. Sir Yder era um hábil e forte lutador e colocou o mais jovem em apuros, de tal forma que este teve de empregar todas as suas habilidades, que poucas vezes haviam sido postas à prova. Mas a pouca experiência foi suprida, naquele momento, pelo amor, pois era o amor que

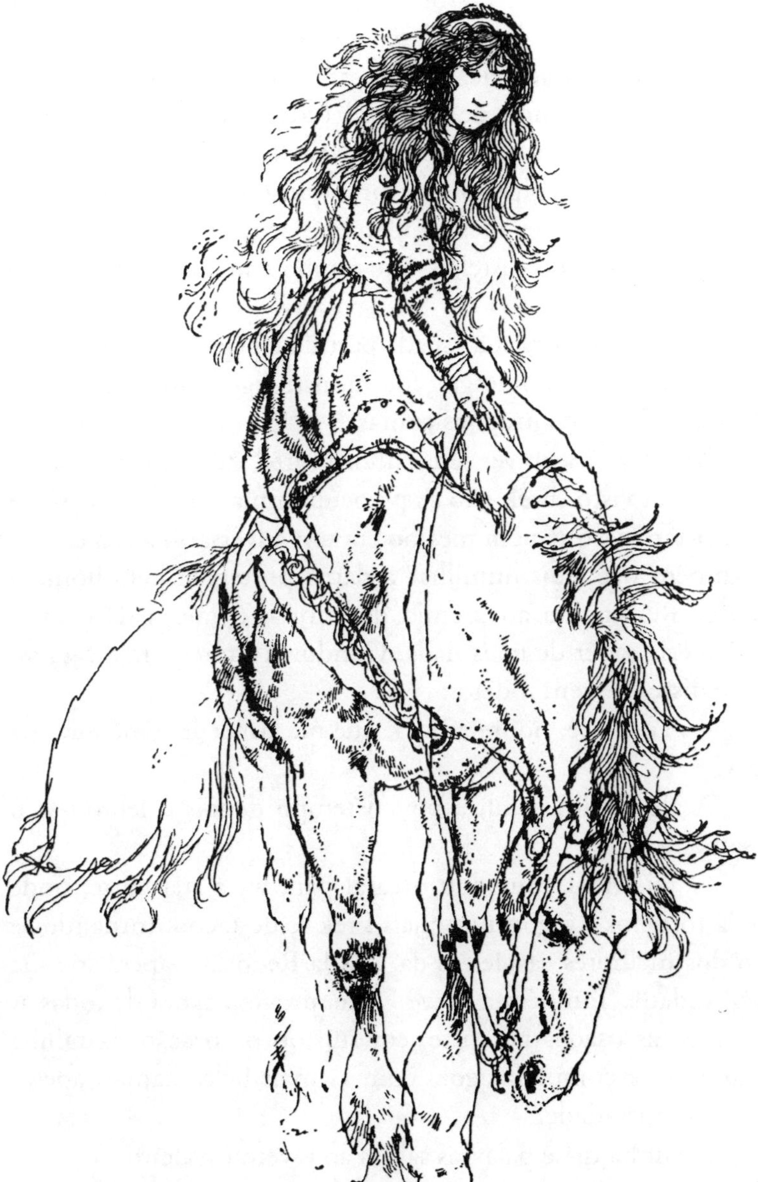

conduzia seu braço: o fato de saber que lutava por Enite tornava Erek invencível. Passou-se uma hora na troca furiosa de golpes e estocadas. Ficou claro que o castelão encontrara alguém melhor do que ele. Isso lhe amorteceu o braço e a coragem, e num segundo de fraqueza tudo terminou. Com impressionante violência, a espada de Erek sibilou sobre o elmo do adversário. O golpe foi tão forte que a velha espada se quebrou, mas o elmo de Yder também se partiu, e a espada entrou fundo no crânio do castelão, que tombou ao chão banhado no próprio sangue.

Erek jogou fora sua espada partida e pegou a do morto.

— Onde está o desgraçado monstrengo com o açoite? — gritou. — Vamos ajustar as contas.

Mas o anão, ao ver seu senhor morto, desapareceu e nunca mais foi visto. Erek não se preocupou mais em vingar-se de um ser tão vil, que nem mesmo era um adversário à sua altura, e também não quis humilhar a dama protegida pelo homem morto. Renunciou ao prêmio da vitória, o falcão de caça, e não queria saber de mais nada. Conduziu Enite para a casa do avô e disse-lhe sem rodeios:

— Peço-lhe, nobre amigo, que me conceda a mão de sua neta.

A alegria foi geral, e pouco tempo depois celebrou-se o casamento.

O rei Artur convidou o casal para vir à sua corte, onde havia torneios e jogos, nos quais Erek se destacou, tornando-se um dos melhores cavaleiros da Távola Redonda, apesar de sua pouca idade. Também a suave Enite, provida agora de todas as vestimentas usadas na corte, conquistou o coração da rainha Guinevere e competia agora com as mais belas damas, apesar de sua pouca idade.

A rainha disse palavras sábias ao jovem cavaleiro:

— Agradeça pelo estranho acaso graças ao qual você recebeu a afronta do horrível anão com o açoite, e agradeça também ao anão a quem você poupou de sua vingança, pois sem ele essa graciosa jovem não teria se tornado sua mulher.

Erek encontra o pequeno Guivrez

O tempo foi passando, anos de ventura e alegria. Erek e Enite viveram felizes na corte de Estregal, nada lhes faltava. Mas aos poucos Erek foi mudando. Sentia-se tão bem ao lado de sua amada esposa que só desejava gozar a calma e a tranqüilidade do lar. Nos reinos vizinhos ocorriam disputas e guerras, delitos e combates, calamidades e desordens, mas Erek não tomava conhecimento de nada. Também os torneios, jogos e festas que ocorriam nas cortes e nos castelos não eram capazes de arrancá-lo da inatividade. Tão ansioso por ações e combates ele fora antes quanto agora nada disso lhe apetecia. Toda a sua intrepidez parecia esmorecida, como se nunca tivesse sido um autêntico cavaleiro. Não demorou muito para que as pessoas começassem a estranhar o seu comportamento. Os fidalgos já não vinham hospedar-se em sua corte, e até a criadagem murmurava às ocultas:

— Não foi uma boa idéia o nosso senhor ter-se casado.

Mas a culpa não era de Enite; pelo contrário, ela acompanhava com preocupação o que acontecia ao esposo. Um dia, quando o velho rei Lake tentou chamar o filho à razão, este apenas riu e disse:

— Ah, meu pai, que me importa tudo isso! Enite é toda a minha felicidade. Ela me compensa de toda a alegria do mundo. Eu anseio apenas pelo seu coração.

Era Enite quem mais se afligia com essa situação, embora não tivesse nenhuma culpa. Tentava animá-lo para que cavalgasse e buscasse outros entretenimentos além de fartar-se num único prazer, mas não tinha coragem de falar-lhe abertamente. Quando soube que a responsabilizavam pela mudança de

Erek, chorou às escondidas. Entretanto não achava certo repreender o homem a quem venerava acima de tudo.

Um dia, após o almoço, enquanto Erek cochilava pachorrentamente ao sol, Enite sentou-se ao seu lado e, curvando-se sobre ele, sussurrou-lhe:

— Ah, meu querido esposo, como é ruim você ter-se esquecido completamente de suas obrigações de cavaleiro! Acusam-me de tê-lo desviado de sua ânsia por atos de coragem. Longe de mim querer prendê-lo a uma vida indolente! Seria melhor se você nunca tivesse casado comigo!

— Enite, que está dizendo? — exclamou ele atônito, pois ouvira suas palavras. Levantou-se e olhou-a perturbado. Então ela tomou coragem e advertiu-o de que ele estava na iminência de deixar de ser um autêntico cavaleiro.

Com ar sombrio, ele ouviu as palavras da mulher e depois retrucou:

— Querida esposa, acreditei que você também sentia prazer na nossa vida, na qual não há nada exceto o nosso amor. Ou será que me enganei?

Ela não soube responder, pois também para ela não havia nada mais importante que o amor. Então, engoliu as lágrimas.

— Apronte-se — ordenou Erek.

— Como assim? — perguntou ela, assustada.

— Vamos partir — foi a resposta.

Ela não teve coragem de se opor: obedeceu e aprontou-se. Erek vestiu a armadura, embainhou a espada e mandou arrear dois corcéis e amarrar a carga em dois outros cavalos. E assim eles partiram bem cedo na manhã seguinte. Só então, timidamente, ela observou:

— Quando um cavaleiro sai para realizar façanhas e buscar aventuras não leva consigo sua mulher.

— Mas eu levo — respondeu Erek, obstinado —, pois só serei vitorioso em minhas façanhas e aventuras se você estiver ao meu lado.

Ela ficou satisfeita e cavalgou obedientemente atrás dele.

Atravessaram reinos estrangeiros onde governavam soberanos que eles não conheciam. Certo dia, uma estranha figura cavalgou na direção deles. O cavalo era de raça, bem-cuidado e provido de belos arreios. O cavaleiro, embora se mostrasse um pouco desajeitado na sela, envergava uma boa armadura e no escudo via-se um brasão. Ele era pequeno, apenas suas pernas e braços eram tão compridos quanto os de um homem de elevada estatura. Avançou em direção a Erek com a lança em riste, mas pouco antes do embate puxou os freios com tanta força que o cavalo empinou.

— Perdoe-me, cavaleiro — disse gentilmente —, por ter avançado contra o senhor tão apressadamente. Como não enxergo direito de longe, pensei que fosse um salteador. Mas agora percebo que o senhor é um nobre de alta linhagem, como vejo pelo seu brasão.

— O fato de o senhor confundir-me com um salteador mereceria uma punição, mas considerando a sua vista ruim eu o desculpo...

— Como o vejo assim, todo armado, e sendo de nobre origem — interrompeu o outro —, acredito que não se incomodará em duelar comigo. Só depois estarei ao seu inteiro dispor. Lutar com o senhor é a mais bela e emocionante aventura que posso imaginar.

— O senhor tem realmente tanto prazer assim em duelar comigo? — perguntou Erek, admirado —, e mesmo, como disse, não enxergando bem de longe?

— Não se preocupe — respondeu o outro —, isso em nada me atrapalha. E, sinceramente, sinto muito dizer-lhe que até agora ninguém jamais me venceu, e peço perdão se hoje também pretendo manter intacta minha fama.

— Para mim seria desagradável — volveu Erek — exigir do senhor que admita de livre vontade a minha superioridade.

— Mas eu esperaria isso do senhor — revidou o outro — se não ofendesse a sua honra. Longe de mim tal atitude.

— Bem, se é assim, não serei um empecilho para que possa satisfazer à sua vontade de lutar. O que escolhe, a lança ou a espada?

— A espada — foi a resposta —, pois vejo que o senhor não porta uma lança. Embora meu escudeiro, que está ali perto da floresta, tenha duas, mas de qualidades diferentes: uma é melhor que a outra.

— Então dê-me a pior — foi a pronta escolha de Erek.

— Mas que está pensando, senhor! — indignou-se o outro. — Muito pelo contrário, eu é que fico com a pior e o senhor com a melhor, porque com toda a certeza não está à minha altura!

Naturalmente foi a vez de Erek indignar-se, e assim acabaram concordando em lutar com espadas. Nenhum dos dois disse seu nome, pois esse era o costume; só podiam fazê-lo após o combate. Depois dessas falas tão respeitosas, a peleja teve início.

Apesar da baixa estatura, o homem sabia manejar a espada com força e agilidade, e Erek, que no início empenhava-se pouco, teve dificuldades em defender-se. Por fim, entretanto, Erek derrubou o adversário com um violento golpe.

Logo que se restabeleceu da pancada, o pequeno homem, deitado no chão, incitou-o:

— Devo ter cometido um erro, isso nunca me ocorreu antes. Confesso que o senhor é tão bom quanto eu e poderá reivindicar a glória de ter sido o primeiro a vencer o conde Guivrez de Eire. Mate-me como é seu direito. Eu seria um péssimo cavaleiro se me ofendesse por causa disso.

— Longe de mim tal idéia —, assegurou-lhe Erek — pois o senhor combateu com galhardia e por pouco não tive a mesma sorte que a sua. Além disso, o senhor conhece a fundo as virtudes cavaleirescas e as maneiras polidas. Erek, filho de Lakes de Estregal, teve o prazer de cruzar espadas com um igual.

— Se o senhor é o cavaleiro Erek da Távola Redonda — disse Guivrez, levantando-se com a ajuda do outro — e magnanimamente poupou a minha vida, então terei que mostrar toda a minha gratidão. Peço-lhe, desde já, considerar-me seu vassalo.

— Bem, um cavaleiro tão gentil e destemido — disse Erek, rindo — ser meu vassalo me honra muito.

Guivrez curvou-se com toda a cortesia e seus longos braços, que pendiam do curto tronco, quase roçaram o chão.

— Se o senhor estiver de acordo — explicou Guivrez —, retorno ao meu castelo e lá espero suas ordens. Se por acaso souber que está em perigo, irei sem delongas ao seu encontro e o ajudarei independente de quem o senhor estiver enfrentando, se o Diabo, um dragão ou um salteador. Deve saber que sei e ouço o que acontece de estranho antes dos outros.

O segredo do castelo de Brandigan

Em todos os lugares por onde Erek e Enite passavam, ouviam falar do castelo de Brandigan, que tinha um segredo que até então ninguém conseguira desvendar. Os que se arrojaram nessa aventura haviam morrido, por isso o cavaleiro que saísse vitorioso da empreitada seria digno da mais alta honra da cavalaria.

Por muito tempo os dois tentaram descobrir onde se situava o castelo, e por fim encontraram o caminho. Num dia quente de verão surgiu à frente deles, no alto de uma colina, um grandioso castelo de cujas trinta torres enxergava-se todo o reino, tendo aos seus pés as ruelas de uma pequena cidade. O vilarejo estava em festa. Os jovens divertiam-se nos gramados, os mais velhos fartavam-se com comidas e bebidas e nas barracas de tiro ao alvo atirava-se com bestas em bonecas de palha. Quando o casal entrou na cidadezinha, logo foi cercado e convidado a participar das diversões. Então Erek disse que pretendia ir até o castelo de Brandigan para descobrir o que havia lá, pois dizia-se que ali se ocultava algo terrível.

Como num passe de magica, toda a alegria desapareceu. Fez-se silêncio e os rostos anuviaram-se. Alguns cochicharam entre si, e uma mulher exclamou em tom lamentoso:

— Um cavaleiro tão perfeito quer ser vítima do maldoso Mabonagrin! Caro senhor, tire isso da cabeça!

— Nunca vi uma dama tão bela — disse um velho tristemente, olhando para Enite —, e agora essa jovem radiante terá de ser viúva tão cedo! Desista desse plano, senhor. Não encontrará felicidade, apenas desgraça e dor!

Mas toda essa conversa, em vez de desanimar Erek, incitou sua curiosidade e ele riu do povinho supersticioso.

— Vocês estão enganados, minha boa gente, se pensam que me amedrontam com isso. Já enfrentei perigos maiores. Também sei que um dia terei de morrer, e será exatamente quando Deus o determinar.

Quando um dos circunstantes quis explicar melhor o que acontecia no castelo e quem era o malvado mágico Mabonagrin, o cavaleiro, orgulhoso, cortou-lhe a palavra.

— Não, boa gente, não quero ouvir nada. Vou descobrir sozinho o que me espera, porque o que vocês têm para me dizer só irá virar minha cabeça.

Erek e Enite seguiram o caminho que levava ao portão do castelo e solicitaram entrada, o que lhes foi concedido imediatamente. Em seguida foram conduzidos ao senhor do castelo de Brandigan, que os acolheu com toda a gentileza, mandando servi-los e cuidar de seus cavalos. Depois guiou-os pelos salões do palácio e perguntou a Erek se queriam visitar as mulheres.

Eles concordaram, sem antes perguntar quem eram essas mulheres. Foram conduzidos a um enorme quarto circular, cujas paredes eram de mármore branco, amarelo, verde e preto. Nesse salão maravilhoso descansava um grande número de mulheres, tantas que Erek não conseguiu contá-las, todas em ricos trajes, mas ainda assim elas transmitiam algo de sombrio, pois aquelas roupas de brilhantes e brocados estavam arrematadas com uma tarja de veludo negro.

Erek não conseguiu compreender aquilo e seu hospedeiro não lhe deu nenhuma explicação: apenas avisou-o de que a visita terminara e que no dia seguinte, se ele estivesse de acordo, poderiam cavalgar até o bosque. Quando o castelão mencionou essa visita, aconteceu algo inesperado: as mulheres, que até ali se mantinham mudas, começaram a soluçar, algumas angustiadas, outras mais contidas. Erek e Enite ouviram o choro e os gritos de lamento ecoarem por muito tempo ainda, enquanto eram conduzidos pelos corredores até o quarto, onde pernoitariam.

Pouco antes de se recolherem ao leito, ouviram batidas à porta. Era o pequeno conde Guivrez de Eire, o novo amigo e vassalo de Erek. Estava sem fôlego porque viera em desabalada carreira até Brandigan, preocupado, quando soube que Erek se encontrava ali.

— Então, meu amigo, esclareça-me uma coisa — interrompeu-o Erek. — Que acontece neste castelo e quem é esse mágico? Por que as pessoas aqui choram em todos os cantos quando conversamos com elas? Por que as mulheres lamentam-se desse jeito no salão do outro lado?

— Elas choram por você, sir Erek — retrucou o conde.

— Por mim? Não entendo. Explique-se!

— O monstruoso Mabonagrin mora no bosque e nunca ninguém voltou de lá vivo. As mulheres do salão de mármore são todas viúvas e choram a morte de seus maridos. Na flor da idade, em meio à felicidade do amor, Mabonagrin tornou-as viúvas.

— Mas como aconteceu isso? O fato de eu estar acompanhado de minha mulher Enite é incomum. Os cavaleiros não seguem para suas aventuras com as suas mulheres. Como se explica que tantos cavaleiros tenham vindo para cá com suas esposas?

— É exatamente essa a magia secreta que envolve o castelo de Brandigan — disse Guivrez. — Aqui o amor é posto à prova, e isso atrai os homens. E em todas as vezes o amor não

183

foi suficientemente forte e verdadeiro. Mabonagrin — que é ao mesmo tempo cavaleiro, mágico e monstro — só será vencido por aquele que possuir um coração nobre, imaculado e repleto de um amor invencível, que o guiará como uma força maior. Ninguém conseguiu relatar como isso acontece, porque até agora ninguém venceu a prova.

Quando ouviu isso, Enite, agoniada, rogou ao esposo para irem embora dali e desistir daquela aventura.

— Querida esposa — disse ele — você duvida da força de meu amor? Então seria melhor desistir agora mesmo!

Diante disso, Enite calou-se e foi deitar-se com o coração apreensivo.

Bem cedo, na manhã seguinte, Erek e Enite, acompanhados pelo senhor de Brandigan e por Guivrez, seguiram até o bosque, situado do outro lado do vilarejo. As ruelas estavam apinhadas de gente amontoada nas sacadas e nas janelas: todos queriam ver o cavaleiro infeliz e temerário, mais uma das incontáveis vítimas de Mabonagrin.

Quando o pequeno grupo chegou ao bosque, envolto por um silêncio mortal, Erek admirou-se por não haver nenhuma cerca em volta dele.

— A fama de Mabonagrin é melhor que qualquer cerca — foi a explicação.

Erek ainda permitiu que Enite os acompanhasse por um certo trecho, depois ordenou-lhe que ficasse esperando por ele, abraçou-a e encorajou-a, dizendo:

— Quando penso em você, querida mulher, sinto em mim uma força gigantesca. — E deixou-a para trás, porque já de longe sentira um lugar horripilante. Quando se aproximaram, viu uma clareira na qual havia uma série de estacas em círculo, todas com uma caveira enfiada, as quais pareciam zombar dos cavaleiros. Apenas uma das estacas não tinha uma caveira, mas um corno de prata.

Erek aproximou-se e sentiu um calafrio percorrer-lhe a espinha.

— Que é isso? — perguntou ao castelão.

— Essas caveiras pertencem aos seus antecessores — esclareceu o senhor de Brandigan. — Digo antecessores porque após o seu encontro com Mabonagrin também a sua cabeça lhes fará companhia. Seus antecessores eram os maridos daquelas mulheres que você viu no salão de mármore. Elas choram por eles, e também por você.

— Que significa a estaca com o corno? — perguntou Erek.

— Depois que sua cabeça for enfiada nessa estaca, o corno será dependurado numa outra estaca. Contudo, se um cavaleiro derrotar Mabonagrin, ele deverá soprar o corno e o som dele quebrará para sempre o encanto. Todos desejam que você tenha força para libertar o reino desse monstro, mas apenas aquele cuja espada for conduzida pelo verdadeiro amor realizará essa façanha. Todos os que o antecederam falharam.

— Peço-lhe, senhor de Brandigan — disse Erek, irritado —, que não me chame mais de antecessor dos homens cujas cabeças estão aqui. Eles não são meus antecessores, pois a minha sorte e a de minha mulher serão diferentes.

Chegaram então a uma colina sobre a qual estava armada uma tenda, tão ricamente ornamentada que parecia pertencer a um grande soberano ou a um comandante de exércitos. Os panos que cobriam a entrada estavam totalmente erguidos e podia-se ver no interior, sobre um canapé forrado de grossas peles e tecidos brilhantes, uma mulher. Erek acreditou nunca ter visto mulher mais bela, exceto Enite, que para ele era a mais linda de todas. Pediu aos acompanhantes para ficarem ali e dirigiu-se à entrada da tenda para cumprimentá-la, segundo os costumes corteses. Quando viu os olhos dela, arrepiou-se todo, pois não eram olhos, mas diamantes incolores e transparentes nos quais flamejava uma chama indescritível.

Ela respondeu ao cumprimento inclinando levemente a cabeça e depois disse em tom baixo e agudo:

— Vir até aqui, senhor cavaleiro, foi uma péssima idéia.

— E por que, bela senhora? — perguntou Erek, ao mesmo tempo que um novo calafrio lhe percorria a espinha.

— O homem que está atrás de você o fará entender — respondeu a mulher com um sorrizinho. Quando Erek se voltou, estava diante de um cavaleiro com uma armadura brilhante, apoiado à sua espada e com a viseira abaixada. Sobre seu escudo havia o desenho de uma caveira, que parecia zombar de Erek como as outras nas estacas.

— Quem lhe permitiu aproximar-se da senhora? — perguntou o homem. Sua voz soava grave e rude como o urro de um leão.

— Meu coração e meu livre arbítrio conduziram-me até aqui — respondeu Erek sem medo —, mas principalmente a fama que o antecede de que não é um homem e nem um cavaleiro, mas um monstro.

— Talvez seja verdade — riu maldosamente o homem — e logo você terá oportunidade de comprovar isso. Desembainhe a espada e diga-me, homem, por que pôs a sua vida em jogo tão tolamente?

O fato de o monstro Mabonagrin tratá-lo por você e por homem, transgredindo todas as regras das boas maneiras, provava, sem sombra de dúvida, que aquele sujeito não era um cavalheiro, mas um grosseirão, apesar de sua reluzente armadura, e isso fez com que Erek ficasse fora de si de tanta raiva.

— Antes responda-me — gritou Erek, colérico — por que se comporta como um chefe de bandidos e lança sobre o reino a desgraça e a vergonha, em vez de servir à sua dama com dignidade cavaleiresca?

— Mas é tudo por causa dela! — foi a resposta. — Ela é a rainha da beleza e senhora do mundo. Todo o amor conjugal que me foi ofertado em sacrifício não tem nenhum valor diante da beleza dela. E agora chega dessa conversa idiota. Vamos lá, homem!

Mal Erek baixou a viseira e desembainhou a espada, o monstro investiu contra ele. E, como Erek estava sem escudo, ele teve ao menos a decência de jogar o seu num canto.

O terrível duelo teve início. Foi o mais violento e furioso embate que Erek enfrentou. Seu adversário lutava como três Guivrez. Ecoavam no silencioso bosque o retinir das lâminas, e aqueles que, angustiados, acompanhavam de longe o combate viram como um bando de corvos e morcegos assustados abandonou as árvores e as fendas nas rochas, ganhando altura e voejando no ar em círculos. Erek defendia-se com dificuldade dos golpes do homem, que, assim pensava Erek, lutava pela beleza e contra o amor, mas não tinha tempo para compreender o que aquilo significava. Inúmeras vezes os adversários trocaram de posição, giraram um em torno do outro e às vezes paravam, ofegantes, à espreita de um momento de fraqueza, prontos para um golpe ou um contragolpe mortal.

Depois de se haverem enfrentado dessa maneira por mais de uma hora, pareceu a Erek que Enite estava mais afastada, sentada no tronco de uma árvore e pensando nele. Sentiu então uma força renovada em seu braço, como se nesse momento tivesse começado o combate, e a força do amor apoderou-se de seu coração. Além disso, dominava a arte de lutar tanto com a mão esquerda quanto com a mão direita, e nisso levava vantagem sobre seu adversário, que era mais forte e tinha uma armadura mais resistente.

Então, depois que as lâminas se cruzaram por muito tempo, elas se quebraram e as pontas caíram ao chão. Mabonagrin, em vez de seguir as regras da cavalaria, que determinavam que o duelo se interrompesse e os adversários se dessem as mãos ou pedissem que lhes fossem entregues novas espadas, avançou contra Erek e prendeu-o fortemente em seus braços, tentando derrubá-lo. Mas nisso ele se deu mal, pois Erek, na adolescência, treinara luta livre e conhecia todas as artimanhas desse combate. Assim, pouco depois Mabonagrin foi jogado ao chão e levantou a mão em sinal de derrota.

Erek aproximou-se do adversário e levantou a viseira para olhar o rosto daquele que derramara tanto sangue. Fixou os olhos num semblante que não parecia ser o de um ser humano, mas de um diabo, e enquanto Erek mantinha o pé sobre o peito do adversário o rosto diabólico desfez-se, surgindo traços humanos que foram perdendo o vigor e empalidecendo. A boca abriu-se e o sangue começou a jorrar, os olhos perderam o brilho, voltaram-se para dentro e Mabonagrin morreu.

Erek suspirou profundamente e olhou em volta: a tenda e a mulher que estava em seu interior desapareceram como por encanto.

Guivrez e o senhor de Brandigan correram ao seu encontro e cumprimentaram-no. Depois Enite surgiu à sua frente e o casal abraçou-se.

— Foi você quem me deu a força para a vitória — sussurrou Erek.

— Até que enfim o reino libertou-se dessa maldição — disse o senhor de Brandigan —, contra a qual até agora ninguém conseguira fazer nada, pois não estavam possuídos pelo amor verdadeiro como o senhor, sir Erek.

Sentaram-se e Erek perguntou:

— Esclareçam-me, senhores, o segredo desse homem e dessa maldição, pois até agora não consegui entendê-la.

— Não é possível compreender tudo — respondeu Guivrez. — O homem caiu na rede dessa bela mulher, que lhe perturbou a mente de tal maneira que ele acabou ficando louco. Ela era uma enviada do senhor dos infernos. O homem jurou servi-la e transformar sua beleza na lei do mundo. A vontade dela era provar que sua beleza possuía um encanto e um poder maior que a chama de um amor verdadeiro. Então começaram a aparecer os cavaleiros, atraídos como que por um ímã, prontos para lutar pelo verdadeiro amor. Mas eles não amavam com intensidade suficiente — até que você chegou, sir Erek, e o encanto se quebrou.

— Entendo — disse Erek, pensativo —, mas quem quebrou o encanto não fui eu e sim Enite, minha querida mulher.

OS CAVALEIROS DA TÁVOLA REDONDA
— AS AVENTURAS DE GEWAN

Como Gewan conquistou o amor de Obilote e como serviu-a

O nobre cavaleiro Gewan, um dos mais íntimos amigos do rei Artur e por todos considerado um dos melhores cavaleiros da Távola Redonda, foi falsamente acusado de ter matado ardilosamente o rei de Ascalão, e no entanto ele mesmo não sabia nada desses boatos. Muitas vezes se inventam acusações contra os mais valorosos e os mais nobres, envolvendo-os em perigosas aventuras. Por que acontece tudo isso? Talvez para que saiam vitoriosos das aventuras, para a felicidade de outros e para sua própria felicidade.

O cavaleiro e landgrave Kingrimursel, do reino de Ascalão, chegou ao castelo de Camelot e obteve permissão para entrar. Então desafiou o cavaleiro Gewan a apresentar-se em Ascalão dentro de dois meses para um julgamento divino. Os juízes haviam determinado que Kingrimursel o enfrentaria num duelo junto à campa do rei de Ascalão.

Gewan preparou-se para a longa viagem acompanhado de pajens e servidores, pois apesar de sua grande audácia e valentia amava o luxo e a boa vida.

No meio do caminho, ao chegar a um vale profundo, viu um exército preparando-se para atacar um castelo. Ficou sabendo que o jovem príncipe que assediava o castelo chamava-se Melianz e que queria conquistar pela força a donzela Obie, filha do castelão Lippart, por quem estava perdidamente apaixonado. Quando a pedira em casamento, ela rejeitara-o zombeteiramente, dizendo que antes ele deveria mostrar com atos que era digno dela. Ele resolveu então comprovar sua coragem obtendo-a pela força.

Gewan sentou-se debaixo de uma tília para descansar e, curioso, decidiu acompanhar o combate. Ele mesmo não se intrometeria antes de ter vencido o seu desafiante. Além disso, a nobre donzela Obie não estava indefesa. Cercado de seus acompanhantes, Gewan instalou-se ali, despreocupado com o fato de que poderia ficar no meio da batalha. Não se incomodava com isso, mas seus pajens e servidores estavam amedrontados.

Lá no alto, numa sacada do castelo, Obie olhava a planície. Ao seu lado estava sua irmãzinha Obilote, ainda uma meiga criança. Ela percebeu que Melianz e seus homens estavam se aproximando dos muros do castelo e os moradores preparavam-se para rechaçar o ataque.

— Veja ali — gritou a pequena Obilote — um soberbo cavaleiro, debaixo da tília! Será que ele nos ajudará?

— Qual! — retrucou Obie. — É apenas um comerciante. Ele está descansando todo sossegado e assiste ao combate de longe. Essa não é a atitude de um cavaleiro!

A batalha começou e Melianz não teve sucesso no assalto. Lippart e seus homens saíram em seu encalço e puseram-no em fuga. Ambas as partes concordaram em estabelecer uma trégua.

— Não, esse não é um cavaleiro — repetiu Obie — mas um dorminhoco. Veja porém o príncipe Melianz, com que valentia ele usa a espada! Estou até achando que poderia gostar dele.

Mas a visão de Gewan debaixo da tília e o estranho fato de Gewan encontrar-se ali não deixaram Obilote em paz. Tramou um plano para descobrir quem ele era e instigou uma criada para dizer ao seu pai que lá embaixo estava um impostor na posse de bens ilegalmente adquiridos que lhe deveriam ser tomados. "Agora quero ver o que ele faz", pensou ela.

Lippart enviou o senescal até Gewan e ele voltou convencido da identidade do forasteiro.

— Ele não é nenhum impostor — relatou ele a Lippart —, mas um cavaleiro de nobre ascendência que está descansando de sua viagem. Não quer ajudar-nos porque, segundo ele, não tem tempo.

Lippart relatou tudo à sua caçula, acrescentando:

— Talvez você consiga persuadi-lo a nos ajudar.

A menina não perdeu tempo e saiu correndo ao encontro de Gewan. Ele saudou-a com toda a gentileza, como se ela fosse uma dama de alta posição, pois sempre era cortês.

— O senhor é o primeiro homem em quem deposito minha confiança — disse Obilote com ingenuidade.

— Isso me lisonjeia, querida donzela — respondeu Gewan bem-humorado.

— Então vou lhe perguntar algo, senhor cavaleiro — continuou —, algo muito sério e importante, se me permite.

— E o que seria? — perguntou ele.

— O senhor está pronto para servir-me pela recompensa do amor?

— Você fala como uma dama! — riu ele divertido. — Então sou obrigado a responder como homem e cavaleiro — fez uma mesura engraçada e profunda diante dela. — Meus serviços lhe serão concedidos, nobre dama!

— Eu lhe agradeço — continuou a menina, muito séria — e o recompensarei com meu amor.

— Então diga-me — tornou Gewan — que serviço devo realizar para conquistar o seu amor?

— Ajude meu pai, o castelão Lippart, a pôr em fuga o ousado príncipe Melianz! — foi a resposta.

Gewan não teve escolha: foi obrigado a continuar com a brincadeira para não ofender a menina, pois ela falava muito seriamente.

— Muito bem — respondeu ele segurando a mão da menina. — Se esta é a sua ordem eu lhe obedecerei, pois de agora em diante eu lhe pertenço.

Não cabendo em si de felicidade, Obilote retornou ao castelo, mas no meio do caminho ficou preocupada e, ao encontrar sua amiguinha Clodete, lamentou-se:

— Que devo fazer? Um cavaleiro de verdade prometeu servir-me e vai atender ao meu pedido. E eu? Que devo dar-lhe em troca? Prometi-lhe a recompensa do amor, mas como farei isso?

— Pegue um de seus vestidos novos — aconselhou a amiga — separe uma das mangas e envie-a ao cavaleiro. Essa é uma recompensa.

E foi o que ela fez. Como a trégua entre os combatentes ainda não fora interrompida, Obilote mandou uma criada até o cavaleiro para entregar-lhe a manga do vestido. Gewan prendeu-a no seu escudo e jurou, num tom enfático e brincalhão, que sob aquele emblema morreria ou venceria. Depois cavalgou em direção ao castelo.

Mas nesse meio tempo também Melianz conseguiu um aliado. Um certo Cavaleiro Vermelho, cujo nome ninguém sabia, veio ajudá-lo. Assim, no dia seguinte, Melianz e seus homens tentaram novamente o assalto. Do lado direito de seus homens combatia o Cavaleiro Vermelho, que derrubava a todos os que apareciam à sua frente, e do lado esquerdo estava Gewan, que também derrubava a todos. Quando se encontrou frente a frente com o príncipe Melianz, venceu-o sem muito esforço.

E assim o combate terminou, com a vitória dos sitiados. Lippart conduziu os prisioneiros, entre os quais estava o príncipe Melianz, ao palácio. Gewan, que derrotara Melianz, tornou-se seu senhor e ordenou-lhe que se ajoelhasse diante de sua dama, a menina Obilote. Foi o que Melianz fez. Obie, a irmã mais velha, não gostou nem um pouco daquilo e quase brigou com Obilote, que se comportava com a dignidade de uma dama.

— Príncipe — disse ela a Melianz — eu lhe permito pedir perdão à minha irmã. Ela está pronta para ouvi-lo, pois o senhor se mostrou digno dela, apesar de não ter sido o vencedor. Ajoelhe-se diante dela e peça novamente sua mão em casamento.

Corada, Obie pediu que o pretendente rejeitado se levantasse e estendeu-lhe a mão.

— Está satisfeito, meu cavaleiro? — cochichou a menina ao cavaleiro Gewan.

Ao final do banquete que antecedeu o casamento, Gewan despediu-se e beijou na testa a pequena Obilote, que chorava. Ninguém mais viu o Cavaleiro Vermelho, pois ele seguiu o seu caminho. Só mais tarde Gewan ficou sabendo o nome dele: chamava-se Parzival.

Como Gewan e Antígona defenderam-se com peças de um jogo de xadrez

Após esse divertido episódio, Gewan topou com outro bem mais sério, e mais tarde com uma aventura cheia de maldade e muito perigosa.

Seguiu o seu caminho até o reino de Ascalão para não perder o dia determinado para o duelo com o briguento landgrave Kingrimursel. Logo ficou sabendo que, após a morte do rei de Ascalão, do qual era julgado culpado, assumira o reino o jovem rei Fergulat.

Um grupo de caçadores veio ao encontro de Gewan. Após os cumprimentos houve as devidas apresentações: de um lado o famoso Gewan, a caminho de um duelo em Ascalão; do outro o jovem rei Fergulat, que já ouvira falar do duelo, mas no momento não podia preocupar-se com isso. Também não queria ser perturbado no prazer de sua caçada. Desculpou-se com Gewan e pediu-lhe que por enquanto aceitasse a hospitalidade de sua irmã Antígona. Gewan agradeceu o convite e um velho nobre do séquito real acompanhou-o até o castelo de Ascalão.

Foi saudado com toda a cortesia pela bela senhora Antígona:
— Seja bem-vindo, cavaleiro Gewan da Távola Redonda, cuja fama já chegou aos meus ouvidos. Diga-me com o que mais deseja entreter-se: com caçadas, música ou em jogos e justas? E se for de sua vontade ser recebido com um beijo de boas-vindas, não lho negarei.

Após essa fala sincera ela ofereceu-lhe a boca vermelha e, ao beijarem-se, o coração de Gewan ardeu como fogo. A chegada do soberbo cavaleiro, quebrando a vida monótona do castelo, tornou a senhora Antígona tão feliz que também o seu coração se abalou. Assim, ficaram juntos o tempo todo, envolvidos às vezes em conversas fúteis, outras em confidências.

O velho cavaleiro que acompanhara Gewan até o castelo ficou fora de si com o rápido sucesso do forasteiro junto a sua senhora. Além disso, acreditando-o assassino do rei morto, resolveu acabar com aquele doce enlevo e entrou precipitadamente no aposento onde estava o casal. Avançou contra o hóspede, injuriando-o, mas logo percebeu que não conseguiria derrotá-lo. Então saiu correndo e reuniu no pátio do castelo um bando de cavaleiros armados para enfrentarem o atrevido intruso.

A situação ficou perigosa para Gewan, pois ele estava desarmado: havia deixado a espada na ante-sala. A bela mulher ficou vermelha de indignação por essa afronta ao sagrado dever de hospedagem e também temeu pela vida do cavaleiro que estava sob sua proteção e a quem acabara de entregar seu coração.

— Aqui estaremos perdidos — sussurrou ela. — Venha, vamos para os aposentos no alto da torre. Ali poderemos entrincheirar-nos.

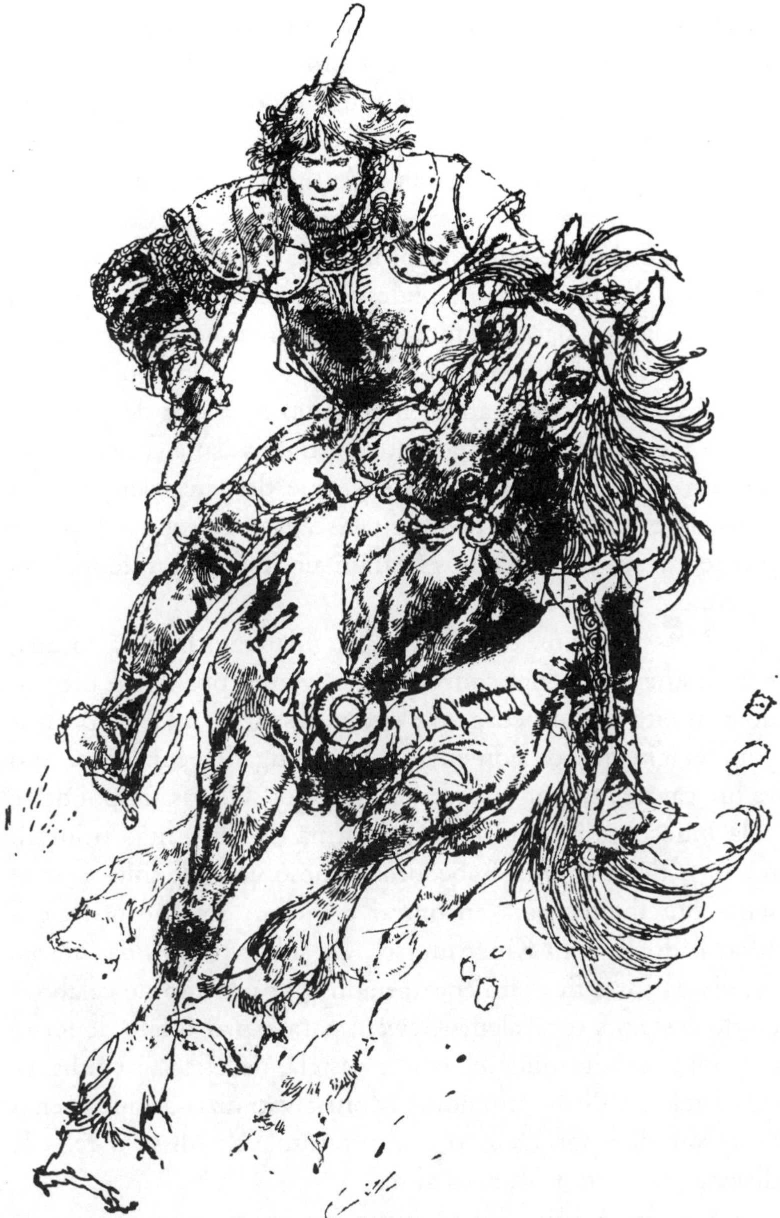

Nesse instante ouviram-se os passos apressados dos agressores. Rapidamente, eles atravessaram corredores e salões, encontraram a escadinha que levava à torre e a subiram em desabalada correria, um atrás do outro, porque a escada, em espiral, era muito estreita.

No alto da torre, Gewan e Antígona constataram que a fechadura do aposento estava quebrada. Os agressores poderiam invadi-lo sem nenhum problema. Então reviraram tudo, em busca de algo com que pudessem defender-se. Em cima da mesa havia um jogo de xadrez com enormes peças forjadas em ferro. Antígona entregou o tabuleiro a Gewan, que o usou como escudo e como arma, golpeando a cabeça de todos os que tentavam invadir o aposento. Antígona batia com as peças de ferro na cabeça dos agressores, que despencavam um em cima do outro, caindo na estreita escada e derrubando outros que tentavam subir. Muitos ficaram ali desmaiados, feridos ou mortos.

Nesse ínterim, o jovem rei Fergulat retornou da caçada, ralhou energicamente com os sobreviventes por terem ofendido o direito de hospedagem e pediu desculpas a Gewan. Antígona exigiu que os homens fossem castigados com rigor, e o velho cavaleiro, por sua vez, exigiu que Gewan respondesse pela indecente intimidade com a irmã do rei. Então o jovem rei teve de usar uma sabedoria salomônica. Reuniu-se com seus conselheiros para encontrar a melhor solução e decidiu adiar o duelo com Kingrimursel. Os sobreviventes da luta na escada da torre ficariam encarcerados por um ano no calabouço do castelo e o cavaleiro Gewan, para expiar o fato de ter-se envolvido em intimidades com a castelã, deveria sair em busca do castelo do Graal, no monte Montsalvat: dizia-se que apenas os escolhidos por Deus o encontravam. Ali, disse o rei, ele deveria rezar e purificar sua alma.

Gewan partiu e por muito, muito tempo procurou o monte Montsalvat, mas nunca o encontrou.

Enquanto isso o cavaleiro Kingrimursel morreu num duelo, e assim o combate com Gewan não aconteceu. A luta nas escadas da torre ficou conhecida como a partida de xadrez de Gewan, e boas gargalhadas foram dadas por causa dessa aventura.

Como Gewan caiu nas armadilhas de Klingsor e como conseguiu sair delas são e salvo

Não longe do tão almejado castelo do Graal, Gewan vagueava aos pés do Montsalvat e não o encontrava. A região jazia sob duplo encantamento, um sagrado e outro profano. O sagrado protegia o castelo do Graal e impedia que aqueles que não fossem escolhidos se aproximassem do lugar, o profano vinha das malignas artimanhas do mágico Klingsor, que armava ciladas, urdia teias de aranha e maquinava armadilhas para servir o poder do diabo.

Por artes da magia, Klingsor dominava uma mulher muito formosa chamada Orgeluse, que atraía nobres cavaleiros e grandes heróis e os corrompia, especialmente aqueles que buscavam o Graal, pois Klingsor odiava o lugar sagrado, o rei do Graal e sua corte de piedosos cavaleiros. Ele mantinha Orgeluse prisioneira em seu castelo encantado, e ela não sabia o que lhe acontecia, porque o mágico apagara toda a santidade de sua mente e de seus sentimentos. E não conseguia escapar de sua prisão, uma vez que nenhum dos homens atraídos por sua beleza e doçura foi capaz de superar as provas do castelo de Klingsor: ou morriam ou corrompiam-se.

Apenas o cavaleiro Gewan, que não encontrou o Graal, conseguiu libertá-la. O destino reserva-lhe a façanha de quebrar o feitiço que prendia Orgeluse.

Após ter partido do reino de Ascalão, os caminhos pela busca do Montsalvat levaram-no à proximidade do castelo de Klingsor, onde encontrou um cavaleiro mortalmente ferido. Gewan tratou da ferida, mas ela sangrava tanto que nada a estancava. O homem contou, reunindo suas últimas forças, que havia procurado a maravilhosa rainha Orgeluse, mas um gigantesco mouro, que servia à rainha, o liquidara.

— Eu o advirto, cavaleiro — disse o moribundo. — Afaste-se desse perigo se pretende aproximar-se dessa mulher. Todos os que caem sob seu encanto estão perdidos. — E, depois de dizer isso, morreu.

Gewan jurou que, no momento em que encontrasse essa mulher sedutora, faria com que ela pagasse caro por servir-se de um mouro para acabar com a vida de um cavaleiro cristão. Mal suspeitava ele que Orgeluse, por ordem de Klingsor, já havia jogado a rede em sua direção.

Ao continuar seu caminho, Gewan aproximou-se de um jardim de rosas. Pairava no ar um dulcíssimo aroma, entre os arbustos voejavam borboletas de indescritível beleza, uma brisa suave e cálida acariciava as flores e um límpido regato murmurejava entre as pedras cobertas de musgo. Então ele viu, sentada à margem da água, uma mulher cuja graciosa beleza lhe arrebatou os sentidos, quase ofuscando-o. Gewan beliscou-se para ter certeza de que não estava sonhando.

Cumprimentou-a respeitosamente e perguntou-lhe se poderia sentar-se ao seu lado. Ela fez um gesto para que ele se sentasse, mas não disse palavra: apenas olhou-o com um leve sorriso nos lábios.

— Se permitir que lhe faça companhia — disse ele, tomando coragem — minha felicidade será completa, graciosa senhora. Diante de sua graça e suavidade, todas as mulheres se desvanecem.

— O senhor, cavaleiro Gewan, não disse a mesma coisa à senhora Antígona quando jogou xadrez com ela? — perguntou a moça, num tom levemente irônico.

— Então a senhora sabe quem sou eu? — disse ele, admirado.

— As notícias sobre as suas aventuras correm mundo — respondeu ela.— Aqui, entretanto, espera-o uma aventura da qual seria melhor afastar-se. Vá embora daqui, é o que lhe peço sinceramente. Ao meu lado só encontrará a vergonha e a morte.

— A senhora é Orgeluse, a dona do castelo de Klingsor? — perguntou ele. — Também corre mundo a notícia de que a senhora pertence a um poderoso mágico. Faço pouco caso de seu pedido.

— Não é um pedido, mas uma ordem — disse ela, olhando-o amorosamente, como se quisesse dizer para ele ficar. E continuou falando, num tom insensível e frio: — Se nem o nome Orgeluse nem o nome Klingsor o assustam, então ande pelo reino e conte os túmulos daqueles que perderam a vida por minha causa. Há nomes de orgulhosos cavaleiros entre eles. Apiede-se dos aleijados que perderam braços e pernas e lastime a sorte de Amfortas, rei do Graal, que trocou um beijo meu por uma ferida incurável que não pára de supurar.

Enquanto falava ela ia desfolhando com suas delicadas e alvas mãos uma rosa, depois outra e outra, deixando as pétalas caírem em seu colo.

— Tais advertências não me assustam, graciosa dama! — respondeu Gewan, rindo. — Os perigos que tão misteriosamente a rodeiam me atraem com intensidade, pois um cavaleiro da Távola Redonda não costuma fugir ao perigo.

— Sei disso, Gewan — retrucou ela. — Portanto, vá em frente. Mas não se esqueça de que o mágico Klingsor é mais forte que você.

Descreveu-lhe o caminho até o castelo e advertiu-o de que deveria apresentar-se cordialmente e solicitar hospedagem.

— Mas fique alerta — acrescentou ela — quando se recolher ao leito. O abraço que receberá é mais amargo do que uma fruta envenenada, mais doloroso do que a ponta de uma flecha envenenada, e pesará sobre o seu peito como um rochedo.

Gewan não perdeu tempo tentando decifrar o sentido obscuro dessas palavras. Curvou-se diante da dama, montou seu corcel e partiu. Dali a pouco avistou as ameias do castelo encantado, que sobressaíam bem alto, acima da copa dos pinheiros. No momento em que chegou à margem de um rio que cruzava a trilha, pareceu-lhe de longe que a visão do castelo não era amedrontadora, mas convidativa, principalmente por causa das belas moças que espreitavam pelas janelas.

Bateu à porta da cabana do barqueiro e pediu-lhe para levá-lo até a outra margem. No meio do caminho comentou que alegrava-o ir a um lugar onde havia tantas moças bonitas em vez de lanças, catapultas e braseiros.

Horrorizado ante tamanha ignorância, o homem bateu a mão na testa e exclamou:

— Caro senhor, tome cuidado! O castelo é como uma virgem de ferro, que por dentro tem pontas de punhais que o ferirão mortalmente no momento em que o senhor entrar e os portões se fecharem. As moças que viu são prisioneiras do mágico e observam ansiosas a chegada de alguém que as libertará.

— Conte-me tudo o que sabe sobre o castelo, bom homem — pediu Gewan.

— Não sei muita coisa — foi a resposta — pois ninguém que levei à outra margem regressou. Só sei que o senhor deve precaver-se contra a cama louca.

Mas, quando Gewan pediu mais explicações, o homem não soube responder mais nada, e assim ele o pagou e subiu as escadarias que levavam ao portão. Antes mesmo de bater, o portão abriu-se e após sua entrada se fechou, sem a presença de vivalma. Gewan atravessou salões, salas e corredores, procurando as lindas moças que vira à janela, mas não as encontrou, e nem uma pessoa apareceu para recebê-lo. Seus passos ecoavam através dos aposentos vazios com suas paredes de mármore.

Ao abrir uma porta ricamente ornada de pedras preciosas, e viu-se diante de um gigantesco leão, que o atacou soltando urros medonhos. Mal teve tempo de proteger-se com o escudo, o qual foi atingido por um golpe da pata do monstro. Gewan era forte, e o escudo manteve-se firme em suas mão, mas o golpe fora tão violento que as unhas do leão enterraram-se no bronze do escudo e ali ficaram presas. Furioso, o animal batia com as outras patas sobre o escudo, tentando libertar-se, e Gewan aproveitou o momento para cortar com três golpes certeiros as outras patas do animal, que rolou pelo chão e sangrou até morrer.

Depois Gewan entrou num outro aposento ricamente mobiliado, no qual havia uma cama. Ele pensou: "Se esta é a cama louca, contra a qual o barqueiro me advertiu, que seja bem-vinda". Deitou-se para descansar, mas manteve-se em sua armadura, e no momento em que ia mergulhando num sono profundo a cama começou a movimentar-se e a girar cada vez mais depressa, numa louca ciranda. Gewan sentiu a cabeça flutuando e com grande esforço conseguiu manter-se lúcido.

Então surgiram atrás dele monstros sibilantes de goelas abertas; cobras venenosas arrastavam-se pelo chão e, com os pescoços intumescidos, levantavam-se em direção ao herói; do alto do teto partiu uma saraivada de flechas incendiárias e dardos envenenados que atingiam a cama e envolviam tudo numa fumaça sufocante. Como todas essas aparições infernais não conseguissem abalar a vontade férrea do herói, todo aquele terror desapareceu e a cama ficou imóvel. Em vez de aparições, agora um corpo gelado, coberto de escamas, estava deitado ao seu lado, tentando prendê-lo num abraço; uma boca buscava a abertura da viseira para alcançar-lhe o rosto; um aroma de rosas, como o das rosas que Orgeluse desfolhara, desprendia-se daquele corpo. Mas logo depois já não era um aroma de rosas, e sim um fedor asqueroso. Tomado de nojo, Gewan, num esforço extremo, conseguiu libertar-se daquele corpo, pulou da cama, levantou-se e fez o sinal da cruz. Num fechar de olhos tudo se acabou e a paz retornou. Nas paredes de mármore abriram-se portas e o aposento foi invadido por mulheres de diferentes idades que o cercaram com os olhos brilhando de alegria, algumas trazendo jarros de vinho para revigorá-lo. Reconheceu nessas mulheres as prisioneiras de Klingsor, mas ainda assim desconfiou das tramóias do mágico e afastou-se. Elas porém asseguraram-lhe que o feitiço se quebrara: nenhum mágico o ameaçava mais. Klingsor perdera a batalha.

Com o coração mais aliviado, Gewan perguntou pela bela Orgeluse. Elas disseram-lhe para olhar pela janela, e ele viu-a montada num corcel branco, cavalgando em direção ao castelo Saiu, então, correndo ao encontro dela. Ergueu-a da sela e quis abraça-la, mas seu rosto estava duro como pedra e seu corpo parecia preso num espasmo.

— Senhora — disse ele — consegui enfrentar a cama louca e as aparições do mágico e libertar do encanto as pobres mulheres. Diga-me o que devo fazer para libertar seu último instrumento, você, a mais doce de todas as mulheres, e assim poder conquistar seu amor. Creia-me, mesmo que o preço seja muito alto, hei de consegui-lo.

Ele assegurou-lhe o sacrifício com palavras ardentes, mas ela manteve-se fria e distante:

— Vê lá no alto o galho do freixo? Pois corte-o e então aparecerá diante de você um homem. Quero que me traga sua cabeça.

— Assim será! — exclamou Gewan. Subiu à árvore, cortou o galho e imediatamente apareceu atrás do tronco, que era tão largo quanto uma torre, um homem envolvido por uma armadura. Imediatamente a mão de Gewan foi em direção à sua espada. Mas então percebeu que o adversário estava desarmado.

— Pegue a sua espada, senhor! — gritou Gewan para o desconhecido. — A bela Orgeluse me dará o seu amor se eu a presentear com a sua cabeça.

— Bem sei — retrucou o homem desarmado, num tom apático. — Estou preso a essa árvore por palavras mágicas e à espera daquele que me matará. Para mim não há espada e nem defesa. Você deve ser um grande herói para ter quebrado o encanto mágico do castelo de Klingsor. Sua espada arrebentará facilmente o meu elmo e nada o separará do amor de lady Orgeluse. Vamos, ataque!

— Meu Deus! — gritou Gewan, recuando. — Que está dizendo? Um cavaleiro da Távola Redonda do rei Artur manchar

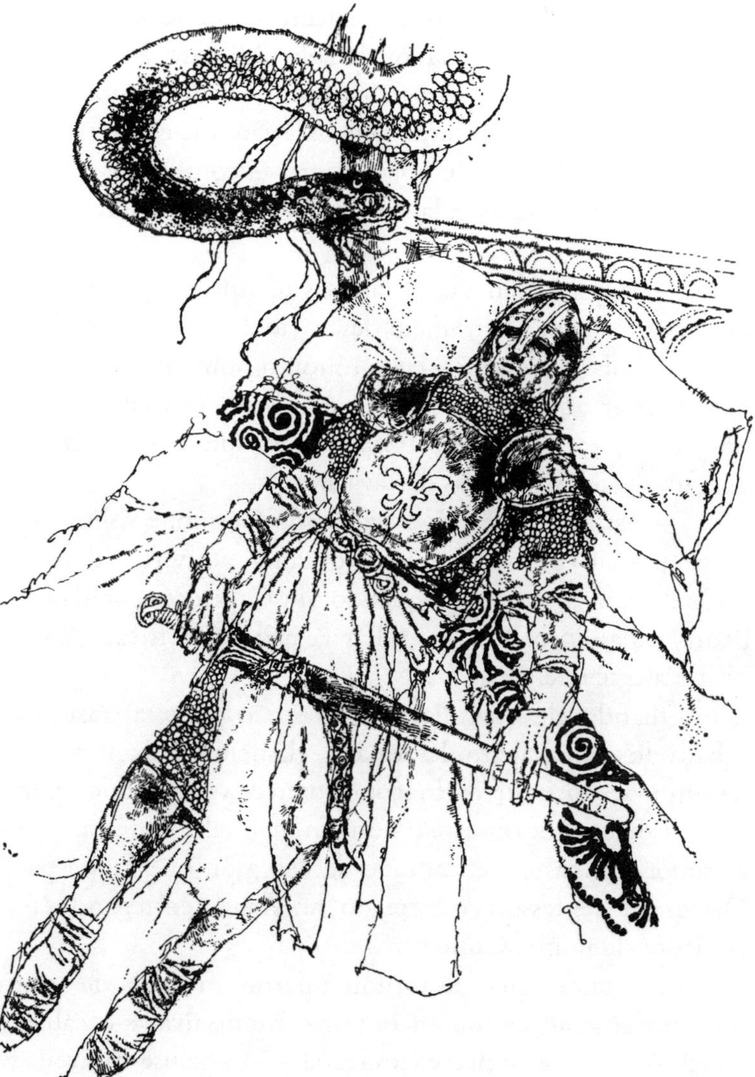

sua honra matando um homem indefeso? Certamente esta é a última e a mais maligna e demoníaca artimanha de Klingsor. Vamos, arranje uma espada e vamos lutar honrosamente.

— Não — disse o outro, balançando a cabeça. — Você deve conquistar agora o amor de lady Orgeluse. Se não fizer o que ela pediu, o mago a levará embora para um reino distante, no Oriente. Então será tarde demais. Mate-me e liberte-a.

Gewan foi assaltado por um terrível conflito de consciência, mas não seguiu as palavras do homem e foi com amargura que disse:

— Jamais! Não posso fazer isso! Adeus, querido amor. Gewan não mata um homem desarmado!

— Você é Gewan? — perguntou o homem. — Orgulho-me de estar aqui com você. Se por acaso nos encontrarmos novamente, eu, o cavaleiro Gramoflanz, lutarei honrosamente e segundo todas as regras da cavalaria.

— Assim está certo! — exclamou Gewan, e voltou-lhe as costas para ir embora. Estava retornando ao portão do castelo onde deixara o seu corcel quando viu Orgeluse sentada numa pedra, olhando-o. Em seu olhar já não havia frieza, mas um brilho alegre e feliz.

Quando ele quis dizer-lhe que não poderia trazer-lhe a cabeça de um cavaleiro desarmado, ela nem o deixou começar: levantou-se abrindo os braços e ofereceu-lhe a boca para o beijo. Então ele tornou-se o homem mais feliz da terra. Levou-a embora do castelo encantado de Klingsor, que fugira para o Oriente, e regressou à corte do rei Artur, entregando-a aos cuidados da rainha Guinevere.

Mais tarde, quando tornou a partir em busca de aventuras e novamente tentou encontrar o Montsalvat e o cálice do Graal — que ele nunca encontraria — Orgeluse morreu. Era muito delicada de corpo e alma, como uma sílfide. Morreu de maneira suave e pacífica, tendo sido honrada e admirada até o fim de seus dias por todos os cavaleiros da Távola Redonda.

OS CAVALEIROS DA TÁVOLA REDONDA — LANCELOTE DO LAGO

Lancelote e o Castelo Sem Nome

O segredo que envolvia o nascimento e a origem de Lancelote, conhecido como o Cavaleiro do Lago, permaneceu inescrutável; dizia-se que Viviane, a ninfa das águas, era sua mãe e fora também quem o criara e educara, o que deve ser verdade, mas o cavaleiro nunca soube quem foi seu pai. O destino reservou-lhe a honra de ser pai de Galahad, o "último cavaleiro", o último a sentar-se à Távola Redonda no último lugar vago, sobre o qual se profetizara que só poderia ser ocupado pelo mais puro e imaculado de todos os cavaleiros. Tão logo ele deixasse o lugar vago, assim também foi profetizado, teria chegado o fim da Távola Redonda e da cavalaria.

Assim esse lugar ficou vago por muito tempo e, angustiados, o rei Artur e seus fiéis cavaleiros esperavam o homem que iria ocupá-lo.

Lancelote do Lago era o mais corajoso e o mais leal dos cavaleiros, mas dedicava toda a sua lealdade à rainha Guinevere, a quem servia e entregava todo o ardor de seu coração. Mesmo assim estava determinado que o nobre cavaleiro um dia a trairia. E isso começou quando ele resolveu partir em busca do Castelo Sem Nome.

Contava-se que naquele maldito castelo, situado além das fronteiras e além do rio Corbin, também conhecido como rio

Aqueronte, o rio do Inferno, estava aprisionada uma donzela guardada por um dragão. Ela era martirizada por quentíssimos vapores de forma tão torturante que ninguém podia imaginar as dores que era obrigada a suportar. Ademais, ninguém podia imaginar por meio de que poder infernal e com que objetivo isso acontecia.

Então Gewan, o grande e valoroso cavaleiro, que já era um homem maduro, resolveu procurar o Castelo Sem Nome e libertar a virgem martirizada. Mas, não encontrando o caminho, vagueou desconsolado ao longo da margem do rio e por fim voltou ao castelo de Camelot. Pela segunda vez em sua vida havia falhado. Já falhara outra vez na busca do cálice sagrado do Graal e amaldiçoou seus olhos tolos.

No momento em que Keye, marechal do rei, o zombador, começou a motejar daqueles que resolviam realizar coisas grandes demais, para as quais não estavam à altura, Lancelote o descompôs com duras palavras e solicitou autorização ao rei para partir em busca do Castelo Sem Nome.

Após cavalgar vários dias, chegou ao rio Corbin, encontrou um vau que atravessou a cavalo e logo cresceu diante de seus olhos um enorme castelo, o maior que ele vira em sua vida, muito mais belo e imponente que o de Camelot. Torres douradas coroavam as muralhas, tantas que ele perdeu a conta. Elas apontavam para além de uma região selvagem, rochosa e coberta de florestas.

Pouco antes de atingir a ponte sobre o fosso, viu uma capela à margem do caminho, desmontou e entrou com a intenção de fortalecer seu ânimo com uma prece. Diante de uma cruz de madeira, ajoelhou-se e rogou as bênçãos dos céus para sua aventura. Ao levantar-se, viu num canto da capela a pesada tampa de um túmulo no qual havia uma inscrição: "Levante a pedra e vença aquele que se erguer do túmulo, do contrário fracassará em sua missão".

Então ele puxou com todas as forças o aro de bronze da parte de cima da tampa e a placa de mármore levantou-se lentamente. No mesmo instante, Lancelote recuou aterrorizado, pois um monstro, sibilante e soltando terríveis vapores, pulou em sua direção e tentou atingi-lo com violentos golpes das patas. Se Lancelote não tivesse saltado rápido como um raio, teria sido morto e esmagado. Com a espada em punho, arrancou de um só golpe a pata do monstro, que entretanto continuou viva, agitando-se furiosamente de um lado para outro, mas por fim parou e se desfez em cinzas.

O dragão avançou em sua direção soltando fumarolas venenosas que quase o fizeram perder os sentidos, obrigando-o a recuar até a parede oposta do santo lugar. O dragão ficou de pé sobre as duas patas traseiras, a fim de esmagar o cavaleiro com o peso de seu corpanzil, e como atrás do monstro estava a grande cruz de madeira, assemelhava-se, nessa posição, a um escárnio infernal da crucificação do Salvador. Lancelote viu ao seu lado uma lança e arremessou-a contra a barriga branca do monstro com tanta força que a lança atravessou o corpo do dragão e ficou presa na cruz. O dragão soltou o último bafo e no mesmo instante transformou-se num monte de cinzas que desabou diante da cruz, e assim terminou o combate.

Respirando fundo, o vencedor saiu da capela e deparou com uma multidão que o saudava jubilosa. Jovens e velhos cercavam-no para beijar-lhe a mão.

— Viva o valoroso cavaleiro que acabou com o monstro maldito e libertou os pobres de seu martírio!

Lancelote voltou-se para um velho e perguntou-lhe:

— Diga-me, paizinho, o que me aguarda ali no Castelo Sem Nome?

— Lá em cima, no último aposento — disse o velho — está a nobre Elaine, acorrentada à parede, padecendo ininterruptamente com os vapores que lhe queimam a pele. Mas nenhum morador do castelo pode ajudá-la, nem mesmo seu pai, o castelão Pelles, pois um mago mantém o aposento trancado. Apenas aquele que venceu o dragão do túmulo pode quebrar o encanto, e você o fez.

E o velho continuou:

— A angústia e a compaixão pelo sofrimento da princesa aumentavam dia a dia; o corajoso cavaleiro Gewan aproximou-se do rio, mas não encontrou o vau e não conseguiu avistar o castelo. Um piedoso ermitão veio nos consolar dizendo que chegaria o dia em que a pobre mulher seria recompensada por todo aquele sofrimento, pois ela fora escolhida para trazer ao mundo o mais puro dos heróis. Como se explica que ninguém conseguiu abrir o túmulo e dominar o dragão? Mas agora isso aconteceu, senhor cavaleiro: vá e termine sua admirável façanha.

Lancelote aproximou-se do portão do castelo e forçou a fechadura; o portão abriu-se sem dificuldade, dando acesso a um enorme pátio onde não havia vivalma. Para onde se dirigir? Viu muitas portas, e uma delas estava encostada. Abriu-a e entrou no castelo. Atravessou salões e corredores infindáveis, salas com paredes de mármore, pequenos aposentos, estreitas alcovas e corredores de tetos altos, e sempre havia mais uma porta aberta indicando-lhe o caminho.

Quanto mais adentrava a passos rápidos aquela construção multiforme, mais asfixiante se tornava o ar: eram vapores quentes e úmidos, tais como aqueles descritos pelos viajantes, que escapam do subsolo de uma ilha longínqua. Para não sufocar, Lancelote libertou-se da armadura e do elmo. Por fim chegou a um salão no qual estava um tanque de mármore, de onde ascendiam os vapores. Numa das paredes viu o vulto de uma mulher de braços estendidos. Ao aproximar-se, ouviu o retinir de argolas de ferro despencando ao chão e a princesa libertou os braços.

— Aproxime-se, Lancelote do Lago, corajoso herói — disse a donzela — sou-lhe grata por ter-me libertado deste martírio sem fim. Não se preocupe, o que aqui escoa são as últimas exalações do dragão. Daqui a pouco elas terminarão.

Mal disse isso e os vapores extinguiram-se, restando apenas um pequeno assobio; por fim o encanto acabou e Lancelote viu à sua frente uma encantadora donzela.

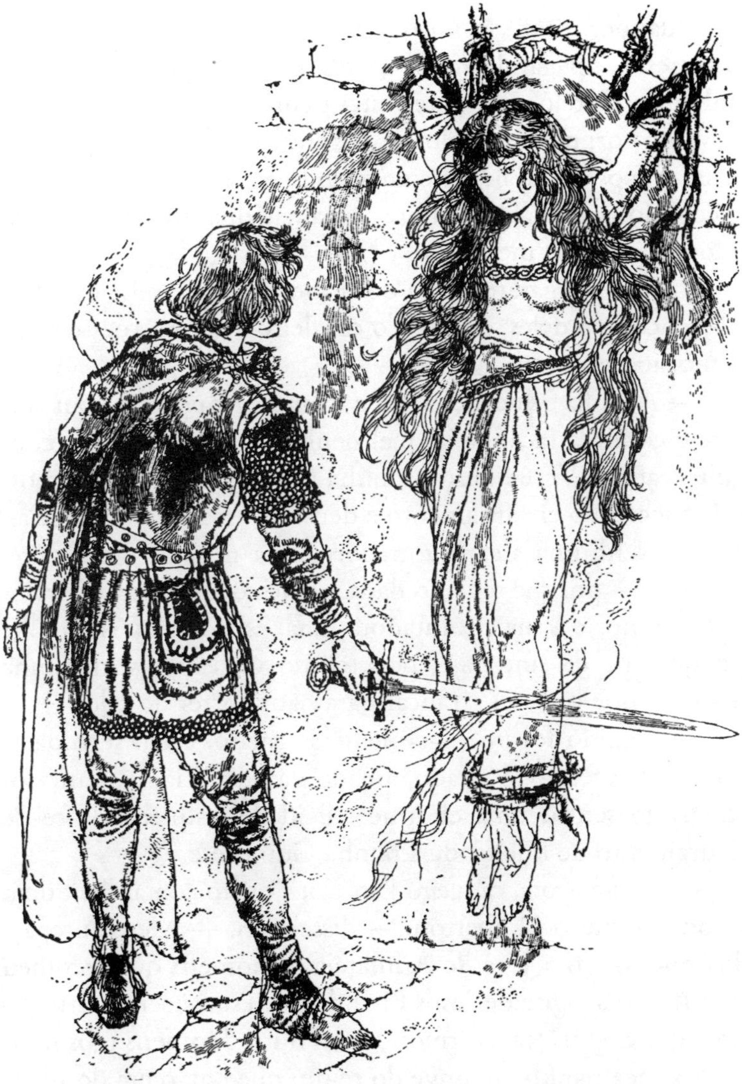

— Então sabe quem sou eu? — perguntou Lancelote.
— Sim — respondeu ela. — E eu sou Elaine, filha do rei Pelles. Vou levá-lo à presença dele para que lhe agradeça pessoalmente.

Quando saíram, o salão parecia ter sido varrido por um vento fresco, apagando todos os vestígios do vapor e do calor. Também o castelo, que antes estava como morto, agora libertara-se do torpor. Por todos os lugares havia criados, criadas, pajens, grupos de cavaleiros conversando em roda, sons de música ecoando pelos salões, nobres e damas divertindo-se e regalando-se em fartas mesas.

Por fim chegaram à sala do trono. Pelles, o rei e castelão, foi ao encontro deles, abraçou o cavaleiro e com a voz trêmula de emoção disse:

— Agradeço-lhe de todo o coração, cavaleiro, por sua nobre e corajosa façanha, a qual nenhum outro cavaleiro conseguiu realizar. Você libertou minha filha de uma dor insuportável, quebrou o encantamento e deu-nos uma imensa alegria.

— Nenhuma alegria é maior que a minha — retrucou Lancelote — por me ter sido dada a graça de poder proporcionar, ao senhor e à sua encantadora filha, esta alegria. Agora lhe peço que me dê um traje, pois, como vê, estou sem minha armadura, que precisei arrancar para não morrer de calor.

Seu pedido foi imediatamente satisfeito, e em seguida se serviu uma refeição. Sentado ao lado da doce Elaine, Lancelote do Lago sentiu uma enorme felicidade, esquecendo-se de seu juramento de fidelidade à rainha Guinevere.

— Escute agora, cavaleiro Lancelote, quero contar-lhe quem é a donzela que você libertou. — disse o rei. — Meus antepassados remontam a José de Arimatéia, o homem que recolheu numa taça o sangue de Jesus quando Ele estava sendo crucificado e que depois transformou-se em ouro. Homens pios levaram essa taça para bem longe do reino, que então era dominado por infiéis. Ela ficou sendo conhecida como o Santo Graal, que hoje está sob a guarda dos santos cavaleiros da montanha de Montsalvat. A história de meus antepassados sempre esteve ligada ao Graal, e talvez isso explique por que uma artimanha demoníaca armou essa cilada para mim e minha filha, aprisionando-a num martírio sem fim. Não redimimos nossas próprias culpas, mas pagamos parte da culpa que a humanidade, sempre e renovadamente, impõe a si mesma. Como recompensa, assim nos foi profetizado, nossa filha dará à luz um ser puríssimo, perfeito e sacerdotal.

Lancelote do Lago passou muitas semanas no Castelo Sem Nome e foi-se envolvendo cada vez mais num amor abrasante pela doce Elaine, mas mesmo assim não conseguia decidir-se a declará-lo ou a retornar ao castelo de Camelot. Um dia, Pelles chamou-o de lado e disse:

— Cavaleiro, como devo entender o fato de continuar a chamá-lo de meu hóspede? Termine a sua obra, a façanha da libertação ainda não terminou.

Lancelote entendeu o que o rei queria dizer-lhe e a indecisão chegou ao fim. Com voz trêmula, retrucou:

— Se a donzela Elaine gostar de um cavaleiro de quem se desconhece a linhagem, então peço que ela seja minha mulher.

— Todo mundo sabe — disse Pelles — que a boa fada Viviane é sua mãe e que foi ela quem o educou. Essa linhagem não é suficientemente importante? Não, cavaleiro, não há dúvidas quanto à sua dignidade, o senhor é descendente de elevada estirpe e é uma grande honra entregar-lhe minha filha como esposa.

Então as bodas foram celebradas com todo o luxo, magnificência e alegria. E meses mais tarde, quando chegou a hora, Elaine deu à luz um menino a quem chamou Galahad.

Galahad no castelo de Camelot

Muitos anos se passaram. Havia já muito tempo que os heróis da Távola Redonda se admiravam com o fato de Lancelote não regressar. Ninguém trazia notícias dele; com toda a certeza, importantes aventuras mantinham-no ocupado em reinos distantes. Nem mesmo sabiam se ele havia encontrado o Castelo Sem Nome e se libertara a donzela de seus sofrimentos. Tudo o que se referia a esse castelo estava envolto em espessa e misteriosa bruma. Assim, só lhes restava ter esperanças de que um dia ele retornaria, quando sua missão terminasse.

O último lugar da Távola Redonda permanecia vago. Estava reservado para um único escolhido. E na véspera da festa de Pentecostes, que o rei Artur, como sempre, passaria junto aos seus fiéis companheiros, um grupo de mulheres, todas com trajes monacais brancos, cruzou inesperadamente o portão do castelo, trazendo no meio delas um adolescente de radiosa beleza.

Eram doze freiras. A mais velha, a abadessa, apresentou-se ao rei Artur, inclinou-se e disse:

— Rei Artur, aqui lhe trago Galahad, que descende diretamente de José de Arimatéia e é, portanto, aparentado com a família que nos ofertou o nosso Salvador. Por determinações superiores, ele foi nos entregue por sua mãe quando o espírito de seu pai toldou-se e sua mente se desorientou. Nós o criamos e agora o entregamos, também por determinações celestiais, aos melhores cavaleiros da Távola Redonda. Ele é o ser puro e imaculado que completa o círculo dos melhores cavaleiros. A você, rei Artur, foi dada a incumbência de armá-lo cavaleiro, apesar de sua pouca idade, pois é ele quem deverá ocupar o "último lugar".

Admirados, todos voltaram-se para o adolescente que estava ali de pé, silencioso, com os olhos postos ao longe, como se tudo fosse um sonho, e ele conquistou imediatamente o coração de todos.

— Enquanto ele estiver com os senhores — continuou a abadessa —, a sorte estará do lado de vocês, mas quando ele partir será o começo do fim da cavalaria e uma nova era começará.

Após essas palavras as mulheres retiraram-se e o jovem permaneceu no castelo. Artur armou-o cavaleiro, como lhe fora dito, e Galahad tomou assento no último lugar vago da Távola Redonda.

Mas ele permaneceria com seus novos companheiros apenas por um único dia.

Era no dia de Pentecostes, por volta do meio-dia, o momento em que a festa do Espírito Santo chegava ao auge. Silenciosos, os cavaleiros estavam sentados à Távola em piedosa meditação. Repentinamente, o céu escureceu e pesadas nuvens varreram o firmamento. Eram tão ameaçadoras que alguns dos que ali estavam acreditaram que seriam atacados por um monstro multiforme. Os trovões ribombaram, o estrondo ecoou pelo castelo como se a terra fosse fender-se e como se estivesse anunciando o fim do mundo. O grande salão no qual estavam reunidos os heróis tremeu. Então as nuvens da tormenta dispersaram-se, os trovões se desvaneceram, uma parte do céu abriu-se num azul profundo e um raio de luz, mais forte que a luz do sol, atravessou o arco ogival da janela. O raio, enviado por forças divinas, entrou no coração dos heróis e abriu-lhes os olhos para que presenciassem um maravilhoso acontecimento.

A porta abriu-se sem que ninguém a tocasse e mãos invisíveis trouxeram um relicário coberto por um manto tecido de ouro. Lentamente aquele objeto misterioso plainou pelo salão, provocando um arrepio de espanto e encantamento em todos, e por fim pousou sobre a távola diante de Galahad.

Ele afastou o manto e apareceu um cálice forjado a ouro. Todos sabiam que era o Graal, o recipiente sagrado no qual fora recolhido o sangue do Salvador. Ninguém jamais vira o Graal, mas ainda assim todos o reconheceram

Um doce aroma envolveu todo o ambiente. Galahad levantou-se e disse, numa voz baixa e clara como a de uma criança:

— Com este cálice alimentarei e saciarei a sede de todos vocês. Que cada um escolha aquilo por que seu coração mais anseia, pois todos os alimentos emanam da fonte celestial.

Depois, com o cálice entre as mãos, contornou a távola e ofereceu a cada cavaleiro o alimento e a bebida que desejava. Todos sentiram-se fortificados e, quando a refeição terminou,

Galahad pousou o cálice novamente sobre a mesa e cobriu-o com o manto. Como antes, o relicário foi levado por mãos invisíveis e a porta fechou-se.

A luz do dia retornou ao salão, as feições dos cavaleiros voltaram ao normal e, como se acordassem de um sonho, eles começaram a falar baixo e timidamente. Apenas o adolescente do último lugar permaneceu em silêncio, apartado de todos. Por fim levantou a mão e os presentes silenciaram, atentos.

— Como o raio divino os iluminou, eu li os segredos de seus corações. Em todos reconheci a luta, o sofrimento, a dor, as disputas e os perigos, mas também elevada virtude, como encontramos em poucos homens. — Interrompeu a fala, baixou o rosto tomado pela tristeza e depois continuou: — Mas há um entre vós cheio de máculas, de cujas culpas ninguém o conseguirá libertar. Por causa dele vocês sucumbirão. Como não tenho o poder de ajudá-los, terei que partir. Não perguntem para onde irei.

Todos permaneceram sentados, transidos de susto.

— Fique conosco, nobre Galahad! — implorou o rei Artur. — Você precisa mesmo partir? Fique conosco, para que a mais bela irmandade da terra não se desfaça miseravelmente. E diga-me quem é esse homem que nos trará tanta desgraça. Ah, amei meus fiéis companheiros acima de tudo neste mundo!

Ele chorava, e quando os outros viram o seu rei chorando, todos choraram também. Galahad meneou tristemente a cabeça e em silêncio retirou-se do salão. Ninguém mais o viu.

Todos choravam, menos um. Este ria furtivamente. Era Mordred, o filho do rei Artur.

O sofrimento de Lancelote

Durante algum tempo Lancelote viveu ao lado de Elaine, sua mulher, no Castelo Sem Nome, mas após o nascimento de seu filho tornou-se sombrio e de coração contrito.

O que havia acontecido com ele? Não tinha durante toda a vida servido à rainha Guinevere, e não havia lhe jurado eterna fidelidade? Então partira para realizar uma boa obra e após terminá-la se perdera, entregara seu amor e sua fidelidade a outra mulher e não regressara para a rainha de seu coração, permanecendo ocioso no Castelo Sem Nome.

À noite não conseguia conciliar o sono, revirava-se na cama, irrequieto, e pensava na rainha distante e não em sua adorável esposa. A consciência acusava-o, e durante o dia ele procurava ficar longe de Elaine. Vagueava pela floresta e caçava. Se por acaso via alguém, escondia-se de vergonha atrás de arbustos. Nunca mais usou a armadura, esqueceu a espada em seu aposento, a barba lhe cresceu e o cabelo emaranhado caía-lhe pelas costas. Parecia um vagabundo das estradas. Quando se lembrava de Guinevere e via em pensamento sua sublime figura, era dominado por terrível angústia.

Um dia, em suas andanças, atravessou o rio Corbin, exatamente no vau que outrora cruzara como esplêndido cavaleiro. Passou muitos dias e noites vagueando pela floresta, quando novamente a consciência o aconselhou a voltar para junto de sua esposa, Elaine, a fim de pedir-lhe que o esquecesse. Encontrou novamente o vau e atravessou o rio. Mas o castelo de muitas torres, que podia ser avistado dali elevando-se sobre as rochas, já não estava lá. Como por encanto, desaparecera da face da terra.

Lancelote atravessou o reino de ponta a ponta e por fim retornou ao rio, mas o castelo sumira sem deixar vestígios. Então ele resolveu voltar ao castelo de Camelot, para junto de seus companheiros da Távola Redonda. Mas parecia um vagabundo, sem armadura e sem espada. Não muito longe do castelo de Camelot, encontrou um cavaleiro. Era Mordred, o filho do rei Artur. Lancelote pediu-lhe que parasse e perguntou-lhe:

— Você é o príncipe Mordred da Távola Redonda, filho do rei Artur?

— O que você tem com isso, salteador! — respondeu Mordred, num tom agressivo. — Dê o fora!

— Não me reconhece? — perguntou Lancelote.

— Reconhecer quem? — gritou Mordred. — Saia da minha frente!

— Eu não tenho armadura, como bem vê — retrucou Lancelote. — Então, como posso então enfrentá-lo?

— Lutar comigo? Mas você é mesmo um idiota!

— Dê-me a metade de sua armadura, príncipe Mordred. Eu sou um cavaleiro, como você. Chamam-me Lancelote do Lago.

— Se é realmente Lancelote — sibilou Mordred, com ar atrevido —, então que fique por onde perambulou até agora. Um cavaleiro que perde suas armas não tem nenhum valor.

— Eu não perdi minhas armas num combate. Deixei-as num castelo que não existe mais. — Em seguida, agarrou as rédeas do corcel de Mordred.

— Saia do meu caminho! — gritou Mordred novamente.

— Como me insultou — disse Lancelote —, quero duelar com você e para isso preciso da armadura. — Rapidamente agarrou o outro e derrubou-o da sela. Mordred assustou-se, pois agora reconhecia que aquele homem era de fato Lancelote, e tentou safar-se com um gracejo.

— Se você é realmente Lancelote, então se tornou um grande zombador. Quem poderia reconhecê-lo com essa aparência? E se dividirmos a armadura não poderemos duelar corretamente. Vamos deixar isso de lado e esquecer o caso.

Mas Lancelote já lhe arrancara a manopla, o elmo e o escudo.

— Isso já está bom. — disse satisfeito. — Vamos voltar a Camelot, para que todo mundo veja que Lancelote ainda é um meio cavaleiro que, muitas vezes, vale mais do que um inteiro.

De pouco adiantaram os protestos de Mordred: teve que sujeitar-se à brincadeira. Quando entraram no castelo, todos ficaram felizes com o retorno de Lancelote, mas também deram boas risadas com o aspecto dos dois. E muitos repetiram a frase de Lancelote:

— Lancelote retorna como um meio cavaleiro que, muitas vezes, vale mais do que um inteiro.

Mordred estava furioso e com o coração cheio de ódio. Mortificava-o também o fato de Lancelote ser recebido com toda a cordialidade pela rainha Guinevere e continuar a servi-la e a venerá-la, como só seu marido poderia fazê-lo.

O rapto de Guinevere

Jubilosa pelo retorno de seu cavaleiro, a rainha Guinevere solicitava muitas vezes a presença de Lancelote, mais do que a decência o permitia, e ele, por sua vez, ficava muito feliz em poder ficar com ela. Mas essa intimidade desencadeou terrível falatório e também constituía uma infâmia, pois era contra as normas da corte a rainha privilegiar de tal forma um dos dez cavaleiros que compunham a sua comitiva. Contudo, nenhum dos jovens cavaleiros da comitiva de Guinevere ousava desafiar Lancelote, considerado invencível por todos.

Certo dia, ao entardecer, o rei Artur e a rainha Guinevere estavam apoiados à balaustrada da janela e olhavam o rio que corria junto ao muro do castelo de Camelot. Então notaram que se aproximava uma barca na qual estava deitado um vulto todo envolto em panos, enquanto atrás estava sentado um homem que segurava o remo. O rei ordenou que perguntassem ao homem quem estava sendo transportado. Descobriu-se que ali estava uma morta, uma mulher jovem e muito bonita. Ao ser perguntado sobre quem era a bela jovem, o remador não respondeu, porque era mudo.

A morta foi levada ao castelo e colocada em um esquife no átrio. Na manhã seguinte os cavaleiros vieram vê-la, mas ninguém a reconheceu. Apenas Lancelote do Lago sabia quem era ela. Era sua mulher Elaine, e ele sabia que ela morrera de desgosto e tristeza.

Amargamente arrependido por ter tratado tão mal a adorável Elaine, mais uma vez saiu em busca de aventuras e boas ações, defendendo nobres damas e donzelas contra a injustiça. Passado muito tempo, quando ele regressou, propalou-se na corte que voltaria para a companhia da rainha, como fizera antes, e para fugir do falatório Lancelote evitou encontrar-se com ela. Guinevere ficou zangada e, chamando-o aos seus aposentos, disse:

— Sir Lancelote, vejo que dia a dia o seu amor vai minguando. Você não sente mais prazer em minha companhia, preocupa-se com outras coisas e serve a outras damas.

— Ah, eminente senhora — respondeu Lancelote —, rogo que me perdoe! Estive em busca de Montsalvat e do cálice sagrado e não o encontrei, porém nessa busca vi coisas que nenhum pecador jamais viu. Mas esteja certa de que meu desejo é continuar a servi-la com a mesma dedicação de antes, pois é impossível esquecer esse tempo. Mas a senhora sabe que nesta corte alguns homens e mulheres nos espreitam dissimuladamente para nos trazer desgraça e vergonha, pois consideram indecente o fato de permanecer tanto tempo na sua companhia. Sabe também que temo mais pela senhora do que por mim, pois posso escapar e defender-me de qualquer desgraça, mas a senhora terá de aturar tudo o que for dito a seu respeito. Sofrerá muito se for desonrada. Se por alguma insensatez a senhora cair em desgraça, lembre-se de que terá apenas uma única saída: minha espada e meu sangue.

Lancelote usou ainda muitos outros argumentos para que Guinevere entendesse o que estava acontecendo. Ao terminar, Guinevere pôs-se a chorar e, quando enfim conseguiu controlar-se, disse-lhe:

— Lancelote, agora percebo muito bem que é você. Um cavaleiro infiel e que ama outras mulheres muito mais do que a mim. Por isso nunca mais quero vê-lo. Eu o destrerro desta corte, e se você tornar a aparecer na minha frente será condenado à morte.

Lancelote partiu e encerrou-se numa ermida. Estava tão triste, sua dor era tão profunda que ele mal conseguia manter-se de pé. Nesse ínterim, Mordred, o filho do rei Artur, que era muito ambicioso, começou a fazer planos para derrubar o pai do trono e cingir a coroa real. Soube então que Meliagranz, um dos cavaleiros da Távola Redonda, que vivia num castelo longe de Camelot, estava perdidamente apaixonado por Guinevere. Essa paixão traria muito infortúnio, pois Meliagranz era um homem impetuoso e ao ser arrebatado por esse sentimento perdera a cabeça. Certo dia em que a rainha e seus dez jovens cavaleiros haviam saído para a caça, Meliagranz, acompanhado de cem homens fortemente armados, interceptou a comitiva e exigiu que a rainha o acompanhasse e fosse viver com ele em seu castelo. Esse pedido era completamente fora de propósito, e enquanto Lancelote ainda era um dos cavaleiros da rainha não passara pela cabeça de Meliagranz tal ousadia.

Os dez jovens cavaleiros que ali estavam para proteger a rainha, porém sem armadura e com poucas armas, foram obrigados a aprestar-se para o combate. Guinevere logo percebeu que todos morreriam, pois não havia chances de vitória. Ordenou que ficassem de lado e se submetessem às ordens de Meliagranz. Os cavaleiros, porém, suplicaram-lhe que não fizesse isso, pois preferiam morrer ali a serem considerados covardes. Guinevere porém manteve sua ordem e entregou-se como prisioneira a Meliagranz.

Quando, em sua ermida, Lancelote soube do que acontecera, vestiu sua armadura e partiu para libertar Guinevere. Essa notícia logo chegou aos ouvidos de Meliagranz, que ordenou a vários seteiros emboscarem-se num matagal fechado para impedir a do cavaleiro chegando ao castelo. Quando este se aproximou, muitas setas foram atiradas em sua direção. Algumas ricochetearam em sua armadura e muitas lhe atingiram o cavalo, matando-o. Então surgiu no caminho uma carroça com dois homens na boléia; Lancelote, que se movimentava com muita dificuldade em sua pesada armadura através do matagal, dos arbustos e do solo arenoso, pediu aos homens que o conduzissem até o castelo. Um deles disse que não poderia fazê-lo, pois tinha de transportar lenha para o senhor Meliagranz. Lancelote discutiu com ele e, irado, acabou matando-o. O outro imediatamente resolveu ceder, deixando o cavaleiro subir para a carroça, e assim Lancelote foi de pé, apoiado à sua espada. Já de longe os habitantes do castelo o avistaram. Riram e zombaram dele, pois a visão de um cavaleiro armado, de pé numa carroça, era realmente muito engraçada. Daí em diante Lancelote do Lago foi chamado algumas vezes de O Cavaleiro da Carroça.

Encontrando o portão do castelo fechado, abriu-o com um pontapé tão violento que os guardas exclamaram apavorados:

— Nossa! Se ele consegue abrir o portão com um pontapé, não seremos capazes de enfrentá-lo! É melhor dar o fora! — e saíram correndo.

Lancelote postou-se no meio do pátio do castelo e gritou:

— Sir Meliagranz, você desonrou lady Guinevere e afrontou os bons costumes da cavalaria. Você não tem honra, é um leproso, um cachorro fedido e sarnento! Seu pai é um ladrão e trapaceiro! Sua mãe chora por tê-lo colocado no mundo! Você não merece ser enterrado nem no meio de um monte de esterco!

Lancelote continuou injuriando o castelão em altos brados, de tal forma que todos os habitantes do castelo podiam ouvi-lo. Por fim gritou:

— Venha, apresente-se para o duelo, seu devasso e fanfarrão, para que todos vejam a sua coragem de coelho!

Então Meliagranz não suportou mais tantos insultos, pois era sem dúvida um sujeito exaltado e devasso, mas também um cavaleiro audacioso. Apresentou-se enfim para o duelo. Após um curto embate, Meliagranz foi derrotado e morto. Lancelote foi ao encontro de Guinevere, que o abraçou com o rosto banhado em lágrimas e lhe implorou perdão. E assim os dois retornaram ao castelo de Camelot.

A cizânia

Depois de seu regresso, muitos cavaleiros deram-se conta da beleza e do encanto da rainha Guinevere e acercaram-se dela para servi-la, mas ela dava preferência a Lancelote. Por isso muitos o invejavam e tentavam prejudicá-lo junto à rainha, mas isso de nada adiantava. Logo passaram a odiá-lo, contudo nenhum deles tinha coragem de enfrentá-lo em duelo. Quando ele ia ao encontro da rainha, cochichavam e espalhavam palavras maldosas sobre ele. Alguns até diziam em segredo que a bela senhora Guinevere não fora forçada, mas seguira de livre e espontânea vontade sir Meliagranz ao seu castelo e que lá lhe entregara sua afeição. Os dez jovens cavaleiros que a acompanharam na caçada confirmaram que ela os proibira de lutar contra os homens de Meliagranz. E a boataria aumentou.

Quando Mordred, o filho do rei Artur, percebeu que os cavaleiros se haviam dividido em dois grupos inimigos, uns a favor da rainha, outros contra, foi à presença do rei e tanta era a maldade em seu coração que difamou a própria mãe, dizendo que ela seguira, sir Meliagranz de livre e espontânea vontade. Era a ele que o adolescente Galahad se referira quando dissera que havia alguém entre eles cheio de máculas e que ninguém conseguiria redimir. Mordred sabia disso, tinha até orgulho desse fato, pois julgava-se escolhido para assumir o trono. Tentou convencer o pai a submeter lady Guinevere ao julgamento divino, que consistia em andar com os pés descalços sobre brasas. Se as solas dos pés se queimassem, sua culpa estaria comprovada; do contrário, Deus, por meio de um milagre, estaria anunciando sua inocência.

Ao ouvir essas denúncias, o rei Artur ficou muito triste, chorou e por duas noites não dormiu, cismando sobre se deveria pôr sua mulher à prova, pois a desconfiança havia despertado em seu coração. No terceiro dia conseguiu decidir-se, após dura batalha consigo mesmo, a dizer não ao pedido do filho,

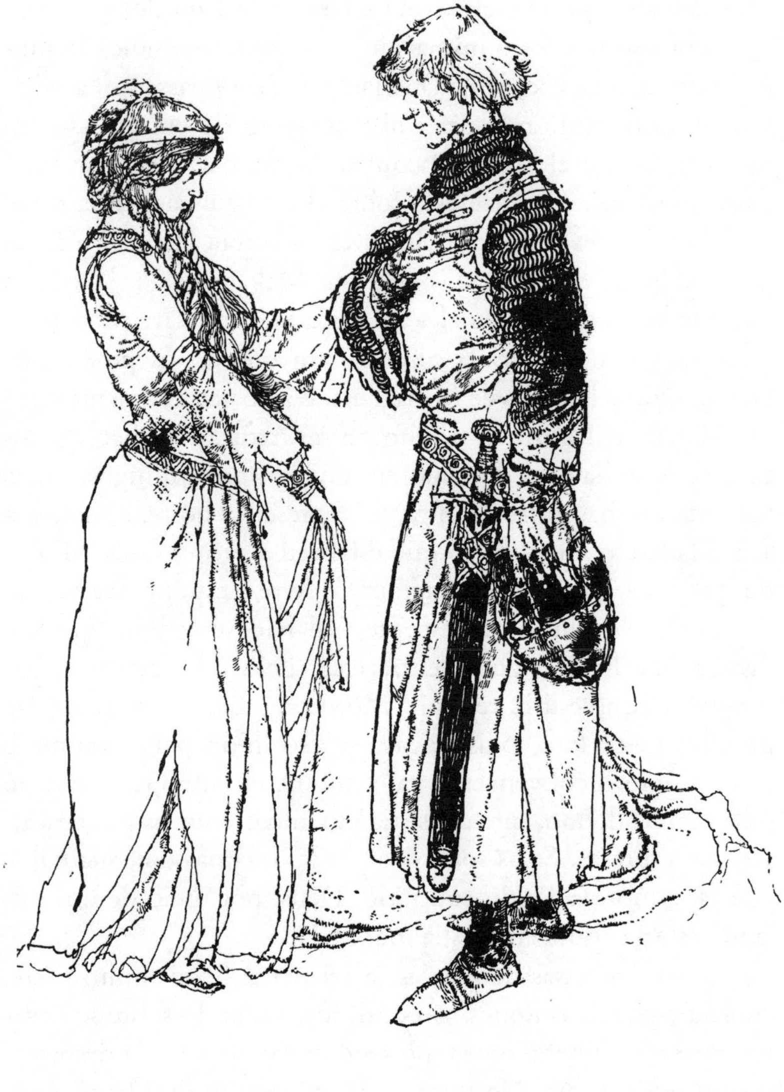

absolvendo Guinevere e não a submetendo ao julgamento divino. Para libertar seu coração de todo conflito de consciência, decidiu viajar para a Terra Santa e rezar junto ao Santo Sepulcro.

Mas, antes mesmo que os preparativos tivessem começado, a cizânia espalhou-se entre os cavaleiros, pois a chama da discórdia estava acesa e agora ardia deveras, e ninguém conseguia apagá-la. Ela consumia também o coração do nobre cavaleiro Gewan, e quando Lancelote soube que também ele, que fora seu melhor amigo, se voltava contra a castelã, desafiou-o para um duelo. Os dois concordaram em resolver suas desavenças sem a presença de ninguém e cavalgaram para as profundezas da floresta até encontrarem uma clareira onde havia lugar suficiente para a justa.

Ali chegando, desmontaram e abraçaram-se sem dizer palavra. Vestiram suas armaduras, montaram, tomaram a distância conveniente, posicionaram as lanças e arremeteram um contra o outro. No primeiro embate as lanças estilhaçaram-se, tão violento foi o choque, e os dois cavaleiros foram arremessados para fora da sela.

Em seguida desembainharam as espadas e lutaram por longo tempo como dois javalis selvagens. Os golpes retiniam fortes como o estrondo de dois exércitos em combate. Um golpe da espada de Gewan fez em pedaços o escudo de Lancelote. Parecia ter chegado a hora do herói, mas o contragolpe de Lancelote foi mais violento, arrancando a espaldeira da armadura de Gewan e decepando-lhe o braço.

Gemendo, Gewan, que nunca havia sido derrotado, caiu por terra banhado em sangue e ficou esperando o golpe mortal. Mas Lancelote baixou a arma e disse:

— Você não é um animal ferido mortalmente, ao qual se concede o golpe de misericórdia. Cuide de sua ferida, e quando estiver curado lutaremos novamente.

Lancelote, no ardor do combate, não percebera que a ferida era incurável. O sangue jorrava dela e escorria como um riacho. Lancelote sentou-se ao seu lado e chorou. Quando suas

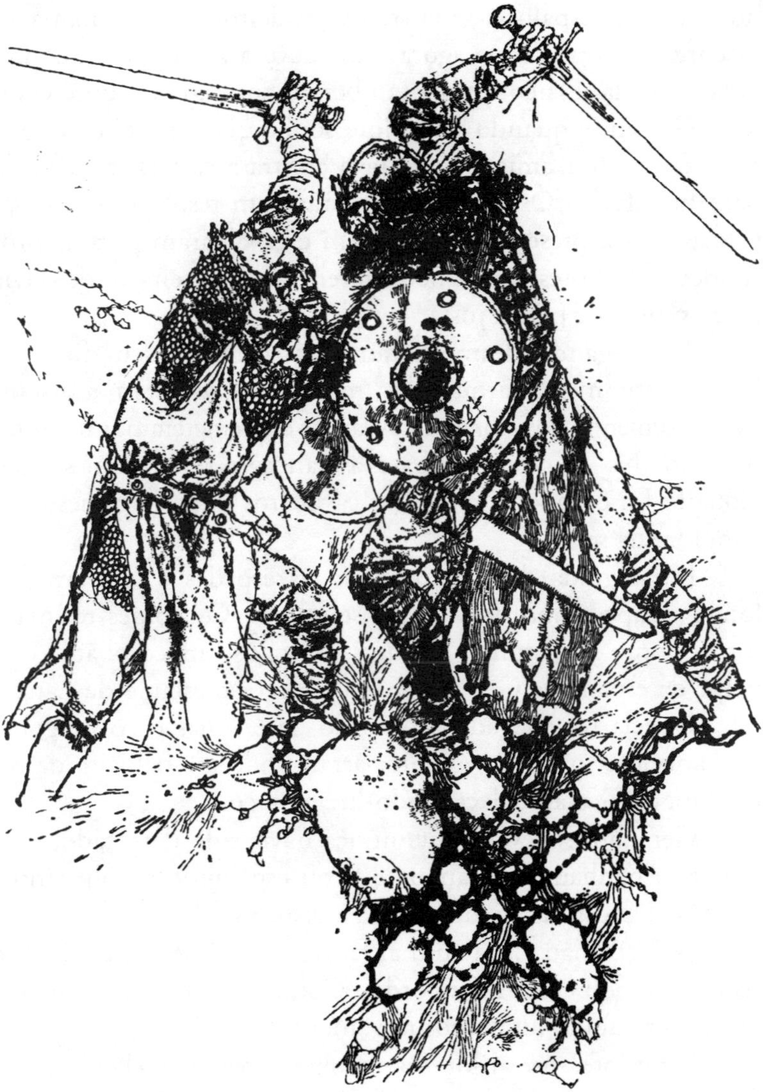

lágrimas secaram de tanta amargura e cansaço, o corpo de Gewan jazia na grama e um dos mais nobres e ousados cavaleiros da Távola Redonda estava morto.

Tomado de grande tristeza, Lancelote desvencilhou-se de seu elmo, de sua armadura e de sua espada, vagando pela floresta sem rumo, pois não queria mais voltar a Camelot. E a rainha Guinevere ficou muito desgostosa.

O fim da Távola Redonda

Enquanto isso, o rei Artur e muitos cavaleiros, escudeiros e criados embarcaram nos navios para a viagem à Terra Santa. Mordred ficou para trás com todos os seus sequazes, e quando o rei estava a um dia de viagem, em alto-mar, reuniu um grande exército, assaltou o castelo de Camelot e outros castelos do reino, proclamou-se rei e aprisionou os que continuavam fiéis a Artur. Muitos morreram e outros fugiram. Entre estes havia um homem que partiu num barco ao encontro de Artur, alcançou os navios e relatou ao rei os acontecimentos.

Artur regressou imediatamente e desembarcou para enfrentar os rebeldes. Mordred havia propalado entre o povo que sob o governo do rei Artur haveria apenas disputas e derramamentos de sangue, ao passo que sob o seu governo o povo seria feliz e viveria com todo o bem-estar. Muitos acreditaram nele, outros nem tanto. Mas mesmo estes últimos, apesar de terem recebido do rei Artur terras aradas e florestas, desejavam algo novo e diferente.

Assim Mordred conseguiu arregimentar um grande exército, que seguiu até à costa para impedir que os homens de Artur desembarcassem. A maioria desse exército era composta de servos e de homens simples. Havia poucos cavaleiros entre eles, mas para cada cavaleiro do rei Artur havia cem combatentes que lutavam por Mordred.

Então ocorreu um duro embate sob as rochas, na água rasa. Os homens do rei Artur pularam na água e seguiram em direção aos inimigos. De ambos os lados muitos encontraram a morte. Mas os homens de Artur conseguiram fazer com que os inimigos recuassem e conquistaram a praia. Mordred fugiu para o interior do reino a fim de reorganizar seu exército e voltar ao ataque. Muito sangue fora derramado, mas para Mordred isso não era tão importante quanto para Artur.

Antes de prosseguir a perseguição a Mordred, Artur ordenou aos seus homens que descansassem. O rei adormeceu e sonhou com o cavaleiro Gewan, que estava sem o braço direito e com o rosto branco como linho.

— Não siga agora para a batalha — aconselhou-o Gewan —, pois será morto: assim foi determinado. Faça uma trégua de um mês e ofereça a metade do reino a seu filho e após sua morte o restante. Ele aceitará. Enquanto isso, reúna um exército maior do que este de que dispõe agora.

Na manhã seguinte, Artur chamou seus cavaleiros e comunicou-lhe os conselhos que Gewan lhe dera durante o sonho. Todos concordaram. Foram enviados mensageiros ao exército inimigo e decidiu-se colocar entre os dois exércitos uma mesa à qual tomariam assento dez cavaleiros de cada lado para discutirem o acordo. O rei Artur disse aos seus cavaleiros:

— Ninguém deverá desembainhar a espada, mas se os outros pegarem em armas, então golpeiem tudo o que estiver ao seu redor.

Mordred dera o mesmo aviso aos seus homens.

Tendo-se chegado a um acordo, foi trazido vinho para selá-lo, mas um dos homens de Mordred foi mordido no pé por uma víbora e sem nenhuma segunda intenção puxou a espada e cortou a cabeça do animal. Quando os dois exércitos viram a espada desembainhada, as cornetas, trombetas e trompas foram sopradas, imediatamente e seus sons ecoaram por todo o campo de batalha. Os vinte cavaleiros que se sentavam à mesa caíram uns sobre os outros e os dois exércitos defrontaram-se, seguindo-se um massacre terrível. Em toda a cristandade não ocorreu batalha mais dolorosa do que esta, originada por um engano.

Quando a noite desceu, havia mais de cem mil combatentes mortos. O próprio rei Artur, após ter lutado bravamente, sangrava de várias feridas. Seu fim estava próximo. Então viu, ao luar, entre os mortos, uma figura de pé, apoiada a uma espada, e reconheceu-a: era Mordred. Ao lado de Artur estava sir Lucas, a quem ele disse:

— Dê-me sua lança, pois lá está o traidor, o culpado de todas essas dores e desgraças!

Artur arrancou a lança das mãos de sir Lucas e, segurando-a com as duas mãos, correu em direção a Mordred, que, de espada em punho, lançava-se em sua direção. Artur enfiou-lhe a lança com tanta força que esta atravessou o peito de Mordred e a ponta apareceu-lhe nas costas. Mas antes de morrer Mordred bateu com a lâmina sobre o elmo de Artur, arrebentando-o e fazendo o sangue jorrar de seu rosto, porém ele não morreu.

Artur voltou chorando para junto de seus companheiros e exclamou:

— Ai de nós! Todas as predições do jovem Galahad se realizaram!

Levaram o rei para uma capela na floresta, deitaram-no para que descansasse um pouco e cuidaram de suas feridas. Enquanto estava deitado, pensando na terrível infelicidade que se abatera sobre ele e seu reino, ouviu uma gritaria vinda do campo de batalha. Acreditou que o combate havia recomeçado e quis levantar-se, mas sir Lucas impediu-o, pois estava muito ferido, e foi pessoalmente ver o que acontecia. Alguns instantes depois voltou e relatou:

— São ladrões e saqueadores que roubam as armas e tudo o que é de valor dos que tombaram. E, se há algum ainda vivo com algo precioso, simplesmente o matam.

O rei chorou novamente e exclamou, amargurado:

— Este é o fim de meu reino! Ladrões e saqueadores se apossam do campo de batalha! Ai de mim! Tudo o que o jovem Galahad, o cavaleiro do último lugar, previu está se realizando!

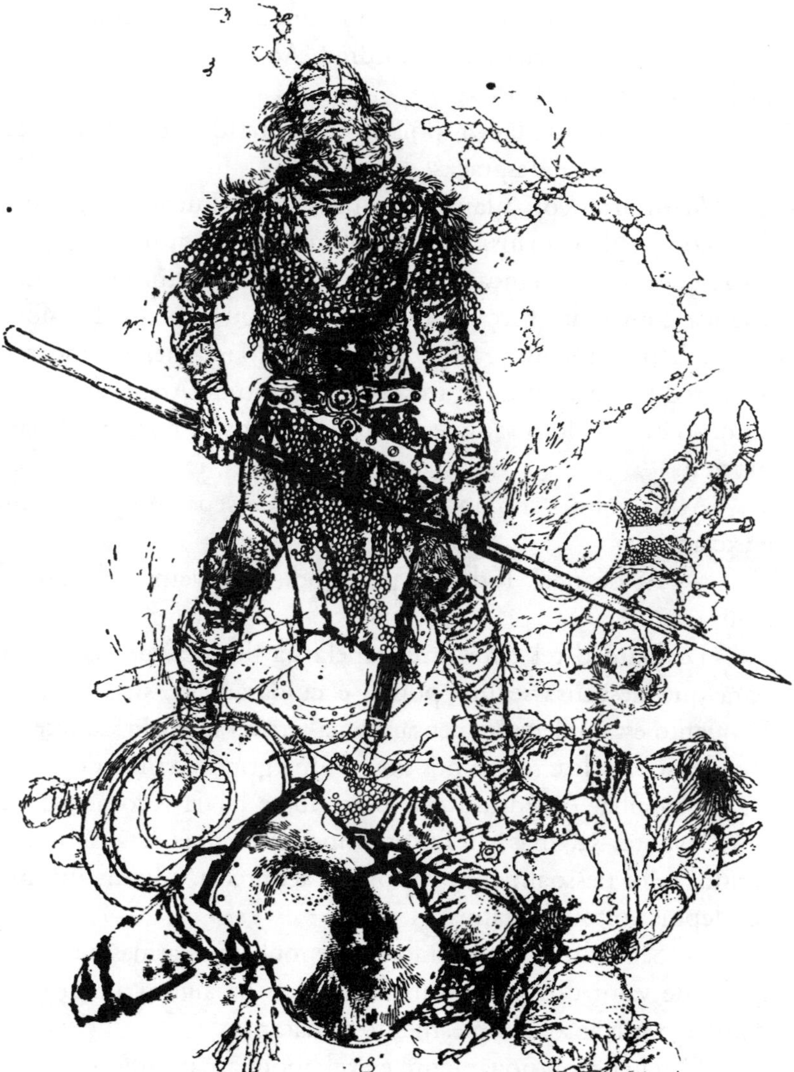

Assim termina a história do rei Artur e dos cavaleiros da Távola Redonda. Mas o fim do rei Artur ninguém conhece. Uns dizem que morreu na capela outros, entretanto, acreditam que aconteceu o seguinte:

Um ermitão entrou na capela onde jazia o rei e disse que era o cavaleiro Lancelote. O rei pediu-lhe que o carregasse até a praia. Quando lá chegaram, havia uma barca ancorada, na qual estavam algumas mulheres vestidas de negro e com os rostos cobertos por capuzes. Apenas uma baixou o capuz: era Guinevere. Apoiado em Lancelote, o rei subiu para a barca e recostou a cabeça no colo de sua mulher. Ela acariciou-lhe a fronte pálida e sussurrou:

— Como demorou para chegar!

Lancelote sentiu um arrepio. As mulheres pegaram os remos e a barca afastou-se rapidamente. Lancelote viu que o rei sorria e perguntou-lhe:

— Para onde o senhor vai, meu rei?

— Para Avalon, um reino fantástico. Lá eu irei convalescer — foi a resposta do rei, e essas foram suas últimas palavras. Lentamente a barca foi desaparecendo no mar e Lancelote não se alimentou mais, até que morreu. O povo diz, entretanto, que o rei Artur não morreu, mas vive no reino fantástico de Avalon, de onde um dia há de voltar.

Impressão e Acabamento
Bartira
Gráfica
(011) 458-0255